职场眩爱

zhichang
xuanai

长篇小说

岩波 著

中国华侨出版社

图书在版编目（CIP）数据

职场眩爱 / 岩波著. — 北京：中国华侨出版社，2010.9
ISBN 978 - 7 - 5113 - 0657 - 9

Ⅰ．①职… Ⅱ．①岩… Ⅲ．①长篇小说 - 中国 - 当代 Ⅳ．①I247.5

中国版本图书馆 CIP 数据核字（2010）第 170145 号

· 职场眩爱

著　　者／岩　波
责任编辑／齐敬霞
责任校对／高晓华
经　　销／新华书店
开　　本／710×1000　　16 开　　印张/17　　字数/233 千
印　　刷／中国电影出版社印刷厂
版　　次／2010 年 12 月第 1 版　　2010 年 12 月第 1 次印刷
书　　号／ISBN 978 - 7 - 5113 - 0657 - 9
定　　价／30.00 元

中国华侨出版社　　北京市朝阳区静安里 26 号　　邮　编：100028
法律顾问：陈鹰律师事务所
编辑部：(010) 64443056 传真：(010) 64439708
发行部：(010) 64443051
网　址：**www. oveaschin. com**
E - mail：**oveaschin@ sina. com**

目 录

一、北京诱惑　1

二、刀子威力　8

三、工地猫腻　17

四、卷款逃逸　29

五、女友怀抱　40

六、抱打不平　51

七、为谁负伤　60

八、无奈寓公　71

九、闺蜜矫情　82

十、男女同屋　93

十一、洒泪分手　105

十二、女友巴掌　118

十三、未来岳父　131

十四、两难选择　144

十五、如花梦境　157

十六、意外伤害　171

十七、老婆翻脸　186

十八、拒绝高薪　200

十九、鬼精高管　214

二十、情人龃龉　227

二十一、无耻无敌　241

二十二、知向谁边　255

一、北京诱惑

去北京吗？去北京！

在闹"甲流"的时候，五月初，我下定决心去北京。

其实，一个月前我就乐观地想过，北京大，包容，机会多，看一看那么多人涌向北京，不都安居下来，有的唱出了名成了歌手，有的写出了名成了作家，有的挤进演艺界，顶不济也可以开饭馆或是当伙计……而我在北京还有两个人可以投靠，其实说不上投靠，是能帮点忙。一个是我老姨，另一个是一个女网友。家里的老婆为此和我吵翻了，躲到娘家去，不再关心我的去向。早晨，我首先给老姨拨通了电话。

老姨愤怒道，你有好好的工作不干，当"北漂"？有病？

当然了，我已经从很多渠道知道"北漂"是很苦的。立住脚的固然不少，而苦苦挣扎的却是大多数。可我有我的情况，我告诉老姨，我们单位连续亏损，现在正在重新选头头，几个并无赢利记录的候选人争得不可开交，全然不知职工们的焦灼心理，因为我是秘书还都暗中指使我拉选票，而改善囊中羞涩的状况眼看是猴年马月遥遥无期。怎么办？哥们儿不奉陪了！去北京闯闯看！

老姨道，你趁早打消这个念头！北京不欢迎你！

我说，木已成舟，假都请好了。

老姨问，请的什么假？

我看出老姨其实很是关切，便说是病假，抑郁症，有医院证明。

老姨长叹，天呐，想一出是一出，真是病人！愿来就来吧，反正咱家就两间屋，我和你姨夫住一间，你表妹住了一间，没你的地方。

我说，我租房住。接着，我给女网友拨通了手机。她一听到我的声音就尖叫起来，你要来北京？哇塞！这么说咱们要见面了？世界真小唉！喂喂，哥们儿，你先别见我好吗——我正在减肥，成功以后再见面好吗？对了，北京防"甲流"很厉害，你等等再来吧！

我说，"甲流"就能挡住我吗？你忘了我的大名"北方野狼"。

电话那边呸了一声，说你的小命要紧，谁愿意拦你似的！

我说，"灯火阑珊"（她的网名），你帮我租间房吧，便宜的，劳你大驾。

灯火阑珊说试试吧。

我又马上打开电脑，查出了去北京的火车的车次。

关闭电脑，我一分钟也不想耽搁了，立马收拾行装：换洗的衣服、洗漱用品、几盒方便面，顺便捎上正在读的两本书——南怀瑾的《大学微言》和王小波的《怀疑三部曲》，统统装进旅行箱。又写了一张便条留给老婆，用烟灰缸压在茶几上。内容是：想和好，听便；想离婚，也听便。心说，外面的天地广阔得很，干嘛活这么累呀！

虽然两个纯粹的北京人都向我伸出了拒绝的手，可我分明感受到北京正以前所未有的魅力在召唤我。坐在火车上，听着车轮和铁轨接头有节奏的碾压，初听声声都是，别来，别来，别来，细听则声声换成，你好，你好，你好……我心猿意马，摩拳擦掌！

我刚刚发现，列车上十分冷清，有许多空座。有的人干脆脱了鞋躺倒，空气中弥漫着脚汗和鞋窠的臭气。偶尔有列车员走过，抹一下鼻子。是因为甲流吗？我可是知道去北京的列车从没这样过，历来是拥挤不堪的。

我到车厢交接处去通风，宁可站着。熬过了两个小时，北京到了。我拉着旅行箱出了站台，火热而耀眼的阳光扑面而来。我朝站前广场扫视一眼，只有三三两两的农民工扛着巨大的尼龙编织袋在聚拢。往日熙熙攘攘、人头攒动的景象杳无踪影。

老姨住在朝阳区南三环以外，不管怎么说，我的第一站应该是老姨家。按照老姨的指示，我出了站前广场上天桥到马路对面，坐公交直奔南三环而去。公交车上也没多少人。仅有的三五个人还都戴着口罩。这时，坐在身后的一个年轻人凑到我耳边隔着口罩问：要"毛片"吗？

我估计就是日本 A 片之类，烂得很，对我这个曾经沧海的人没吸引力。我说，谢谢，没兴趣。他又说，《废都》足本，要吗？我问，怎么个"足"法？他说，就是原来书里的空格填满了。

这我还真没听说过，难道贾平凹把"此处删去 XX 字"重新填词了？要么就是有人狗尾续貂了？不知作者是如何"无中生有"的。我不想继续拒绝，就给他一个面子，道，我只要正版的。小伙子一听哧哧笑了：我一看你就是刚来的北漂。这种书哪有正版？哥们儿，你哪下车？

我问，干嘛？

他说，你跟我走一趟，上我那儿看看，跟我干，倒书也赚钱。

我说，你是老北京？

他说，没错，来了五六年了。想当初我刚到北京，走投无路，一个小贩引我走上卖书之路。

我看到他的牙齿黯黄，就说，你是山西人？

他说，哪里，陕西。

看看天黑前去老姨家还来得及，我就说，我跟你走吧。心说，你敢坑我，我就跟你玩命。我把腰上的水果刀摘下来，放进裤兜。

他带着我下了公交上地铁，坐到东直门，出地铁绕了个弯，又倒

915 坐上公交。时间很长，我不觉心里发毛。开始仔细打量对方，见他瘦小枯干，心说，哥们，你恐怕不是我的对手！

我跟着他在一片茂密的树林边的车站下了车，他要帮我拉旅行箱，我警惕地攥紧拉手说不用。我环顾左右，问他这是哪里。他干咳一声，把一口黏痰射向一棵树，说是顺义。啊，到了京郊？

北京的郊区绿化很好，马路边和甬道两侧栽满小叶杨，绿树成荫。燥热中倒有几分舒适。眼前豁然开朗，是一片新落成的小区。方便的公交把近郊和市区连成一片，这里的房价恐怕比市里低不了多少。

到了！他在小区内一家"兰州拉面馆"前停了脚步。说，我姓蔡，叫蔡瓜，这个馆子是我和老乡合租的。你呢？我顺口道，也姓蔡，蔡刀——你把书存在拉面馆？蔡瓜嘿嘿笑着领我往里走。店堂很窄，仅有两张条桌，一个光着膀子、脖子上搭条毛巾的家伙横眉立目地过来开门。说，老瓜，有买卖？我把手伸向裤兜，抓住刀子。心说，敢动粗，先办你。蔡瓜忙说，看货。

蔡瓜领我到后院看货，我只得把旅行箱放在堂屋。好在箱里没有值钱东西。后院挺大，用玻璃钢瓦楞板搭了顶棚。墙脚堆了好大一堆打着包装的书。我说，全是盗版？蔡瓜道，嗨，哥们儿，不许提"盗版"两字，明白吗？这是行规。只管拿眼看就是！

我装做内行，不客气地拆了一包，抽出一本，看装帧，与正版无异。便放回去。蔡瓜道，放心了？你别看码洋大，有商量的。我掏出烟来，弹给他一支，心里盘算着是否合伙，如果不合伙怎么脱身。

我说，如果我给你打工……

蔡瓜道，简单，先试工，试工期俩月，俩月中没工钱。

我说，哥们儿，够黑呀你。试工合格呢？

蔡瓜嘿嘿笑起来，保底工资四百，其余拿提成。

我没问怎么试工。那肯定要卖出多少书才算。我说，哥们儿，我不敢来。他说，怕什么？我说我怕取而代之抢了你的买卖。蔡瓜又嘿嘿笑

长篇小说

职场眩爱
zhichang
xuanai

起来，说，你是冷面幽默，你知道我有多少存款吗？你知道书行水有多深吗？

我得给蔡瓜留有希望，说，我如果入伙，得筹一笔钱，作为股份加入。你说多少钱合适？蔡瓜道，可以商量，一两万不嫌少，十万二十万不嫌多。顺手递给我一张皱巴巴的名片，又说，中午饭还没吃呐，陪我吃碗拉面？我也正饿，饥肠辘辘呢，便说好的。

在拉面馆里吃碗拉面，自然便当得很。我先寻了一头大蒜，不相信那个横眉立目家伙的卫生。面条又热碱味又大。吃完我从衣兜掏出一把散票——我这人向来不带钱包，择出三块钱递给那个横眉立目的家伙。他却不接，只是瞟着蔡瓜。蔡瓜便说，见面是朋友，算我请客。我心说三块钱请客也太便宜了你，老子不欠你的。我硬塞给蔡瓜，他扭扭捏捏接了两块还我一块。瞧他那小心翼翼往兜里装钱的样子，让我想起他在公交上兜售毛片，像有实力的人吗？

见我要走，蔡瓜拦住说，你开的那包书必须买走，这是规矩。看来麻烦来了，想要赖又不是我的性格，我急中生智道，早说啊你——我给你粘上就是了。蔡瓜道，说得容易，拿什么粘？恢复不了原样我可不干！我说，你等着。我来到堂屋，拉过旅行箱打开，变戏法一样找出胶棒，回到后院，三两下就粘好，恢复了原样（我拆包的时候是按折印启开的，包装纸没有任何损坏。这种手法机关里干秘书的都会）。

蔡瓜一直跟在我身后，深陷的眼窝里两眼滴溜乱转。他没有话说，眼看着我拉起旅行箱徜徉而去。

按原路回到老姨家，天已大黑。

老姨夫在区政府工作，回家晚，我就先帮着老姨做饭。老姨说，你胆也忒大了，根本不认识，竟然跑这么远去搭讪，有个好歹怎么办？我说，说不定找个活哩。老姨说，早晨接了你的电话，你姨夫就当回事了，说今天就帮你打听打工的事。我说，你不是不欢迎我吗？老姨说，你既然下了决心，我们只能奉陪了！

饭菜上桌的时候，老姨夫和表妹相继进家。老姨夫当胸给我一拳，说，马林，你小子没事找事！我冲他呲牙，说，您哪知道，我现在是罗锅子上山，前（钱）紧啦！我顺手接过表妹拎来的啤酒。

他们二人同时进了盥洗室，一个洗手一个"卸妆"，我堵在门口说，北京公交真方便，我没进家就先逛了一趟顺义。老姨夫说，现在时间对于你很紧迫，可别闲逛了。表妹说，哥，读万卷书还要行万里路，先炮两天再说。老姨夫道，瞎说，待我说出实情，就知道时间多宝贵了！

大家都落了座，我给每人都斟满啤酒，老姨夫兀自喝了一口，说，我今天给建委的朋友打了电话——现在北京各区都在搞基建，找个合适的工作相对容易些。正巧有个公司建别墅小区，工地就在你说的顺义。我问，什么活？老姨夫道，库管员。我说，管仓库？我不干。老姨夫道，你先别说不干，人家告诉我这个位置现在起码四个人在争，两个学材料的，一个学土建的，就你是学文科的，最没有竞争力，你还牛？

老姨给我夹菜，问，没有更合适的工作吗？能和马林专业对口最好。

老姨夫道，没那么容易，我又不是市长！

表妹说，学文科的干什么都无所谓，只要能观察社会体验生活，有利于写作就行，人家米兰·昆德拉就干过库管员。

我说，你是不是特想当作家？表妹说，你什么意思？我说，你怎么老拿我跟大人物比啊。老姨夫说，这样吧，你先干着，骑马找马。怎么样？我说可以。老姨夫说，大后天考试，这两天你得在家学记账。我说，好办，手到擒来。

老姨是企业会计，忙说，没这么简单，处理账目跟出纳差不多，在培训班上，至少是一周的课程。我说，那可糟了，老都老了还得补习小学课程，四则运算是我弱项。表妹喝着啤酒"噗"一声笑呛出来。老姨喊道，嗨，你这孩子怎么往桌上喷啊？表妹更加控制不住，眼泪直往外涌，忙往盥洗室跑。老姨夫揶揄说，找机会我给你介绍葛优、冯小刚

长篇小说
xiaoshuo

职场眩爱
xuanai

他们认识认识。我接茬道，说定了，我正追他们星呐！老姨夫道，老实干你的库管员去吧！

从这天晚上开始，老姨给我补习财会知识，准确说是财会知识的一部分，只是原理接近。库管员记账程序为：1. 进料，验货，填入库单；2. 登账，先登明细账，再登分类账，结存时算好均价；3. 出料，清点，填出库单；4. 出料后的销账，先销明细账，再销分类账；5. 在明细账和分类账上分别作本月合计，以往累计；6. 出盘库表，先分大项，再分明细。

当然，教科书上不是这么说的，我之所以这么记，是为便于操作，对老姨的讲解进行了归纳。别人能不能看懂我不知道，反正对我挺实用。这些东西不算复杂，但如果没接触过，考试时肯定连边都不沾。

这两天，老姨就安顿我睡在客厅的长沙发上。晚上作练习的时候，老姨两口子躲出去遛弯，表妹就抓机会捣乱，接二连三地拿玩具砍我。老姨回来后问我，你作题怎么这么慢呢？我说，早晨豆腐脑喝多了。老姨正疑惑不解，突然看到我身后的小熊、小猴堆了一堆，便进了表妹房间，顷刻就传出咯咯咯的笑声。闹归闹，一周的课程我两天已经胸有成竹。

考试的时候，那三个哥们儿一本正经在那里写，有的下笔千言离题万里，有的搓手抽烟挠头皮，总之是不得要领。在他们一致的抱怨声中，我轻松胜出。

那天考完试老板找我谈话，说对我印象不错，希望合作愉快，还和我握了手，使我产生错觉，以为老板很好说话。其实错了。

二、刀子威力

　　三个落选的哥们儿没有立即就走，他们坐在公司楼下的前厅长椅上长时间合计，想说服老板留下他们，干别的也行。殷切之情溢于言表。我在机关的时候从资料上看到过一个数字，说是近年全国有上百万应届大学毕业生找不到工作，或者说，找不到合适的工作。看见这三个人恋恋不舍的样子，我那初战告捷的兴奋立即烟消云散，便过去发烟、搭讪。不想，三个人却并不买账，不仅拒绝接烟，还一下子与我保持了两米开外的距离。仿佛已经看透我就是造成他们落选的罪魁祸首。

　　这时灯火阑珊打来手机，说野狼听好，房子给你看了三处——宽街，地下室8平米，300；望京，地下室10平米，320；二外对过，地下室12平米，350；厨厕公用，想看电视另租。

　　我说，怎么都是地下室啊，你想捂臭豆腐？

　　灯火阑珊回击道，野狼你别老外，冬暖夏凉！再说了，刚来的北漂哪有住好房子的？

　　我说，我找的单位工地在顺义，你帮我选一处吧。她说，那就二外，我立马跟人家敲定，挂了！人如其文。从网上很闹的文风我就断定，灯火阑珊有点疯癫却很厉害。果然。

刚收了电话，老板表情冷漠地走了过来。

你们三位怎么还没走？不是都留下电话了吗？如果再需要人我会找你们的，去吧去吧！

那三个哥们儿很尴尬地陪着笑脸，像欠了老板什么。却又木讷着没人开口。我有点怀疑他们的谋生能力，心里替他们着急，便插嘴说，他们的专业倒是对口的。老板脸拉得长长的道，这里没你的事。你过来，我跟你说几句话。把我叫进一间办公室，又支走屋里的人。然后换了笑脸说，小马，明天有车去工地，你带好行李跟着去。那边统一租了房子。注意，你的任务除了管库还要盯人，重点是材料员小佘，我总感觉他的进料价格有猫腻。下月我听你的汇报，去吧。

初来乍到就做沈醉当军统？是老板看重，还是试探？天知道！眼下我必须先把工地有房子的事告诉灯火阑珊。我急忙给她打手机，可是左打右打打不进，直急我一头热汗。索性不打了。静候。这时，我的手机反倒响起来了，一接，是灯火阑珊。我不等她说话，先告诉她工地有房子，不租了。她气愤道，早说呀！我刚跟人家讨价还价一个溜够，好不容易抹了零头，你却不要了！耍我啊！

我急忙逃离公司，到马路对面去对着手机说好话。最后灯火阑珊说，我正告你野狼，你初到北京就给我留下不良印象，罚你半年不准跟我通电话！我说你这人怎么不理解人呐，这可不像你啊……不等我说完，电话早挂了。我直起脖子冲着天"啊……"大喊一声。一低头，公司门口三个哥们正观赏怪物一样看着我。我的脸一下子热到耳根。这样也好，见我闹心他们可能平衡些。

晚上，我收拾行装，老姨嘱咐说，在家靠父母，出门靠朋友，工作中不要横冲直撞，要注意为人。表妹插话说，我哥才会为人哩，我从他的手机留言发现，他刚到北京就和一妞挂上了。我说，别瞎说。今天老板交我任务让我盯人，怕有猫腻。老姨在企业待了多年，深解其中三昧，解释说，肯定是对采购不放心。不过，你要注意分寸，能不得罪人最好。老姨夫过来问，马林啊，这两天怎么没听你提媳妇的事啊？我说，她反对我出来。表妹又插话，我强烈表示怀疑！

老姨夫说，媳妇都拴不住，一方面说明你的决心大，另方面说明你们俩有了矛盾，甚至矛盾还挺深，这时候第三者最容易插足。老姨说，咱家马林可不是那种人！表妹大声疾呼，妈，您可低估我哥了！

为澄清事实，我交待了面临断交的灯火阑珊。老姨问，长什么样？干嘛的？我说，怎么，把她领家来看看？老姨夫不满老姨道，问这干嘛？这种关系不能发展，防微杜渐啊！

工地被铁丝网临时圈了起来。汽车进入工地先要经过门卫，这时，戴了口罩的门卫截住汽车用喷雾器往底盘和车轮子上打药。瞧门卫那认真劲，让人感到"甲流"事态严重。司机说，这个门卫是因为脚上出了工伤才临时当了门卫。我说，都工伤了还不让歇着？

来工地的路上我没少给司机点烟，司机对我有了些好感，透露说，谭头儿用人狠着呢。我问，谭头儿是谁？司机说，工地上咱们的工长，谭工。又说，马工，你以后要是用车，找我。

——工地上把管理人员都叫"工"，工程师的意思吧。可是，我又想，用车不找主管，直接找司机？把我往沟里领？

谭头儿，让我想到了街上的"谭鱼头火锅城"。一见面，我差点没笑出声，谭头儿头颅硕大，上尖下宽，真是引人联想。一刹那间我把笑声转换成毕恭毕敬的"谭工，你好"。谭头儿也莫名其妙地随之一笑。握手。我因为心有旁骛，显得不如谭头儿攥的有力。

谭头儿说，你今天就算报到了。先把行李放宿舍去，然后去照相，找小区派出所办四证（外来人员健康证、暂住证、培训证、就业证），下午下班前和小佘交接。我刚想说，时间排这么紧得用车，谭头儿却又说，司机呢，你开车跟着马工跑跑。

宿舍租的是工地斜对过一个小区的一个两室，住满了工地七个管理和技术人员，大间住三个，小间两个，客厅两个。几个房间面积都不算大，于是司机帮我拉来单人床以后没处安放。我这人就爱突发奇想，感觉厨房是个好地方。面积虽小却可以享受单间。就是洗菜盆下水孔和地漏往上返臭气。

司机说，不行，这屋地沟味太臭。

我说，有办法。我找来废报纸，团成球塞住下水孔，又从旅行箱里找出透明胶带，把两个出气孔粘个严严实实。司机问，再用地漏怎么办？我说，活人还能让尿憋死，抠！铺床的时候，看到被褥、蚊帐都是老姨家从未用过的新东西，我都有点过意不去，就我这脏劲？

照相是在顺义县城照的快相，立等可取那种。然后回小区找派出所办证。主管人只是问了问"没有传染病吧"便了事。而我，略微有点胖，只要不往酒囊饭袋上想，人们都会认为健康。下班前我真的赶回工地来了。司机带我顺便看了看施工现场，两台巨大的挖掘机正在做基础刨槽，大坑深深的。司机说，咱们公司的任务是盖"会所"，带地下室那种。

工地物资部那屋小佘正抽着烟等着交接。

这就是老板让我盯住的小佘？从那一张团团的娃娃脸看，还分明是个孩子。可能是先入为主的缘故吧，这张娃娃脸却让我很不受用——8：20的眼睛、大嘴叉子、扇风耳。互相介绍以后，小佘用一口东北腔说，自打一听说新库管要来，我立马就把账整好了。说着啪的一声，把一摞账本堆在我面前。我随手翻了翻，又盯住其中一页细看，发现驴唇不对马嘴。我问，你什么专业？

小佘很敏感，立即说，我是学材料的，哪干过这个？我这些日子是代管，真正的库管员来了我立马交差。我说，明天细看吧，该下班了。

走到工地大门的时候，看到门卫正拦住一个中年妇女问话，中年妇女手里拎了一个鼓囊囊的兜子，直往身后藏。见我过来门卫问我物资部有没有叫小佘的？

我问，谁找小佘？

中年妇女说，我，他跟我定的这个时间。

我问，什么事？她说，小佘租材料。我禁不住又问，什么材料？她说钢管和模板。我问，真的？她说，我还骗你不成？我说，门卫，让她进去吧。心说，小佘，劝你好自为之。

我是不是错了？

晚上，小佘是被那中年妇女送回来的。当时客厅里有人在看电视，有人在打扑克，我在"单间"里想读一段《大学微言》，却被吵得静不下心，便也来到客厅，负责土建的袁工、水电的郑工、预算的张工和谭头儿四个人打"升级"为了记花账闹将起来，谭头儿翻脸了要掀桌子。正在这时，小佘回来了。他脸色愁苦、烦难，让那中年妇女架着，半依在人家怀里，看上去就像一对母子。我想起了雪村的歌《出门在外》，感到大家来北京打工谋生都很不易，心一软便过去搀扶小佘。中年妇女借势说，刚在小区保健站看的，打了一针，钱是我垫的。

看来小佘口袋里没钱。我便说，我先给你吧。就掏口袋。中年妇女说，五十三，打的"庆大"。我说打一针"庆大"就五十三？忒贵了吧？小区保健站这么黑？中年妇女说，还有吃的药呢。我心说这两人如果有猫腻就不会在乎三十五十的，看来他们之间应该没有故事。

中年妇女离去的时候说了一句"哈，蛋疼！"便在小佘后脑勺捆了一掌，啪的一声。像妈妈打儿子，透着亲昵和戏谑，小佘便忘记身边的一群大老爷们，竟傻乎乎憨然一笑做为回敬。

——关于垫钱，一年里发生七八次。虽然每次都不多，但借钱要还是天底下最普通的道理，小佘却装聋作哑，绝口不提还钱的事，因为不多，还真没法张嘴要，显得太小气。这是后话。

小佘对我说，中年妇女姓高，是小区里一家贸易公司的经理。原来这里是一片农田，被开发商买下来以后盖成小区，农民们都分到了一笔钱，这时顺义县改成顺义区，这里的农民就摇身一变成了北京市民。而高大姐拿这笔钱又在小区买了房，还买了车，做起贸易和中介，大大方方当起经理来。几年时间高经理就发展壮大了，给丈夫和儿子也买了

长篇小说

职场眩爱
zhichang
xuanai

车，一水捷达，跟着跑业务。小佘羡慕的要死，说着话喷出口水来。是啊，谁知哪块云彩有雨！

晚上一过十一点，大家就都陆续睡去，因为转天还有繁重的工作任务。谭头儿可能扑克打痛快了，发出的鼾声格外响亮，是"呼——啊、啊、啊"这种声音，像在说话（不知哪里举办打鼾大赛，谭头儿去了准能拿个特别奖），他睡在小间，与我隔壁，竟吵得我无法入眠，本来我这人就择席。在老姨家的时候，我每天顶多睡半宿。我又爬起来撤亮电灯读书，企望催眠。按顺序我要读的是第五十三段，《四书、五经和中国文化》，巧不巧，正是我垫钱的数字。不觉暗笑。书中说，从古至今，西洋欧美文化和精神文明都是以基督教为主流，而中国文化和精神文明的主流则以四书、五经为中心。当然，现在都在蜕变……我正有些睡意——有点对不住南大师，我一看严肃文章就犯困，突然，隔壁响起手机的彩铃声，一个尖细的少女在叫：老板，请接电话！老板，请接电话！谭头儿在睡梦中惊醒，抓起手机问，你好——哪位——我是——什么，出事了？伤的重不重？啊？……

我没有犹豫，急忙蹬上裤子，披上衣服来到隔壁。谭头儿说，你没睡？正好你跟我到工地去一趟！我问怎么了？谭头儿说，坑壁坍塌，把打钻探的民工砸了。谭头儿一边说，一边到客厅叫起了酣睡的司机。可能常常遇事，所以司机起床什么都不问，披了衣服就跟着走。下楼就把车发动起来。

工地上高挑的水银灯雪亮耀眼，四方的大坑里一塌糊涂，一群民工已经扒出被砸昏的伤者，抬到地面上，往嘴里喂水，唤着名字。有人说，前几天下雨下的，土质松软造成坑壁坍塌。谭头儿挤进人群，蹲下来抓起伤者手腕，感受伤者脉搏。然后说，马工，立马送顺义医院！帮帮忙帮帮忙！傻逼啊你们！伤者立即被七手八脚抬上车，谭头儿把一个皮手包塞到我的手里，我会意，里边可能是钱。另一个民工跟着上了车，抱住伤者。

司机对顺义医院很熟，走了最近的路。伤者开始断断续续发出呻吟，接着，呜呜地哭出声来。旁边的民工说，哭啥哩！哥，俺跟着哩！我坐在前边，听出他们是河南人。可能是哥俩。我打开谭头儿的手包，清点里面的资金，大约五六千。谭头儿是有备而来，可是钱太少啊。我又摸摸自己的口袋，老姨借给我的两千就揣在兜里，加起来应该差不多吧？万一顺义医院狮子大开口呢？

伤者没有生命之虞。先输氧后输液，溜溜折腾到天亮。伤者叫大栓，同来的民工叫二栓，是兄弟俩。医生说，得住院观察两天。我立即盘算手里的钱，怕是不够。

这时大栓说不能住院，要扣工钱的。我对眼下民工的境遇一向同情，便说，该住就住吧，万一有内伤呢？二栓说，你要掏工钱俺哥就住！我反驳二栓道，你有没有搞错，我凭什么掏钱？我又不是你们工头！二栓又说，我们给你们干活，出了工伤不找你们找谁？我说，你们归工头管，不归谭头儿管，要分清责任。谭头儿让你哥治病是为了救急，懂吗？

大栓抬手给了二栓一巴掌，然后挣扎着从病床上下来了，冲着我"扑通"一声跪下，说，马工，我看你是好人，病我不治了，只求求你帮我们追追工钱吧！

我吓了一跳，连忙扶起大栓。凭我对民工队的了解，我知道工头欠民工工钱司空见惯。我可以帮助追一下，不过我可受不起这一跪啊。我说，这个好办，回去我就找你们工头。大栓膝头一软还要下跪，我忙搀住他说，你要折我的寿哩。

大栓说，俺家父母都有病，还有个老兄弟正上着中学，借钱借海了，等钱等得眼蓝呐！二栓说，今年春节都没回去，拿什么去见人家债主啊！

不住院就不住吧。我让大栓弯弯腰伸伸腿，感受一下有什么不适。大栓说，心肺肚肠都没什么感觉，就是肩、背肌肉疼。我说，可能是挫伤，不过外伤总是好办一些。于是，大家搀扶着大栓出了医院，就找药

长篇小说

职场眩爱

zhichang
xuanai

店，凌晨时分，天空灰蒙蒙的，街上没有一个行人，哪有营业的药店啊！没办法，司机拉着大家就在顺义城里大街小巷一圈一圈地开转。真是老天饿不死瞎家雀儿，终于找到一家昼夜服务的药店，买了一些消炎止痛、舒筋活血的便宜药，如涂抹的红花油，外贴的伤湿膏之类。

回到工地，天已大亮，我感觉困倦像潮水一样"呼"地涌上来。我坐在副驾驶的位子上昏昏睡去，大栓、二栓什么时候下车我都不知道。时间不长，我被啪啪的拍门声惊醒，是谭头儿。我赶忙跟他到了办公室。他问，怎么样？我说，困，先来根烟！谭头儿把烟盒扔到我面前，我抽出一根放在鼻子底下嗅着，就把过程说了一遍。

谭头儿说，马工，办得不错！民工都这样，宁可忍着也不住院。不过，找工头追钱不是咱的事，你别掺和，你先休息半天吧。我没说话。因为我打定主意要追，不能说了不算。

我从谭头儿屋里出来就到工地寻摸，见民工就问工头在哪，一个年轻民工告诉我，你找到黑色桑塔纳 2000 就算找到他了。我抬眼望去，工地树荫下停着好几辆桑塔纳 2000 型。哪个是？我走过去，看到其中一辆里面坐着人，便轻轻敲敲玻璃。里面出来一个四十多岁腰上系着钱袋的胖子，因为续着一抹胡须，有了几分野气。

我说，你就是工头？

胖子问，是，怎么了？

我说，你欠着大栓、二栓一年的工钱？

胖子说，你是他们什么人？

我说，是他们二叔！

胖子又问，你想怎么样？

我说，想办你！

胖子有些发慌，一边后退一边说，你年轻，我不跟你一般见识。他想往办公室方向走。我朝他脚踝就踢了一脚，他立马一个趔趄，险些摔倒。我又从腰上拿出水果刀，打开刀刃，逼向胖子肚皮。

胖子彻底缴械，自我解嘲道，兄弟，有话好说，不就一年工钱嘛！

我心说，你也就这两下子，这水果刀只能吓唬胆小鬼。我立马叫来了大栓、二栓，让他们当面兑现。我眼盯着他们一张一张地数完票子，我对大栓、二栓说，你们立马去邮局把钱寄了，免得夜长梦多。胖子工头说，这是大家吃饭的钱哩，你们不要向别人宣传，欠大家的钱我是给不了的！

我说，你真他妈会装穷！

这件事过去以后，胖子工头见了我就点头哈腰，两天后他终于知道我不是什么"二叔"，而是他的上家——甲方的库管员，就常到我屋里坐会，还送烟送茶。他送的茶我就不客气了，而烟我又转送给谭头儿。谭头儿起初纳闷，说你初来乍到怎么会有人送礼？这个胖子工头可抠得很哩！我便说起踢他的那件事。但我没敢透露刀子的事，我想谭头儿也会害怕：工地上莫不是来了个亡命徒吧！

三、工地猫腻

这天下午快下班时，小佘告诉我说，夜里十二点来钢管和模板。就是几天前从高大姐那里预租的那批材料。对刚买来或租来的材料进行清点和验收，是库管员的职责。所以，不论夜里几点我都得盯着。这无疑又会让我半宿睡不好觉。我不解地问，为什么白天不来？小佘说，肯定是不行呗！我心说，你的业务怎么都是业余时间？

下了班，在工地小食堂吃过饭，我看看手机上的时间，离十二点至少还有五六个小时，回去看书肯定看不下去，打扑克又没兴趣，我就围绕工地铁丝网转悠，放眼四周，全是庄稼地，绿油油的玉米已经长了半人高，青纱帐之崛起势不可挡。这么好的庄稼地，说平就平了，然后盖那些只有极少数人才住得起的别墅？我们这个小区起名叫北欧风情小镇，别墅楼全部木质结构，木材从加拿大加工后进口，预售起价五百万。在庞大的数字面前我感到自己的渺小，更感郁闷以至无聊。我踱到公交车站，上了915，花一块钱坐了两站，进了顺义城里。开始漫无目的在大街上游走。

我见店就进，进去转一遭就走。不知不觉进了一家性用品商店。我一眼就看到柜台里赫然摆着男人的阳具和女人的外阴。那当然都是胶质的，但都做的相当逼真，尺寸和模样与真人无异，虽然颜色差些，但已经让人耳热心跳了。我不觉抬起眼睛，看了一眼柜台后的小姐。

小姐正睁大双眼紧紧盯视着我，那双眼睛无遮无拦肆无忌惮，我看出她在研究我：是不是掏钱的色鬼来了。我偏要打乱她的阵脚，便说了一句，你这么年轻怎么卖这个？

小姐不动声色道，这个怎么了？你没有吗？

我说，起码放在包装盒里。

小姐道，就为了让人看么！你们男人一到中年就阳痿，买个阳具回去可以减少夫妻矛盾。

我狠狠瞪了小姐一眼，转身逃走。晕！哪找来这么个泼辣货！

细一想，妈的，她对男女之事倒是门儿清。不过，专捅老子软肋就让人愤怒。夫妻之事不如意归不如意，真买这么一个东西回去，肯定挨骂然后立马扔掉。我那口子"环保"意识很强，绝不会接受任何非天然的人工物质。她会上升到虐待和迫害的高度来认识；她甚至极端厌恶A片，也坚决制止我看，对这个问题她会上升到人格和品质的高度来认识。这自然使夫妻生活循规蹈矩，可也清淡和减色不少。我曾经试图用"人是追求享乐的动物"这个理论来说服她，结果不仅徒劳无功，而且每每不欢而散。很淑女，也很小家子气。

前面是一家网吧，我不觉眼前一亮，便踅了进去。来北京这些天，一直没有时间上网，现在坐在电脑前，真比赴宴兴奋。我打开电脑直奔"同心网"，找我和灯火阑珊最爱上的那个栏目，我们俩就是在这里相识相知的。虽然从未谋面，却已经彼此了解很深了。我在这个栏目翻了好几页，也没找到灯火阑珊的名字。是不是换了马甲？我从几个未见过的新人里翻找，认真浏览他们的帖子。其中一个爱加语气词"唉"的，没错，这个人应该是灯火阑珊！我终于找到了你，看你往哪藏！我立马注册一个新名跟帖，夸张地惊呼她的主帖颠三倒四云山雾罩。她一本正经地回帖说，唉，近来失眠，精力不够，敬请原谅。

我说，我知道因为老公要踹了你，所以你才失眠。她又回帖说，你是谁？怎么什么都知道？

听她的口气，好像她真在经历感情挫折，其实据我所知她根本没有对象，这煞有介事的样子彻底暴露了她擅长调侃的一贯文风。我立即遁形退出。转头给她写了一封长信用邮箱发过去，细述我来北京后的情况和感受，对她热心提供的帮助深表谢意，说定在我发工资的时候请她吃烤鸭……谁说网络只是虚拟空间？网络背后天天都在演绎可歌可泣和悲欢离合的故事。不是吗？

走出网吧，有一个问题突然冒出来，就是夜里让我验收，怎个验法？我得找明白人问清楚。我立即又坐 915 赶回驻地。见了谭头儿我便问起这件事。谭头儿说，钢管和模板都不能弯曲、开裂、有瘪子，否则没法使用，但这又恰恰是最常见的。哈，敢情这就是夜里十二点来的原因，我恍然大悟！想钻光线不足和人们困倦的空子！

夜里十二点的时候，运送钢管和模板的五辆汽车摇摇晃晃开进工地。此时人们都在深睡，而我正精神抖擞。车上跳下来一个小伙子，过来就递烟，说，哥们辛苦？卸哪？

我挡开烟一指灯光最亮处说，这里！

几个装卸工从车上蹦下来，老练地打开车厢板，就往下抻钢管。

我说，慢着！我得一根根过目！几根弯曲的钢管立即被我挑出来。

送货的小伙子说，嗨哥们儿，别太认真了哎，你这么挑，我都得拉回去。

我说，工地不能用怎么办？你负责？我心说，反正验收不合格我不签单。小伙子拿我没办法，就又让烟，我又挡开。他又让水，我说，你别碍我事啊！他说，丫挺的，今天遇见鬼了。五辆车足足卸了两个小时，不合格的钢管、模板整整装回一车，我对小伙子说，兄弟，你想拿我开涮？小伙子讪讪地说，可能是装车时天黑看不清。我说，如果我不细看，回头就得把账记在我头上，你们反过来说是我们弄坏的，找我们要钱。对不对？小伙子连说晦气，上车走了。

转天我买了一份北京晚报，查广告专版，找了另一家建材租赁站，打电话过去，一问价格还要低。我便找到小佘质问，为什么非租这家的建材？

最近小佘常往小区里的美发厅跑，跟一个小姐热络起来。身边有了女人，就突然变得十分自信，仿佛腰粗腿壮了一样，不知别的男人是不是都这样。他见我问到他的业务领域，变得十分反感，而以前是喜欢听我提问的。他说，这是高经理代理的，不行吗？还说，中午有一批钢筋到货，也是高经理代理。

我一听，立马从报纸上查钢材的广告，知道了钢筋2750元一吨，略粗一点的螺纹钢2850元一吨。然后我问小佘，高经理给你的钢材什么价？小佘说，马工，你的职责可不是买材料！我说，我没想买材料，只是问你价格。小佘说，因为闹"甲流"，许多单位停止营业了，所以材料价格也有上涨，你不能光看报纸。

我赌气一样立马按报纸广告打电话，一问，人家说，货真价实，还管送。

小佘没话说了，却又嘀咕：和谭头儿打过招呼的。

真是谭头儿同意的吗？我没法去核实，因为谭头儿会认为我手伸得太长。但老板早已交待我盯住小佘的价格问题，我多关心一点应该不为过。只是不要太露骨。中午太阳正当头的时候，高经理带着五车钢材来了。我在验收签单时发现每吨价格上浮了100元。

我有些忿怒，便对高经理说出市场价，问她为什么涨价？高经理沉着地说，我们中介公司不得加质量保证费（代理费）吗？再说，你又不负责材料，问什么劲？我说，你听好，现在是买方市场，明白吗？你要较劲，我就让你拉回去。

高经理急了，说，嗨！你们的材料员买进的，又没发现质量问题，凭什么拉回去？要我们？我说，就凭我是库管员，我不给你签单。心说，你横，我比你还横！几个拉货的司机劝说道，这位大哥，高抬贵手吧，大家都不易。高经理急得要哭，又不想说软话，就说，我找你们谭头儿去！

我说，你随便！我正晒得满头油汗，便走到树荫下静等。

一会儿，谭头儿跟着高经理从办公室走过来。谭头儿看看已经卸在地上的钢材，问我，数量怎么样？我说，没问题（我是以钢筋截面积乘长度乘比重算出重量的笨办法，比较可靠）。谭头儿对高经理说，这样吧，你每吨再降50，大家都好办。

高经理一听"呜"地一声捂着脸哭了，说，我们赚点钱容易吗？

谭头儿说，哭什么？莫斯科不相信眼泪，咱北京也不相信眼泪。你要降，以后还可以合作，你要不降，就算了。高经理不哭了，说那就降吧。见此，我还犹豫什么呢，立马给她签了单。高经理走了以后，谭头儿说，马工，你做得对，我太忙，有时顾不上，你就得在价格上把关！——哈，又一个让我把关的！

周末，大家都回市里各自的家了，我进城上网吧给灯火阑珊发邮件，回来后一进小区大门，被高经理迎面截住。高经理说，我知道你不是北京人，市里没家，我到宿舍找你又找不见，就一直站在这等你。

我说，站多长时间了？

高经理说，至少有仨钟头了，腿都麻了。

天呐！竟然等我等了仨钟头！我说，你等我干什么？还是钢材价格吗？

高经理说，不不，是我们家里的要见你一面。

我急忙推辞，说不方便，不能去。

高经理说，就在小区里面，几步远，怎么不方便？

去不去呢？我真犯了犹豫。我这人吃敬不吃硬，就怕别人相敬如宾。高经理见我拿不定主意，就过来拉住我的胳膊，说你要是不去，我今天就得在外面站一宿！

我说，不至于吧？但我脚下已经跟着移动了。我心里盘算着，反正任你怎么样，我不会抽你一支烟、喝你一杯酒。

高经理住在四楼，一个三室。宽大的客厅里灯光明亮，正中间摆放着一张圆桌，桌上酒菜伺候。见我和高经理进来，坐在一边看电视静候的三个人：高经理的丈夫和两个儿子呼地站起来，相继过来跟我握手，拉我入座。我说，我早就吃过了，你们快吃吧，让你们等这么长时间，真没想到！高经理丈夫接话说，你吃得早，已经消化完了，来吧，别光看我们吃。高经理干脆说，马工，你要不入座，我们就不吃。

我突然想到，在我之前，他们肯定也这样招待过小佘！我可不是小佘——我的心一下子又坚硬起来，说，不是我不近人情，是我有慢性胃病，我来了就是坐一会，你们要是太客气，我只能走了。说着我就转身要走。高经理赶紧拉我坐下，说，年纪轻轻有什么胃病，不吃就是不吃吧，干嘛非要咒自己呢！……一家人只好自己吃起来。于是，饭桌上没提一句业务上的事。但我仁至义尽，陪他们直到吃完才走。对了，喝了一杯凉白开。我这么做是因为廉洁吗？我供职的公司是个私人企业，用不着也谈不到廉不廉洁，只是个性使然。

回到宿舍，发现门被反锁，用钥匙怎么也打不开。既然里面有人，我就敲门。

小佘只穿了一件内裤过来开门，说，以为你不回来呢，告你，别去大屋那边，我带来一个伴儿。我一听就明白了，说，瞧你这点出息！你不是最青春、最纯洁、最老实吗？

小佘反唇相讥：你老兄饱汉子不知饿汉子饥。

我说，你饥，就不择食吗？

小佘又说，没有朱砂，红土为贵。

长篇小说

职场眩爱

ZHICHANG

Xuanai

我懒得理他了。

老板到工地检查工作，观看施工现场时被胖子工头缠住点烟送水大献殷勤，接着就给我奏了一本。说你们聘用马工绝对错误，他连刀子都敢动，还怕谁？闯祸的时候还在后头。老板狐疑，到谭头儿那印证。没想到谭头儿对我大加赞赏。于是老板找我单独谈了一次话：

马工，你办公软件行不行？

桌面系统还凑合。

那你到公司办公室当主任吧。

不是有主任吗？

让她干副的。

为什么选我，刚来不久？

公司需要你这种人。我得感谢胖子工头向我"告状"。

给我三天，我得想想。

想什么，就这么定了！

（如果我不去当什么办公室主任，而是老老实实干库管员，后边的一系列问题可能都不会发生。这当然是后话。）

这个决定意味着我的擢升，最实际的是工资起码提高一千，谁反对谁就是大脑有问题，所以老板不由分说就拍板了。我没再表示异议，那会显得虚伪和矫情。老板立即在工地召集会议，公布这一决定，同时点了小佘的名，指出问题所在以后宣布对他"留任察看"。——这就是在市场漩涡中能立住脚的私人老板，办事绝不拖泥带水。谭头儿小声嘀咕，太急了吧，库管员谁干？小佘则双手捂脸无地自容。

散了会，小佘拉住我说，马工，我跟你说句话。我本不想理他，可走出两步又站住了，看他一脸歉疚的样子，我又有些心软，他毕竟是很雏的"小老弟"。不想他说，借我两千块钱吧，我有急用。我没有立即答应，因为上次我替他垫上看病的钱，他还没还。

小佘说，我欠高经理钱，必须得还。俩月前我妈刚给我寄了一千，我不能连着要啊。

我说，你都干什么了，怎么花的？

小佘扭扭捏捏说，搞对象用了。

我说，你会不会生活？我看你把钱都花在美发厅了，那叫什么搞对象？好歹你也是个大学生啊！

这时谭头儿走过来拍拍小佘的肩膀，说，小佘啊，老板本来是要开除你的，是我说情才留下你。但我也向老板打保票，要监督你挽回损失，你得作脸啊！

这样的孩子在外打工，家长怎么能放心？还要几年才能成熟？我禁不住又问，你怎么会欠高经理呢？

小佘说，我拿过高经理的钱，条件是让她做代理，可是她做代理必然加价，咱公司又不接受，所以……

啊，原来如此！小佘要想继续留在公司就必须切断与高经理的关系，但他欠着高经理的人情，而眼下这个人情需要我的资助才能偿还！

也许这个钱又会成为肉包子打狗一去不回，可我如果不帮他，谁还会帮他？找谭头儿借钱吗？小佘不敢，谭头儿也不会给！

晚上，我经过反复思量，给了小佘一千。心想你就是说下大天来也就这么多了！不想小佘乐得屁颠屁颠的，直追着我要帮我洗衣服，被我拒绝了。我到客厅打电话，首先告诉老姨，我要到市里三元桥那干去了。

老姨问，换工地了？我说，哪儿啊，公司本部在三元桥。老姨说，你去公司了？

我说，是啊，当办公室主任。

老姨连说好好，祝贺你，这个礼拜天来家吃炸酱面吧！我说行。接着又给灯火阑珊打手机，告诉她这次非租房不可了，因为我进入北京市里工作了。灯火阑珊说，不错，是金子总要发光，是野狼总要嚎叫；北

长篇小说

职场眩爱
zhichang
xuanai

京这地方是不会埋没人的。房子我这就给你找，但你不能来回变。

打完电话，我一回身，见小佘就在身后站着。我说，嗨，你怎么偷听别人电话？

小佘嘿嘿一笑，转身就走。气得我说，你怎么这么缺家教啊！

周末，我和谭头儿交接了工作，就回宿舍收拾东西。小佘倚着门框默默地看着我。我问，你有事？他摇摇头便离开。神情很是异样。我也不再问他。

拉着旅行箱扛着行李卷出门去。我坐上公交，又倒了一次车，天黑前到了老姨家。刚坐定就有人敲门，我以为老姨夫下班回来了，忙把门打开。却是小佘。

我说，哎，你怎么找到这来了？小佘说，我看过你的通讯录，有你老姨家的地址。没办法，我把他让进屋。

老姨问，你们是同事？

我说是。

小佘忙说，老姨给您添乱了。

老姨说，没吃饭吧？一会大家一起吃。

小佘突然说，老姨，我说完事就走，我还得再找马工借一千块钱。因为马工把我推到了绝路，所以必须找马工借。

我说，小佘呀小佘，你这么想就错了。你难道没有反思过自己的问题吗？如果没人盯你，你就没有问题了？

小佘说，马工，你的提升建筑在牺牲别人的基础上，你也应该反思。

老姨问，究竟怎么回事？

我便把事情经过诉说一遍。

小佘说，一个破私营公司，你用得着这么认真吗？

我说，你嫌这个公司破，为什么不赶紧跳槽？用得着到处借钱吗？反正我是不会再借你了。小佘一听"嗯"地一声就哭了：马工，你不借也得借；你不借今天我就不走了！

我说，你敢耍赖我就叫110，你信不信？这时老姨夫下班回来了，见小佘哭哭啼啼的样子，就说，一千就彻底了结了？小佘说是。老姨夫说，那好，来，我借你。打借条。

真让我愧疚，竟然让老姨夫借给小佘一千块钱！加上老姨悄悄塞给我的两千，我到北京不足一个月，已经占用了老姨家三千块钱。小佘拿了钱破涕为笑，洋洋自得地走了。

也真让我长见识，还有这么无赖、拿着不是当理说的人！老姨把那张借条小心折好放到一个抽屉里，说，马林啊，我左叮咛，右嘱咐，让你尽量少得罪人，你可倒好，让人追到家里。

我说，我是看他可怜才帮他，谁想他是这种人呢？真是"可怜之人，必有可恨之处"！

老姨夫说，吃一堑长一智吧，你在工作中可能会遇见各种类型的人，要注意一点就是保护自己。比如小佘，我借给他钱，压儿根就没想过他会还，主要是息事宁人，怕他缠上你。以后他要有良心还钱，对于咱们就是意外收获。

表妹下班回来，吵吵嚷嚷让我讲工地故事。她是处在刚参加工作还没对象那类人群，整天听MP3，嘻嘻哈哈、无忧无虑。在饭桌上，我就讲了替民工追钱，踢了胖子工头一脚，最后导致公司老板看中我的过程。表妹开心地哈哈大笑。老姨和老姨夫却陷入忧虑。其实我还隐去了"使用刀子"这一情节。

老姨说，你这孩子忒胆大，胖子工头要没完没了找你麻烦怎么办？再说，全北京这么大，困难的人有的是，你帮的过来吗？

老姨夫说，你们老板调你当办公室主任，怕是项庄舞剑，意在沛公，是打算利用你这个热血男儿啊！

表妹说，老板要使坏，你就照方抓药，也踢他一脚！

长篇小说
职场眩爱
zhichang
xuanai

老姨和老姨夫毕竟都是过来人，他们的担心不无道理。我表态说，我一定小心；并且我要常来家汇报。老姨又问起找房的事，我就说有人帮忙，很快会定下来。

老姨说，是不是那个什么女网友？干嘛不叫你姨夫给找？

我说，有大事才找老姨夫的，什么时候我干不下去了，就让老姨夫接着给我找活。表妹又抢我的手机，想看女网友留言。结果什么也没看到。便说，哥，你删了？真狡猾！我逗她说，太肉麻，当然得删。其实，最近我和灯火阑珊都没发短信。

星期六下午，老姨和老姨夫睡午觉的时候，灯火阑珊给我打手机，说是去看房子，约了见面地点——还是在二外对过。啊！千呼万唤始出来，灯火阑珊终于要露出庐山真面了！

我换上干净体恤，戴上墨镜，在立柜镜子前走了两个来回。问表妹，够不够酷？表妹说了声"臭美"，便缠着要去，我说，在五环外，大热天你跟着跑什么？表妹说，我得监督你们，回来我给嫂子打电话汇报。我说，冲你这句话也不能让你去，你编了故事好让我们两口子离婚！表妹把门堵住说，要么谁也别想去。

没办法，我只能妥协。表妹立即快速换上一件素花连衣裙，拿了MP3，说，走，这才像个哥嘛。

我说，这有什么可美呢！

在二外对过的一个叫"绿岛"的小区门口，站着一个容貌娇好、亭亭玉立的陌生女孩。

表妹说，真靓，是她吗？

我说，应该没错。

灯火阑珊曾说她正在减肥，可是完全看不出她哪儿胖。我摘下墨镜，走过去问，你是——女孩迅速把我全身打量一眼，说你就是"北方野狼"吧？我是阑珊的朋友，她今天有事来不了，让我带你看房子。

我大失所望。

表妹也长长叹息一声。我说，好吧，让你受累了。女孩说，朋友嘛，不客气！说着，领我和表妹走进绿岛小区，走过绿地和甬道，来到一座新的高层塔楼前，我不由自主说，新房？

女孩说，怎么，不行？

表妹说，新房太贵。

女孩说，那可不一定。

大家一起上了电梯。电梯间容量15个人，空间不大，表妹便紧紧傍着我，闪着女孩。女孩下意识地翻了表妹一眼。女人嘛，总有些小动作，只要留心就会发现，其实背后都藏有心思。转眼就到了。下了电梯，女孩走在前面，用手中的钥匙捅开一间屋门。我跟着进去。真是新房，刚刚装修过的，表妹哇了一声。女孩说，这是两室，你住小间，每月七百，大间九百，但有人了。厨厕公用。

四、卷款逃逸

　　房间的装修比较初级，无所谓，反正我也不是长住。粗粗打量一番以后，我突然发现，大屋家具齐全，而让我住的那个小间，除了一张写字桌和一把椅子，却没有最主要的家什——睡觉的床。我问女孩，你看这是怎么回事？女孩也纳闷，她来到大屋看了一眼，说，哦，在这里。原来每屋一张单人床，被人都搬到了大屋，对成了双人床。

　　女孩招招手说，来帮帮忙，搬过去。我和表妹便过去搬床。

　　我说，是谁住这屋，人家让搬吗？

　　女孩说，也是一个朋友，没关系。又问我，野狼同志，带租金了吗？

　　我问，预交？

　　女孩说，那当然。

　　我问，几个月的？

　　女孩道，一个季度——你上全北京打听打听，都这意思。我盘算着，三七两千一，便说，没带这么多，先交一部分定金吧，剩下的下次交。我掏出身上仅有的六百块钱。女孩接过来也不数就攥在手里。这时表妹听着 MP3 踱到洗手间，惊叫起来，哇，这么脏？

我忙跑过去，一进门立即波一股尿臊味顶上鼻子。抽水马桶撒完尿没冲水，地上扔满洗发水的塑料瓶子，手纸篓的手纸早溢了出来，散发着干屎气味。总之是一片狼藉。表妹立即转向厨房，见里面同样污脏零乱，到处扔着方便面空袋子，满是油渍的操作台上几个霉烂的西红柿摊成烂泥。表妹说，还新房呢，驴粪球外面光，得减钱啊！

女孩说，别一惊一乍的，谁住谁收拾，房主哪有收拾房间的先例？

我说，等我来了慢慢收拾吧。

表妹说，哥，北京这么大，找哪的房子不行，非租这的？

我说，我相信朋友。

表妹不满道，这样的朋友有没有不吃劲！

女孩接茬道，你以为人家灯火阑珊吃饱撑的帮你呐？我一看要吵起来，忙说，好了好了，灯火阑珊"一站式"服务，这就让我省老事了！拽着表妹往外走。临出门，女孩从手里的一串钥匙上摘下一把交给我。

转天下午，表妹帮我把行李搬了过来。又捏着鼻子帮我收拾了洗手间和厨房，用墩布擦了地，然后打开窗户通风。临走才发现，没有电视。几个屋都没有。表妹说，晚上你怎么过？要么把我的 MP3 给你？

我说，算了，我不爱听那玩意儿，我看书，还可以去网吧。

表妹说，那个女孩说是灯火阑珊的朋友，那么和你就是间接的朋友，可是你瞧她多横啊！

我说，你们女孩就爱计较这些。你瞧，劳动创造一切，现在屋子不是蛮干净吗？

正说着，客厅的门锁发出响声，接着，门被打开。一个小伙子领着一个姑娘进来。我和表妹都愣住了。小伙子长发蓬松，衣领敞开，脖颈上是一串带十字架的项链。我说，你是——小伙子说，昨天灯火阑珊告诉我，来了一个新朋友一起住，就是你？我叫郭果，姓郭的郭，水果的果，二外大四，这个是我女朋友。

哦，我说，在学啊，你怎么也租房住？

郭果说，学校里不自由。说着转过身就搂住女友亲起嘴来。我以为他是即兴发挥，"点到为止"，谁知一发而不可收，瞬间便进入"深度"亲吻，物我两忘。表妹吓得往我身后藏。我悄声说，我赶紧送你走吧。

我们打开门出去，那两人竟未受干扰，仍在化境。走在路上表妹说，还郭果呢，我看是蝈蝈。真恶劣。我劝你换个地方。

我说，不必，看我如何改造他们。表妹讥笑道，别让人家改造你吧，用不了多久你就跟灯火阑珊弄到一块去了。到时看我不揭发你！

我说，走着瞧。现在大学生可跟我们那时不一样了，太开放了。表妹说，我是高自考毕业，不知道名校大学生这样。都说现在大学是大染缸，刚看见。我说，未必人人如此，不过，看这架势收拾厨厕非我莫属了。

当晚，我开始经历和郭果在一个单元里的另类生活。郭果和女朋友从晚上十点开始做爱，杀猪宰羊一般大呼小叫。十一点阶段性休息调整，十二点又开始新一轮冲顶。我非常后悔没把表妹的 MP3 留下，让两只耳朵枉受煎熬。无奈中我拿出王小波的《怀疑三部曲》，读了一阵王小二的插队生活，还是不行。再生动的文艺作品在现实生活面前都黯然失色。一个月来保持寂静的内心开始鼓噪起来，脑子里老婆、没见面的灯火阑珊、昨天的女孩以至小佘在美发厅找的小姐都一一在眼前浮现。

我抓过手机给灯火阑珊发短信，大声疾呼，哥们儿，你害我啊！发出以后方觉不妥，这和她没有关系。重发：纠正哦——你练我呐！反正睡不着，我又把两天来的情况描述一遍发过去。眼瞪着屋顶，直到两三点钟以后，我才慢慢睡着。

早晨我匆匆起床，奔向洗手间——今天是我到公司办公室任职第一天，我应该早到。可是，洗手间被反锁了，郭果和女朋友两人正在里面有说有笑。如果等他俩解手、洗漱宣告结束，我差不多也该迟到了。我奔到厨房，以最快的速度洗漱，因为我要留出到街上找厕所的时间。我对北京街上的公共厕所持肯定态度。其他大城市如上海、天津、重庆都比之不及。等我赶到公司，飞跑上楼，推开办公室门的时候，墙上的电子钟正在打点：八点整。

老板已早在屋里等候，面向玻璃窗站着。屋里还有一位女士，也就是前主任大春了，一个承德人，我刚来考试的时候是她监考。大春正在抽泣，用手绢抹着眼角，老板没看见我进来，依旧在说，你有什么可委屈的，不是又给你涨了二百吗？你其实是明降暗升哩。大春看见我立即干咳一声，老板便回头看见了我。他很不自然地给我指出座位，说，马工来了。

我说，我影响你们说话吗？

老板有些尴尬，忙说哪里哪里！他走过来捏我的胳膊，又按我的胸肌，说，马工啊，你是个文武兼备的人才，将来咱公司催账、要账，文件起草收发，办公用品采购管理、上传下达、协调各部门关系，这些就全交给你了。

我听出了弦外之音，感到老板暗示我有打架任务。便明说，感谢老总信任，我会努力，但涉及纠纷的事最好别找我，因为我一掺和就有伤胳膊断腿的，让公司有收拾不完的残局。

老板哈哈大笑，说，马工你真幽默！我喜欢你这种直来直去的性格，对你满怀信心哩！说着，他从抽屉里拿出两页稿纸，说，眼下有个急活，关于雨季施工问题，你给顺顺吧。说完便离去。

我刚要看稿，大春走过来一把夺了过去，说，哪有刚报到就工作的，来，说说话。我这人太直，专爱哪壶不开提哪壶，于是就说，你刚才哭什么？

大春说，我为他殚精竭虑工作了五年，什么都贡献了，到头来，嘿，不升副总反倒给我降了！还有点情义吗？

我说，老板恐怕另有考虑。涉及到我，我讲什么好呢？老板始终不否定对我必要时"诉诸武力"的期待，可这话没法说。当然我也打定主意，绝不再轻举妄动。我说，主任——我当然还得这么叫她——不是还给你涨工资了吗？可以啦。你还是让我看稿吧，别让老板说我低效率。

大春把稿纸扔给我，道，简直就是强奸，懂吗？强奸！要么反抗，要么享受，眼泪没用！

我坐在电脑前，开始看稿。大春还在絮絮叨叨，我只作没听见。我迅速把雨季施工的材料看了一遍，是谭头儿写的。他只谈保证工效的技术要求而不谈最要紧的保证员工生命的安全要求。这个"谭鱼头"要让大栓的工伤事故重演吗？大栓没有重伤难道不是侥幸吗？

我不由分说立即将"有关问题"改为"安全措施"，并归纳成四点：一、加强专项检查；二、开展专项整治；三、确保应急救援畅通；四、落实层级责任制。特别强调对深基坑、脚手架、临时设施用电等部位的检查监控。虽然同样说的雨季问题，但整个主题变了。我从修改到打印、送给老板总共用了一个小时。不过，我快，老板更快。他接过去只扫了一眼，就说不行。他说，你有民本思想，我不反对，但咱是企业，没效益一天也生存不了。

我说，这也谈不上什么"民本"，而是常识。一个没有安全保证的工地，能让民工安心干活吗？

老板毕竟是老板，脑筋很灵活。他说，这样吧，你这个文件单发；老谭那个也发。

于是我把谭头儿的文稿顺了一遍打出来。我工作的时候，大春一直焦躁地走来走去。突然情不自禁说，小马，别太玩命，咱老板顶没良心了！

前两天，大春向一个居民装修户拼命催款，甚至说，如果你们今天送来我就再优惠你们百分之十！我以为是大春的正常工作，没往心里去。今天快下班的时候，一个装修户夹着皮包来找大春，说，我及时送到了，能优惠多少？

大春说，我只收你五万，其余八千全抹，怎么样？

装修户大喜过望，连说，爽，爽！你们准能业务不断，发大财！大春数也没数，就把五沓票子塞进抽屉，然后拿出收据和公章，就办了手续。

望着客人远去的背影，我说，你真大意，票子不够数怎么办？

大春说，甭数，从没错过！接着，大春又找出一张报纸，把五沓票子一卷就出去了。

我以为她去了财务部，可是直到下班也没见人影。我看了一眼她坐的地方，抽屉开着，手包在抽屉拉手上挂着。

已经该下班了，仍不见大春的身影。我掩上门，来到财务部，问大春是不是来过？财务部的人说，没见啊。我又到老板屋，也没有，老板问，马工，你找人？

我说找大春，该下班了，抽屉开着人不见了。

老板说找找。我便楼上、楼下转了个遍。不管怎么说，我是办公室当家人，一来我关心大春工作，二来有了闪失我也有责任。可是整座三楼都没有。我突然产生一种不祥之感，大春逃了！

我立马找到老板说清情况，老板便跟我来到办公室，查看了大春抽屉，都是办公用品，没有值钱东西，打开大春的手包，里面只有化妆品和手纸。老板立即警觉起来，问我，刚才大春在干什么？

我说，收了一个客户的装修费。

老板问，多少？

我说五万。

老板一拍脑门道，跑了！这个婊子！

老板又翻大春抽屉，希望能看出什么。他发现了那枚公章和那本收据。说，公章我早就收上去了，怎么又冒出一个？我们俩细看文字，确实是本公司名称。老板道，妈的，还私刻公章了！接着问我，你怎么没发现她的猫腻？

我说，我以为是正常业务了。我提醒道，她的身份证没押在公司吗？老板道，押过，前两天她要走了——原来她早有打算！

长篇小说

职场眩爱
zhichang
xuanai

老板突然变脸道，马工，这个月要扣掉你的工资。

我不觉一惊，说，凭什么？

老板说，你失察。

我说，你并没让我监督她。当初你让我监督小佘，我就照实做了，因为你确实说了，而对大春你可什么也没说！

老板想了想，似乎觉出理亏，便改了口，扣你半个月吧！

我没再争辩。也许老板是心里别扭，处理一下下属能出口恶气。但我对老板的品性正逐渐看清。大春的携款逃走，是因为一腔怨愤。果真是"什么都贡献了"的话，拿走五万也不算多。只是我的半个月工资牺牲得太窝囊。

晚上，我又给灯火阑珊发短信，告诉她，这个月给不成房租了。

但是"堤内损失堤外补"——让我大出意外的是灯火阑珊回话要约我见面。

我学着冯巩连说，"亲爱的观众同志们，我想死你们了！"

灯火阑珊道，我说野狼，你贫不贫啊！

我说，哥们儿，躲开大礼拜，因为那是我去老姨家的时间，不能让老姨一家多疑和不放心。

灯火阑珊说好吧，就周五，晚六点，三元桥旁的咖啡店。

我说，听你的。

因为有这件事惦记着，我在工作时丝毫没有流露对老板的不满。

捱到周五，五点钟一下班，我锁好抽屉，带上门就走出楼去。我在街头报亭买了一份北京晚报拿在手里，踅进咖啡店。虽然时间还早，但我愿意坐在咖啡店里，一边嗅着空气中弥漫的咖啡香气，一边等候想等的人。因为等人心切，这份报纸被我一遍一遍地来回翻，却记不住里面都是什么内容。

人来了，我站立起来。

就是那天领我和表妹看房的女孩。

我上前两步，伸出手去，女孩却挡开了我的手说，怎么坐在这么个幽暗的角落呢？便引我到离窗很近的座位，顺手拿起价目表。她今天穿了一件红条格短衫和露脐牛仔裤，眉目清秀，宽宽的前额，脑后一把大刷子，很挺拔，很青春，很清爽。

我问，你究竟是不是灯火阑珊？

女孩说，你眼这么拙，看还看不出来？

我说，真看不出来，你快告诉我是不是吧！

女孩说，是，怎么样，不是，又怎么样？

我说，如果是，就继续交往，如果不是，我也不多叨扰。

女孩说，不是。

我一听，立马有些泄气，又觉得她在考验我，便坚定地站起身说，那我就走了，谢谢你一直帮忙。我走到大门口的时候，女孩喊，野狼回来！声音好大，惊得柜台小姐和服务生齐刷刷看过来。我只得回来。女孩笑了，说我就是灯火阑珊！

我走回来重新坐下，嗔怪说，你，你，你也太那个了吧？

灯火阑珊说，你也别口吃，初次相认总得有点波折，没有波折我就制造点波折。你知道我为什么约你吗？

我报复说，想我呗！

呸！灯火阑珊道，美得你，我是怕你坚持不下去！知道吗？凡是来北京谋生打天下的，前三个月都不好过。挺不住的就打道回府了。你现在正在困难期，也叫不适应期。

施工队工头给我们老板打了无数次电话，说无论如何得给一部分施工费了，下一步要做基础得进材料，一分钱不给这活还怎么干？开始老板只推说甲方没给钱，现在大家都是垫钱开工。但终于架不住工头死缠烂打，最后动了心思，说稍安勿躁，本周努力一下试试看。回头老板就让我约请甲方老总，捎带监理公司。

请人吃饭是容易事吗？绝对不是！如果是对下家，乙方，那好办，肯定屁颠屁颠的，不过那是居高临下，叫招待，不叫"请"。对上家，甲方，那才真叫请。因为太敏感，你一请人家就认为是催钱，裤裆里的黄泥，不是屎也是屎。而催钱是个很不得味、讨人嫌的事。我搜肠刮肚，直把好话说尽，理由用绝，不然人家怎么会百忙之中拨冗前来赏这个脸？我找的理由是方案里有不合理之处，请甲方来一起探讨。最后甲方答应来一位副总。监理公司答应两个常驻工程师都来。地点就选在离三元桥不远的"春华"饭店。

老板嘱咐说，选最好的酒，点最好的菜，你办公室主任立功的时候到了。

我心里却惴惴的，想着大春的话——咱老板顶没良心了——我怎么立这个功？相机行事吧。

老板在单间里抽烟静候，我则站在饭店门前立等。约好十二点整的，监理的人过了一刻钟才到，而甲方副总整过了半小时，才自驾一辆黑色奥迪沙沙地驶到饭店门前。

停好车，下来一位戴宽边墨镜，头顶秃得锃亮，腆着将军肚的中年人，我便问他，您是北欧风情的项目甲方吗？来人答，没错，副总老邢。我说您请进吧，等您多时了！

老邢嘴里啊啊着，并不急于进屋，而是反复看门上的牌匾，说，"春华"不好，太虚，还是秋实好，硕果累累，是不是？怎么不叫秋实？又问，知不知道谁的手笔？我说不知道。他说，启功啊！书协主席，一个字卖一万！这个都不知道？我说，我孤陋寡闻，只知道启功是北师大教授。

老邢一愣，说，行啊，你不是都知道吗？我没敢说是想看看他怎么卖弄。

在饭桌上我让大家每人点一个菜，老邢也不推让，点了一道"龙虾两吃"，我接过菜谱一看，这道菜一千二，心说，宰吧，反正老板有心理准备。我便点了两瓶"国窖1573"。

等菜的时候，老邢给大家发名片，监理的人先叫了起来，哇，邢总是博士？

我连忙看一眼名片，果然上面写着博士。

老邢说，在北京这地方，县团级多如牛毛，不叫官；董事长不计其数，未必有钱；硕博士数不胜数，不一定有学问。我这个就是蒙世的。

菜上的慢，小姐先把酒拿来戳在桌子中央，问打不打。老板说，听邢总的，老邢便说，等菜齐了再说，跑味。大家便围着看这两瓶酒。透明的塑料罩里，衬着金黄的丝绢，国窖1573安详地矗立其间。

老板不看酒，却死盯着我看，让我不解。

老邢说，你们办公室主任有品位，从这酒就看出来了，那么我问你，知道这个酒好在哪里？

我说，酿酒的窖池古老，有四百年历史。

老邢说，哈，你怎么知道？

我说，瓶子上写着了。

老邢说，聪明！又说，酿酒业中，窖池连续使用时间越长，酒质越精，该酒厂就因此被定为"国家级重点文物保护单位"，故称"国窖"。

一个监理玩笑道，邢总拿了人家广告费吧？

老邢说，你别笑，我做过代理商。

各道菜陆续上桌，老邢反客为主，招呼小姐开瓶斟酒，又让大家吃菜。我怕他又要说酒，就进入主题道，咱这个项目会所顶顶关键，是整个别墅小区的门面和牌匾，说白了，人家买房的来了先进的是会所；可是现在资金紧张了。

老邢接话说，资金好办，正在等银行贷款。但眼下贷款不到位你们建会所也决不能含糊。我们喝酒喝的是文化，建房建的也是文化。没有文化含量的房子吸引不来有钱人。会所正是建筑文化的集中体现。

老板问，贷款要等多久？

老邢不回答却跟老板碰杯。

老板不端杯。

我看出，老板现在不受用。为解围，我起身向大家敬酒，老邢道，打横炮？那好，举一反三，一目十行。

长篇小说
职场眩爱
zhichang xuanai

我说，什么意思？

老邢道，咱碰一杯，你要喝三杯，贷款就三个月到。咱碰一杯，你喝十杯，贷款十天就到。

老板说，酒话不可靠，说实的！

老邢道，那也得看办公室主任的表现。

我说好吧。便上去和他碰杯。杯很小，老邢很轻松地一饮而尽，又亮一下杯底。我便干了杯中酒，再请小姐斟酒，然后向老邢示意，再干。如此反复十次。结果老邢还让斟酒，我说，邢总您老不讲信用，说好"一目十行"嘛！

老邢道，我可先说的"举一反三"！

操蛋，得喝三十杯才算数！真算假算还不知道！

五、女友怀抱

　　我这人是个红脸汉子，怕捧，怕被人信任和委托。既然老板说我立功的时候到了，这酒就是捏着鼻子也得喝下去。此时大春提醒我的话已经忘的无影无踪。在大家的众目睽睽之下，我真的喝下了三十杯酒。幸亏酒杯是那种两三钱的小杯。想想看，即使这样会是什么情况？那瓶酒已经下去了三分之二！顷刻间我就挺不住了，只觉得头重脚轻，胃里翻江倒海，便箭一般冲向厕所。

　　面对马桶我使劲抠嗓子眼，直到"哇"一声吐出来。——又好又贵的酒，从喝进到吐出，我始终不知什么味！

　　待我洗了手脸，回到酒席，胃里还在翻腾，我的表情一定非常难看，因为大家都用惊异的目光看我。老邢迎头就说，嗨主任，开个玩笑你还当真了，这么不识逗！

　　我说，您的话在我们听来可是金口玉言呐！

　　老板借机问，那贷款？

　　老邢道，你们呀，太实用主义。以为罚了酒才给贷款。其实我一开始就告诉你们了，贷款一下来立马给你们。

哇！列位看官你们听听，人家把话两面说，我这酒不是白喝了？今天请客不也白请了？

老板说，工地资金确实周转不开，望邢总多关照哩！

老邢道，放心吧，耐心等我电话。这时我看看桌上，一瓶酒刚刚喝干，大家已经开始剔牙，就是说，另一瓶根本没必要打开了。

他们四个人才喝了我一个人一半的酒，引起我观察他们的兴趣，却原来——他们个个细皮白肉，都极注重保养，并不因为酒很贵就贪杯。只有我一个人属于"傻喝"系列。

老板送客，我用卡去柜台结账。一问，五千！天！我说，这里还富余一瓶酒退不退？柜台回答，不退！我抬头看看酒架上这种酒的价格，是一千五，我立即明白了，这个价的酒好不容易踹出一瓶，人家怎么会退！我没了主意，便请示老板，老板有些不耐烦地摆摆手。这就是圣旨了。我匆忙把账结了。

回去坐在车里一路没话。司机问老板，放段音乐吗？老板道，放个屁！

一到公司，我立马倒了一杯温水喝下去。胃里稍稍好受些。这时老板追过来问我，马工，你有没有脑子？怎么点这么贵的酒？

我说，不是你说点最贵的吗？

老板说，茅台、五粮液都可以理解为最贵，价格才是四分之一呀！

我说，那怎么办？已经点了，也喝了？

老板说，这正是我要问你的，怎么办？我心说，你不问问我是不是难受，却心疼酒钱；再说，你这么大的老板，这么大的家业，还在乎这点酒钱？而且还是为了工作？我憋着不说话。老板便又追问，怎么办？

不得已，我说，留着下次用吧。不想老板道，下次也不能喝这个！

我说，退又退不了，难道让我把酒买走？

老板说，可以这么理解。

——真是活见鬼了！我气哼哼地把酒抱在怀里说，好，我拿走，你已经扣了我半个月工资，剩下的都扣光好了！

晚上，我又失眠了。辛苦一个月，等于一分钱没挣。不仅没挣，我还欠了老姨三千块钱，还欠着灯火阑珊的房租。一件件事情浮云一样从眼前飘过。怨谁？都是我的错吗？郁闷！实在郁闷！果真如灯火阑珊说的那样，我处在不适应期？或者根本就不该在北京待下去？我对自己产生了怀疑。我给灯火阑珊发短信，诉说心曲。我说，这些话只能对你说，连老姨都不能告诉。结果，灯火阑珊直接打来了手机，说，你呀，没长进，这样吧，你先稳住，这个周五晚上到咖啡店咱细聊。

我一天天地盼，一天天地熬，等待周五。现在，我已经对老板产生厌倦和距离感，他真是一个斤斤计较不讲情义的人，难怪大春报复他。我走在公司楼道里的时候，"反把他乡做故乡"的讥讽感犹为强烈。

周五我带着酒见了灯火阑珊。灯火阑珊一见我便哈哈大笑，说，野狼你够幽默啊，跑人家咖啡店喝白酒来了！

我说，你要奉陪，我便喝！

灯火阑珊说，好，我奉陪。

我说，那我就喝，前几天一气喝了三十多杯呢！

灯火阑珊又笑，说，打住吧你，还当真呢！

长篇小说

职场眩爱

Zhichang
Xuanai

我说了这瓶酒的来历，告诉灯火阑珊，打工一个月就换成了这瓶酒，叫我怎么生活？酒再好，也不能当饭吃吧。

灯火阑珊说，你是有点背。她把玩着酒瓶又说，这瓶酒是挺漂亮，但值这么多钱吗？

我说超市大概卖到一千二。她说，我想想，我好像有个朋友收购礼品，专收高档烟酒。谁呢？她费力思索着。突然拿出手机，说，试试吧，不一定是他。于是一个电话打过去。

是雷子吗？啊，我是阑珊，我记得你收购礼品来着？哈哈，找对了……没错，我手里有一瓶国窖1573，……从饭店拿回来的哪有发票！……什么？五折？哥们儿，忒黑了哎！怎么也得八折吧！……七五？

灯火阑珊抬眼看我，我便点头。还犹豫什么呢，七五就七五，总比自己喝了强。关键是自己喝了就得一个月没饭吃。我已经心算出来，按超市价七五折就是九百，如果不交房租，一个月生活是富富有余。

灯火阑珊收了手机，问我，你饿不饿？

我说是不是现在就去，我能忍。灯火阑珊说那好，你就忍会儿。拽着我就往外走。

为了迅捷，灯火阑珊要了一辆的。我们俩坐上以后，灯火阑珊说了一个商店名，司机说不认识。灯火阑珊便指挥起司机，向东，……右拐，……右拐，……再向东……工夫不大便到了一个什么店，好像是烟酒专卖店。

门脸很不起眼，但生意红火，虽是吃饭时间，却人来人往络绎不绝。雷子是个敦敦实实的小个子，见我们进来，便把生意交给旁人，从柜台后面出来，把我俩叫到僻静处说，你们看到了，人家拿礼品来的都有发票，所以九折。因此我也没多大赚头。你们没发票，万一是假酒，我不赔等着吃官司？这事我不是没碰上过。给你七五折就是因为有风险。

买卖人当然都很会说，为了安身立命而自我保护吧。我问，难道送礼连发票一起送吗？雷子说，那当然，不然收礼人也不知是真是假。

灯火阑珊道，中国特色。你们这些人还不就沾了这个光了？你们肯定希望社会进步慢点才好。

雷子道，瞧你说的！我可是正儿八经的纳税人，西部等着开发，卫星等着上天，三峡等着发电，国家指着我呐。

灯火阑珊道，我没工夫跟你胡砍，赶紧兑现！雷子回到柜台，把酒放到货架上，从钱盒子里数出九张一百的票子，然后意犹未尽道，改天我请你们吃火锅！

灯火阑珊接过钱来道，对，就用赚我们的那三百！然后塞给我，拉我便走。

我说，你的嘴真厉害。

我们说着话走了一段路，经过一家"东来顺"火锅店，灯火阑珊便拉我进去，说，咱自己请自己吃火锅。坐下以后，灯火阑珊让我点菜，我点了羊肉片和虾丸，她点了海带、粉丝和菠菜。

我说，你只吃素菜？

她说，没错，减肥。

我说，你根本不胖啊！

她说，谁说不胖，这个月又增了二两！

天！我说，夸张，你是不是天天称体重啊！

她说，我家里已经买了小地磅。

我说，我搞不懂你们女士，简直爱美爱到疯狂了。

火锅是电的，插上插座一会就开锅了，热气腾腾，诱人食欲，灯火阑珊给两人的碗里都倒上调料，宣布道，哥们儿，开涮。我夹起一筷子羊肉片下在锅里，灯火阑珊却没有动作，只是说话：我问你，你出来"北漂"，你们那口子怎么也不来找你？

我说，她有工作，离不开。

灯火阑珊又问，你身边离不开美女，她也放心？

我说，谁说我离不开美女？

灯火阑珊道，看房子那天那个是谁？

我说，是我亲表妹啊。

灯火阑珊一撇嘴道，骗我，哪这么多表妹，这种借口都被人编滥了！

我说，真的，你不信我领你到老姨家去一趟怎么样？他们正想见见你呢。

灯火阑珊道，拿我开涮？

长篇小说
zhichang xuanai
职场眩爱

我问灯火阑珊：你在网上说被老公蹬了，心情恶劣，有这事吗？

灯火阑珊道，不是我说的，是网友猜出来的。

我说，哪个网友这么大功力？有特异功能？

灯火阑珊道，反正不是你，真会猜！

我说，嗨，这你可说错了，真是我，但不是猜什么谜，只是开个玩笑，不巧说中了。

灯火阑珊道，我换了马甲，你怎么知道主帖是我？

我说，你爱用语气词"唉"，老太太一样。

灯火阑珊道，去你的！那几天我真是心被挖空了一样，痛不欲生。

我说，你什么时候蹿出来个白马王子？而且竟敢甩了我们阑珊大小姐！

灯火阑珊说，说不上什么白马王子，是过去我们班一个特困生，因为我照顾他最多，就走得最近。但现在他行了，在一个大公司当了CEO，变脸了。

我说，是，鲁迅早就说过，人一阔，脸就变。

灯火阑珊突然说，可是我这算怎么回事啊？

我说，有什么呀，难道你和人家领证了？

灯火阑珊道，没错。

我说，难道你也和人家睡了？

灯火阑珊道，没错。

天！我说，哥们儿，你赔大发了！连我都为你痛苦！不到火候不揭锅呀，你这么聪明一个人，怎么连这都不懂？

灯火阑珊道，得得，我就欠你教育哈？这两天我刚缓过劲来，你又来勾我心思！

我说，我原来只知道你根本没有男朋友，谁知你不仅有，还让人做了饭了。不过，我必须感谢你，你在这么困难的情况下强颜欢笑帮我的忙。我真该振臂高呼"网友万岁"！

灯火阑珊说，我这人没心没肺，自己的伤口自己舔，谁让我看错人呢？你没让我看错就行了。

我说，我只是做你的网友却解决不了根本问题啊。灯火阑珊不说话了。她目不转睛地看我一会，说，你业余时间闲着也是闲着，陪陪我好吗？我没加思索道，没问题！可是，转念一想，不对，我是过来人，这么一来，岂不是悬了？可是我怎好拒绝呢？

灯火阑珊举起啤酒瓶子对着嘴喝起来，我不知她有多大酒量，也没劝阻她。还和她碰酒瓶。可是，一瓶没喝完，她就嘴里拌蒜了，说话乌乌突突的，还一个劲傻笑。我见势不妙，急忙夺过她的啤酒瓶子。我先去结了账，然后给灯火阑珊倒了一杯茶，让她醒酒。她拉过椅子凑到我身旁，攀住我的肩膀说，哥们儿，你老外，茶水不解酒。

我说，是啊，可是空腹最容易醉酒，你总得吃什么，你说出来，我给你买去。

灯火阑珊说，什么都不用，你带我回去就行了。

起身要离开"东来顺"的时候，迎面碰上了大春。大春穿了一身淡蓝色工作服，脖子上搭着白毛巾，像样板戏里的女主角。

我说，嗨，主任，你怎么在这？

大春也说，马工，你怎么也在这？

我说，我和朋友在这吃点便饭。

大春说，我也是，刚给人送完水。

我说，送水？矿泉水？

大春说，没错。

我说，就你，一位女士？

大春说，哪里，有车，还有小伙子跟着，我是经理。

我说，你真行。我把灯火阑珊安顿在一张椅子上，说，哥们儿稍等，我就跟她说两句话。这时大春已经瞄好座位，把手里一个提兜放上

长篇小说

职场眩爱
zhichang xuanai

去占座。

回过头来，大春说，马工，别跟着咱老板干了，否则你肯定会后悔的。跟我干水吧。

我问，这里有利润？

大春压低声音说，你知道矿泉水一桶多少钱吗？

我说，便宜的六七块，贵的十来块。

大春说，不许往外说啊，我这一桶水成本只有两块五，想卖五块就卖五块，想卖十块就卖十块。你说有没有利润？

我说，一小瓶矿泉水就卖一块钱，你的水成本这么低，怕是自来水吧？

大春道，怎么可能？我的上家是正式水厂！

我说，我得想想。我找大春要了手机号，道了谢，便搀扶灯火阑珊出门去。

灯火阑珊说，你，你可别瞎掺和，你们说的，我都听到了，没准她们，就是工商局，查封对象呢！

我说，我看也悬，可是全北京各式各样的矿泉水鱼龙混杂，谁分得清哪个是真的。

灯火阑珊道，北京城是大，可大有大的难处，不好管。我要是工商局长，都把他们抓起来！

我感觉灯火阑珊酒劲还没过去，要打车送她回家，可她非要去绿岛，说是上楼看看。我说，天太晚了，下次吧。灯火阑珊说，你以为我是冲你呀？郭果过两天就搬出去了，我得检查一下屋里东西。

我说，你们不是朋友吗？还信不过？

灯火阑珊道，郭果最近老想邀我吃饭，我隐约觉得其中有事。

我问，绿岛的房子究竟是谁的？怎么你有决定房价的权力呢？

灯火阑珊说，我的陪嫁！

我说，哥们儿，你真幸福，比起没房的人！

进屋以后，还没打开灯，灯火阑珊一下子扑进我的怀里。

酒瓶里散发出来的酒气不难闻，而从人嘴里喷出来的就不一样。灯火阑珊搂住我的脖子寻找我的嘴唇，她呼出的酒气让我难以忍受，我便左右躲闪她的嘴。

我抚摩着她的肩膀，感觉她有些颤抖，便在她耳边问，阑珊，你不舒服吗？她摇摇头，发出"唉"的慨叹。我嗅到她头上洗发液留下的香味，和久违的女人的体香。我顺手揿亮了客厅的壁灯，我知道光明可以驱散阴郁，特别是我不想和她拥抱太久。她又固执地把灯按灭。我再次把灯打开，她又再次把灯按灭。正在反复，突然客厅里有人开腔说话，干什么！演恐怖片呐！

灯火阑珊吓得一个激灵，我急忙稳住她，同时揿亮壁灯，原来是郭果，正合衣躺在客厅的长沙发上假寐。

灯火阑珊一下子就酒醒了，她沉着地走过去，咳了一声说，郭果，你又出什么妖蛾子了？郭果一骨碌坐起来道，哦，阑珊来了，我以为光是老马呐，这么晚了还来视察呀？

我问郭果，你怎么不进去睡呢？

郭果说，今晚来了个同学，带女朋友来了……

郭果！灯火阑珊突然间就翻脸了，说，咱不是有言在先吗？不能带生人进来！你悄悄带了女朋友我装不知道就得了，可你不能把整对的生人往这带呀！拿我这房子当什么了？澡堂？旅馆？配种站？

郭果急忙央求灯火阑珊，说，哥们儿，快别嚷了。就这一晚上还不行吗？

灯火阑珊道，一晚也不行！别等我砸门，你赶紧把他们叫起来！

郭果只得去叫门，得得敲了两声，然后说，嗨，哥们儿，情况有变，两口子去旅馆吧。里边传出骂骂咧咧的声音，说，郭果，你别穷逗，哥们儿这还没进港呐！

灯火阑珊冲过去往门上踢了一脚，大喊，进什么港，我是公安局的！屋里立即没了声音，停顿一会，门被打开，两个年轻人灰头土脸走出来，床上狼藉一片。

灯火阑珊说，赶紧走，自己到派出所登记去！他们以为灯火阑珊真是警察，忙鞠了一躬说，我们是对象，什么都没干，就研究毕业找工作来着。

我说，还不快走！心说这俩菜鸟，瞎话也不会编。两个年轻人又问，不用去派出所了吧？灯火阑珊道，滚！郭果忙拥着他们出去。

他们前脚出门，后脚灯火阑珊就紧紧抱住我，呜呜地哭起来。我轻轻拍着她的后背说，没什么没什么，年轻人嘛。

灯火阑珊说，郭果欺负我。

我说，别这么想，郭果肯定没这意思。

灯火阑珊说，郭果两个季度没交房租，我都没催他。

我说，他一个穷学生，你就体谅他吧。

灯火阑珊说，反正你站着说话不腰疼。

我说，我不也欠着吗？交是肯定要交的。你是有产阶级，不要为富不仁啊。

灯火阑珊便捶我一拳。

我让灯火阑珊坐在客厅的沙发上，说，歇一会你也走吧，有这一次，郭果再也不会带人来了。

灯火阑珊说，我等他来了说两句话就走。于是我们俩并排坐在沙发上，拉起手慢慢说话。可是，直到灯火阑珊等困了，郭果也没回来。灯火阑珊把头靠在我的肩膀上就睡着了。她睡了，我却没有一丝困倦。

因为今晚我牵了别的女人的手。有了与老婆以外的女人的肌肤相亲。

虽然我很冷静，没有失态，内心却波澜起伏，因为我也不想做苦行僧。几年前，我和老婆刚刚相爱时，就这么天天两手相牵，久久不愿分开。现在没有了初恋的激情，接触异性的渴望却有增无减。但当我攥着灯火阑珊纤细柔软的小手，又不禁自问，这一切合乎情理吗？能找到自我开脱的理由吗？

下一步灯火阑珊的轨迹似乎显而易见，而我则模糊不清。但我分明看清了一点，就是我不能乘人之危。灯火阑珊刚刚受过爱情挫折，急于寻找精神依托，自然而然选中了我，但这不是爱情。虽说网上交往好几年，可彼此真正的了解少之又少，甚至连真实姓名都不知道。即使是爱情，以我有妇之夫的身份能够心安理得吗？……眼看窗户一格子一格子亮了起来，我轻轻把灯火阑珊放倒在沙发上，蹑手蹑脚去洗手间给她烧水。又拿出我的洗漱用具。我要让她洗个热水澡，解解乏。洗手间哗哗的放水声吵醒了灯火阑珊，她伸个懒腰，问，是给我准备的吗？

我说，是。

她快步跑了过来，抱住我的后腰，在我脖梗上热乎乎地亲了一口说，野狼，你真好！

六、抱打不平

趁灯火阑珊洗澡的工夫，我到街上早点部买早点。仔细想了想灯火阑珊的口味，就买了两桶黑米粥（略甜，一块钱一桶），三个茶鸡蛋（略咸，五毛一个），两个烧饼（五香，五毛一个），其实我特想吃油饼，考虑到灯火阑珊正在减肥，自觉减掉了。省得一个吃一个看着。不过这样营养搭配也说得过去了。说真的，对我老婆没这么细心过，从来都是她想着我。天知道我这是怎么了？

正在急匆匆往绿岛走的时候，碰上了郭果。我说，你小子昨夜干什么去了，害得我们等你一宿？郭果边跟着我走边说，别提了，他们罚我请了一顿烤羊肉串，又喝了几瓶啤酒，再看时间，深更半夜了，怎么回学校？我只能陪他们在马路边溜溜坐到天亮。

我说，你们这些年轻人啊！

郭果说，要毕业了都猫蹬心一样，没尝过禁果的想赶紧解决，免得以后天各一方永远遗憾。又说，老马，昨夜你和阑珊没浪漫一回？我说，都像你不麻烦了？

下了电梯，郭果又叹，人生苦短，时不我待啊，老马！

我说，什么意思？

郭果道，还用问，该出手时就出手啊！

我说，还有一句，该住手时就住手。

郭果说，我刚发现，你老马整个一假惺惺。我不理他，敲门，灯火阑珊噔噔噔跑过来开门，一看我身后还站着郭果，满面笑容立即僵住，接过我手里的东西，转头而去。

郭果自我解嘲说，阑珊，我吃过早点了，就别给我准备了。先进洗手间洗脸去了。

灯火阑珊道，尽想美事，谁给你准备了？

我正在刷牙的时候，放在桌子上的手机彩铃响了起来，灯火阑珊见我满嘴白沫忙把手机抓了起来。喂，哪位？我是野狼的朋友。什么，野狼是谁？哦，等等，——灯火阑珊捂住手机问我，野狼你的大名是什么？我吐掉一口白沫说，马林！灯火阑珊点点头，又继续通话——我是马林的朋友阑珊，请稍等。便把手机交给我。又说，非刨根问底！

我一接，是老姨。老姨说，一个什么女朋友这么早就在你的屋里啊？我说，就是女网友灯火阑珊。老姨说，你们没有事吧？我说，都七老八十了还能有什么事。老姨又说，那就好，你赶紧过来吧，小佘在这呐。我说，他干嘛又来了？老姨说，小佘的脚在工地扎穿了，肿得老高，借钱来了。天！这熊小子！我说，我马上到！

我两口便吞下两个鸡蛋，一仰脖一桶黑米粥就下肚了，直看得灯火阑珊喊晕！我抹抹嘴就要走，灯火阑珊忙抓住我的胳膊，说，稍等，我也去！我说，上老姨家你跟着干嘛？睛等着让人猜疑？

灯火阑珊道，我已经暴露了，不如一蹴而就，和老姨认识认识，同时也见见小佘这熊孩子。我说，我表妹可厉害了。灯火阑珊说，不是已经领教过了？我们准能成为朋友。

长篇小说

职场眩爱
zhichang xuanai

我说，求求你，别强人所难好吧？灯火阑珊道，你是不是把我看成不正经的女人了？我说，这倒没有，不过你让我说什么好呢！灯火阑珊道，你那野狼的冲劲哪去了？——唉！这回又轮到我叹息了。

灯火阑珊喊，郭果，剩下的早点归你了！

去老姨家的路上，坐在公交车上我便开始犯困。灯火阑珊见我脑袋东倒西歪，就说，你倚住我睡会儿。我说，我哪敢。

灯火阑珊说，第一你老婆看不见，第二我已经不怕看，有什么可顾虑？说着，就又朝我耳朵亲了一口，这一亲便立马让我睡意全无。

"哪个少女不怀春"这话没错，可我觉得灯火阑珊的大方向不对，她本该有一份属于自己的、不构成"三角"之嫌的爱情。便忍不住说，哥们儿，我总觉得你冤。

她说，冤什么？

我说，你把老公帮一个溜够，完事说甩你就甩你，太不够意思。灯火阑珊说，可能缘分太浅。我问，他叫什么？灯火阑珊说，侯京，侯耀文的侯，北京的京。

我说，"猴儿精"，怪不得，他什么单位？灯火阑珊脱口道，中关村3G公司。她突然觉得失口，说，问这个干什么？他不在这个公司。我说，你甭害怕，也甭急着改口，我这人不打无准备之仗，不打无把握之仗，抽空我必须走一趟。

她说，你不要去，我绝不求他！我说，求？便宜他！灯火阑珊道，你要干什么？我说，办他！

灯火阑珊说，野狼，你别给我犯狼性，我不需要你给我打抱不平。我说，自古知兵非好战，我只和他谈谈心。灯火阑珊道，情敌相见分外眼红，除了打架还能怎样？

我说，你把我降为情人是低估我了，这次我要代表男人，你知道男人两个字意味着什么吗？灯火阑珊说，让我担心死了，你要去可一定带我去！我说，我早就看出你心疼老公，我却偏要给他个好看。

灯火阑珊有些变脸，说，反正你要动武，我就不再理你。

好吧！我在嘴上妥协了。但，心说，枪杆子里面出政权，走着瞧！

因为是周六，老姨一家人都在家。真是难为他们了。一个小佘就够让他们挠头了，又冒出个灯火阑珊！我按响门铃后，表妹迅疾将门打开，肯定是早就等得不耐烦了。我向大家一一介绍灯火阑珊，灯火阑珊便笑容可掬地依次与大家握手，丝毫不觉得自己身份的可疑。表妹为避免握手就躲到老姨身后，只歪过脑袋看着。我也分明看见老姨、老姨夫的表情极其不自然。

都坐定以后，老姨说，小佘现在伤得不轻，打了破伤风，开了先锋六和环丙，缝了好几针，于是找谭头儿借了五百，可是，公司又扣去半月工资，因为违反了安全规定，这不是雪上加霜？这时小佘便不失时机地哭将起来。我没好气道，哭个鸟！那个规定就是我起草的！心说，真是荒唐，怎么会出现这种情况，竟然作茧自缚，绕一圈惩罚了我自己。

小佘说，高经理的钱还没还清呢。我说，你太没出息，别人的钱是那么好拿的吗？小佘又哭，说，在北京我实在是举目无亲啊。

灯火阑珊插话说，我已经知道老姨给过小佘钱，这次不能再给了。我呢，正好身上有一千左右，替马林借给小佘吧，你们谁也别跟我争。

老姨忙说，不行不行，我们和马林毕竟是一家子，而你是外人啊！

灯火阑珊说，老姨您错了！您不知道我和马林有多铁呐！我暗暗叫苦，怎么把这话也扯出来了？而灯火阑珊已经抢在老姨前面，把钱塞给小佘。小佘便"来者不拒"，不仅立马笑纳，并且还傻乎乎说了一句，谢谢嫂子！表妹便接过来道，见鬼，哪来的嫂子！

老姨夫说，这样不合适，小佘你还是拿我们家的吧。小佘却很知足地说，都一样，反正你们都是马工的亲戚。

大家送小佘出门的时候，老姨夫把我拉回屋里，声音颤抖地说，马林啊，你怎么这么不长眼，你这是耽误人家阑珊的终身啊！

我说，老姨夫您可千万稳住了，我和阑珊什么都没发生。

老姨夫说，人家阑珊姑娘都不打自招了，你的话还能让我们相信吗？

我说，这都是误会，您为这急个好歹儿真是不值！说着，我立马下定决心，侯京的3G公司我非去不可了！

我们公司有个规定，不论是谁，请一天假就扣一百块钱。如果是礼拜天，我休息，侯京也休息，这就决定我必须在工作日去中关村3G公司；而如果我扑了空，那么这一天一百的工钱也就白扣。

但我在所不惜。我和灯火阑珊约定，周一去。因为据我所知，一般的公司执行官（CEO）周一不外出。开会是可能的，那就不管了。我特别申明，进了3G公司以后绝对不能对我有亲昵举动。

灯火阑珊说，让我演戏？那好，我需要你演戏的时候，你也必须演戏！

这天灯火阑珊换上一身职业装，就是北京很常见的上身藏蓝西服，下身短裙，领口翻出白衬衣那种。有点像演电视剧的江珊，又比江珊清爽。我则还是上身T恤下身牛仔，鼻梁上架着墨镜，特别找灯火阑珊借过珍珠项链戴脖子上，另类了一下。打车到了中关村以后，我忍不住站在路边了望，宽阔笔直的街道，鳞次栉比，玻璃外墙的高楼，五颜六色的眩目广告，真让我心情复杂。我说，阑珊啊，你死定了！

灯火阑珊道，别神秘兮兮的！我说，现在的中关村与十几年前没有多少高层的情景大相径庭啦。灯火阑珊道，到处都在发展，不光是中关村呀。

我说，这里是给人精神贵族的优越感的地方！灯火阑珊道，怎么，你泄气了？我说，鸟！

走到3G公司大门前，被两个穿制服的保安伸出胳膊坚决地拦住：请问找谁？我说，找3G小侯。我装的很熟络很懈怠。保安义正词严道，3G 没有小侯！

灯火阑珊立即把我拦在身后道，找侯总！保安又说，侯总不在。灯火阑珊道，你们难道不认识我吗？我才几天不来你们就这样？

保安似乎认出灯火阑珊是谁，又似乎被灯火阑珊的怒气镇住，便放灯火阑珊进去却又把我拦住。灯火阑珊更加气愤，说，他是我请的客人！硬是把我拉进门去。不想里面还有一道关卡，一个小姐从写字桌后面站起，问，请问找谁？

灯火阑珊道，找侯总。小姐问，有预约吗？灯火阑珊道，小刘，你不认识我吗？要什么预约？小刘一笑，算是默许。

我们接着上楼，我说，怎么不坐电梯？灯火阑珊说，就三楼。爬着楼梯灯火阑珊说，你的这身行头可能对谈判不利。我说，管他呢！我心里盘算着，我在什么时候动手，是在前三句话不投机的时候还是结束谈判临走的时候？来到三楼，经过一个会议室的时候听到里面有人讲话。

我问，是不是侯京？

灯火阑珊说，没错。于是，我很不礼貌地推门便进。就想让讲话人很狼狈，很没面子。不巧，此时正是讲话人宣布散会。

大家起身往外走，我怕侯京借机逃掉，大声喊道，侯京在哪？

一个和我差不多高的戴眼镜的小伙子，很干脆地回答，我在这，哪位？

我和灯火阑珊走过去，我正要说话，侯京一把揽过灯火阑珊，搂在腋下，说阑珊，你怎么来了？这位朋友——灯火阑珊像换了一个人，竟很温柔地一下子便依附了，说，我的网友野狼。声音小得像小鸟依人，完全没有前来清算的气势。侯京哈哈大笑，说，久仰久仰，阑珊说你 N 遍了。连你捻熟的口头禅我都能背。走，到我屋里去。

我不能像灯火阑珊这么好对付，我冷冷地说，用不着，就在这说！

侯京说，这里不是谈私事的地方，要么这样吧，中午我请客，金百万，全聚德，老莫，想去哪任你挑。

长篇小说

职场眩爱

zhichang
xuanai

我说，少来这套，我只替阑珊讨个说法！侯京说，什么说法，我和阑珊家事的说法？我说，没错！

侯京说，我们俩正在慢慢协商，是不是阑珊？我看出侯京在使缓兵之计，不想灯火阑珊却配合侯京道，是啊。我的拳头已经捏紧，灯火阑珊却让我大跌眼镜，我想，不管三七二十一，给他一拳就走。于是，我对着他的眼镜就是一拳。没想到，我的胳膊立即被身后的人扭住。原来，保安一直跟在身后。

我想教训侯京，却被保安识破而及时化解。我奋力挣脱又挣不开，令我气馁。

这时，侯京摒退保安，哈哈笑着走上前来拥抱住我。我想推开，甚至借机给他一拳，却又觉得这么做不够绅士。就听侯京在我耳边说，老兄，我欣赏你！

接着，侯京拉起我一只手，径直将我拉到他的办公室。灯火阑珊便讪讪地相跟而去。侯京把我按坐在沙发上，然后去给我倒矿泉水。我注意到，灯火阑珊就不客气地坐到侯京的老板台后面的老板椅上。我还猜想到，两个保安肯定就站立门外，他们随时会破门而入。这间宽大的办公室对于灯火阑珊肯定是故地重游，坐上那个老板椅肯定也是灯火阑珊旧梦重温。而我，夹在中间算是一种什么角色？这是一种什么局面？怎么会这样？

侯京说，老兄啊，你如果真对我和阑珊的事感兴趣，我就告诉你。阑珊过去确实帮过我，我至死不忘。可是我们俩确立关系以后她就变了。侯京瞄了一眼灯火阑珊，说，阑珊，我这么说，希望你不要介意，话总是要说透的。

我说，侯京你继续。

侯京说，阑珊往我公司跑得太勤了。说侯京你太优秀，身边肯定有靓妞围绕，她竟然为此辞去了工作来盯我。

灯火阑珊打断说，还不是让我发现蛛丝马迹了？

侯京道，那还不全是误会？可你竟然到我公司如履平地，对我的下属颐指气使，你拿自己当什么人了？我现在虽说是CEO，可我毕竟是给人打工。而即使是我自己的公司也是不容许这种情况存在的。我面临两种选择，要工作还是要老婆。所以，我提出，宁要工作。因为我首先得活着。

灯火阑珊道，我不同意！我永远都不同意！你休想让我在离婚书上签字！

侯京说，你不要老是耍小孩子脾气，你都多大了，你不签字就离不了吗？侯京说着抄起电话，拨了几个号，说，小刘，去食堂拿三份饭上来。

我静静地听着，觉得不好再插嘴。但毫无疑问我是为了灯火阑珊而来，不论情况发生什么变化，我都应该与灯火阑珊站在一起。我说，侯京你不要急于做决断，给阑珊一段时间，如果阑珊改进了呢？

侯京说，我盼望这样啊！

灯火阑珊却说，我不改！我坚决不改！除非让我到你身边来工作。

侯京说，你死了心吧，这不可能！

灯火阑珊说，别以为只有你才有魅力，我身边同样有粉丝！说着，起身离开老板椅，走到我身边，说，野狼，如果让你选择，你选谁？

我说，当然选你。

灯火阑珊道，侯京，你听清了吗？

饭送来了。三个不锈钢托盘，都是两菜一饭一汤。侯京从书柜里拿出一瓶王朝干红，又从抽屉里拿出三个一次性纸杯，倒上酒，分别递到我和灯火阑珊手里。我出于礼貌接过去（我不是贪杯，而是想要重建尊严，不想拿自己当俘虏），灯火阑珊却看都不看就推开。侯京转移视线说，野狼老兄，来我们公司吧！在这个公司我有人事安排的权力！

我说，我来干什么？天天跟你打架？

长篇小说

职场眩爱
zhichang
Xuanai

侯京说，为什么？

我说，为了阑珊。

侯京笑了，说你不是粉丝，是钢丝，是金丝！我为阑珊交上你这样的朋友干一杯！说着，侯京自己把酒喝尽。

我仅抿了一小口酒，品味着侯京这个人。还算痛快。侯京盯住我脖子上的珍珠项链细看，说，野狼我在网上看过你的文章，你其实骨子里是个循规蹈矩的人，可偏偏猪鼻子插大葱——装象。我只品酒不说话。灯火阑珊突然起身端起菜盘，把里面的肉拨到我的菜盘里。又端起我的酒杯，一饮而尽。我说，阑珊，你不是不喝酒吗？

灯火阑珊道，那得看谁的酒！

侯京兀自喝了一口酒说，阑珊，我相信你能拿得起放得下，会活得很好。

灯火阑珊说，既然你放弃了，还管别人怎样干嘛！

我看到了灯火阑珊的眼里已经泪水盈盈。想来我和灯火阑珊都不是侯京的对手，因为我们都不是工于心计的人。而侯京能管理一个大公司，玩转我们两个人还不是轻而易举？再坐下去也不会有什么进展。但我坚持把饭吃完。灯火阑珊则除了喝了一杯酒，只喝了一口汤。见我们要走，侯京也不挽留，说，我让司机送你们。就陪我们出来。灯火阑珊紧紧挽住我的胳膊，依傍着我，昂首挺胸走过所有的房间，让所有3G公司的熟人知道，本姑娘已另有所爱。我能说什么呢，讲好演戏嘛。而侯京走在一边假作没看见。

临上车，侯京对我说，野狼兄，还是到我这来干吧，你会有所作为。我时刻等你回音！我与他握手说，谢谢，我考虑考虑。

坐在车上，我突然想笑，就这么化干戈为玉帛、握手言和了？这个侯京真有两下子！不知他是不是真的吝惜人才，也不知我这种人算不算人才，反正让我想起了课本里的"敌进我退，敌驻我扰，敌疲我打，敌退我追"的十六字方针。而侯京就是占据主动的一方。灯火阑珊在车上手不消停，死按我的手指节，听着嘎巴嘎巴的声音发笑，我说不行，疼。

灯火阑珊说，你有我疼吗？

我说，我又没弄你的手指？

灯火阑珊说，侯京弄我，过去他天天弄我手指。

我说，你为什么非呛着侯京？其实侯京还是等着你改进的！

灯火阑珊说，我才不给他面子呢，你以为他真等着我呀，他丫挺的骗你呢！过去我求他，说我一定改了他都说不行！

我说，照你的说法，侯京真是满腹韬略，应付咱俩绰绰有余！

灯火阑珊说，侯京跟我几乎没实话，可对你倒好像真是欣赏，要么你就到3G公司来好了。

我说，打住吧，侯京这人猴儿精猴儿精的，把我卖了我还替人家数钱呐！

司机把我们送到绿岛，就走了。我怕灯火阑珊非跟我上楼，就说，时间富余，我想去顺义工地看看。灯火阑珊一眼看穿说，躲我？建筑工地有什么可看的？

我说，小佘的脚扎成那样，又找你借了钱，不知现在怎样了。灯火阑珊说，要去你得带着我！我说，那可是我们单位，都是熟人！

灯火阑珊说，3G公司一群白领我都不在乎，你那儿一帮民工能把我怎样？我说，你呀，真是一帖膏药。灯火阑珊说，什么意思？我说，糊在身上就揭不掉。

我们先坐公交到通州北苑，再倒车到顺义。进了会所工地正碰上民工浇注水泥框架，只见一辆辆水泥车排成长龙，水泥输送车正把长长的手臂伸向基础坑。这时大栓从一辆水泥搅拌车旁边跑了过来，让我眼前一亮，他拉住我的手说，马工，总也见不到你，是不是不干了？

我说，干，在公司呐。

大栓说，我们哥俩都念叨你呀。

我说，谢谢你们。

大栓见灯火阑珊紧傍在我身边，说，这位是嫂子吗？

我有些尴尬，说，是。

大栓说，我得干活去了，你们没戴安全帽，注意安全啊！大栓说完跑了。

灯火阑珊说，你和民工够密切啊。

我说，他就是砸在塌方里那个民工。

灯火阑珊说，你凭什么说我就是嫂子？

我说，你让我怎么说，能说情人吗？这时，谭头儿从远远的高处喊，那是谁，怎么不戴安全帽？躲脚手架远点！

灯火阑珊说，你们的人真负责任。

我说，安全措施就是老板让我写的，谁不执行谁挨罚！

到了工地办公室，我发现原来我坐的位子来了新人，一个中年矮胖子。他问，找谁？

我说，找小佘。

他说，在宿舍。为避免深谈，我拉起灯火阑珊就走。不然再问你们是不是两口子，我真无从回答。从工地到对面小区宿舍，就十分钟的路。沿途见到熟悉的一排排的杂货摊，我便买了两个西瓜，灯火阑珊则挑了一兜子大桃。上楼以后发现门又被反锁了。里面肯定有人是没错的。我就用力敲门。好一会，小佘单脚跳着过来开门。也是面露尴尬，说，她在这。我知道，就是美发厅那个小姐。

我把西瓜和桃子递给小佘，说，你不节制欲望，得有多少钱往里送啊？

小佘说，我们什么都没干，她是来告别的。

我和灯火阑珊便踅进屋里，见那个小姐两眼红肿，正在抹泪。

美发厅小姐叫美云，因为交不上房租，被房主撵了出来。并且扣下了身份证，说是三个月之内必须把钱交齐。

灯火阑珊问，欠多少钱？

美云说，两千。

小佘说，她正打算出去打工，想办法把钱挣出来。

我说，这个思路对头，到处借不是办法。我其实想截住小佘总想借钱的念头，因为一旦借出，就没日子还了。灯火阑珊却开始掏自己的口袋，可是加上零票还不到五百。我担心她再借钱给小佘，就说，阑珊，让你掏钱没有道理，快装起来吧。灯火阑珊却坚决要给，还对我说，你再掏一百吧，凑五百整。

我无可奈何掏出一百。这个时候，如果我口袋殷实，就会驳不开面子，干脆给小佘两千，让他把事了了，算作我对灯火阑珊的交待。无奈我也囊中羞涩，只能听从灯火阑珊的安排。好在她只让我出一百。美云看着这五百块钱说什么也不接，直说零花钱还有。

灯火阑珊对美云说，说实话，我对你们美发厅小姐没多少好感，但你是小佘的朋友，小佘是马工的同事，而马工是我的朋友，既然碰到一起，不过问就不合适，这样吧，这点钱你先拿着，一会儿我给你找找工作试试运气。美云迟疑地接过钱。小佘便又傻笑。

美云接钱的时候，我注意到了她的染成银灰色的指甲，和指甲里的污垢。进而注意到她的短薄透露的衣衫掩饰不住的丰满胴体。她应该属于另类群体，在北京社会底层相当活跃和不稳定。如果不是因为小佘，我对她肯定不屑一顾，虽然同为北漂，同为打工一族。我说不清小佘和她交往会有什么结果，灯火阑珊帮她又会有什么结果。甚至觉得灯火阑珊纯粹多此一举。而此时，灯火阑珊正掏出手机，开始一个一个地调出她的朋友的手机号，耐心地挨个询问。

大家都静静地听着灯火阑珊嘻嘻哈哈地和朋友拉呱。最后打听到一个大学的食堂要一个杂工，一个月五百，管吃管住。美云和小佘一听都要欢呼。我说，三个月下来还是不够两千啊。

小佘说，我给凑吧。我心说，充什么英雄，你还欠我们那么多钱呐！灯火阑珊问美云，你看这个工作怎么样？美云说，太好了，我能干！小佘问，有没有节假日？美云说，歇不歇没关系。小佘说，不能不见面啊。

灯火阑珊很在意这点，便又打过电话询问，回过头说，一个月可以歇一天。我看出小佘对美云仿佛有长久打算，便叮问一句，小佘，阑珊借给美云的钱是不是要记在你的账上？小佘忙说，那当然！

灯火阑珊说，这事就算敲定了，美云明天就去试工吧。

我掏出手机看时间，该走了。这时，刮起凉风，一片乌云压了过来。天空黑沉沉的。我拉着灯火阑珊连忙告辞。坐上公交以后，灯火阑珊让我买票，说兜里没钱了。我说，阑珊啊，你其实是个女侠。我不一定学你，但我敬佩你。

灯火阑珊说，此一时，彼一时，有时我就是个很计较的人。坐在车上灯火阑珊又要按我的手指，我便反其道而行之，抓过她的手来，摆弄她的手指。我以为她要反抗，不想，她却惬意地紧紧依傍住我。我放开手说，咱不玩这种游戏了，容易让我想起侯京。

灯火阑珊说，好好的，又提他干什么？我说，你们俩的生活本该多姿多彩的，所以真不希望你们分开。灯火阑珊说，那还有你的份吗？我说，我真不想插这一脚。灯火阑珊说，别得便宜卖乖，我这么靓的女孩，不值得你追吗？我说，哥们儿，你这是偷换概念。灯火阑珊便放肆地笑。不管身边的乘客反不反感。

我说，你这个人啊！她说，怎么了？我说，好难缠！

车到绿岛，已经大雨滂沱。可是，又不可能不下车。灯火阑珊脱下高跟鞋，喊了一声：跟着我！便撒腿就跑。我紧随其后，也喊着：注意脚下！我生怕她扎了脚。绿岛小区空旷无人，只有我们两个在疯跑。顷刻间，大雨就把我们淋得透湿。灯火阑珊大声喊叫，让暴风雨，来得，更猛烈些吧！啊，这个疯丫头！

进了楼洞口，我们俩站住喘息，脚下立即流成两大滩水，灯火阑珊一边抹着额头的雨水，一边笑弯了腰。我说，这么狼狈，还笑！

灯火阑珊说，你不是一直想甩我吗？哈，下雨天留客呀！

我说，天留人不留！灯火阑珊说，你敢！房租还没找你要呐。便拉着我去爬楼梯。我说，哥们儿，怎么不上电梯？可是十八层啊！灯火阑珊说，锻炼，减肥！我说，瞧你那小样，再减就变柴禾妞啦。灯火阑珊说，为了实现骨感美，本人在所不惜啦！

爬到十六楼，灯火阑珊宣告投降，实在爬不动了。我便搀着她，一步步挪到十八楼。

她问，哥们儿，你怎么不背我？

我说，我怕来一次亲密接触。

灯火阑珊用钥匙把门捅开，猛然看见屋里坐着两男两女四个人，郭果正在客厅请客聚餐。她立即把嘴闭住。先把高跟鞋扔在门后，然后找出我的拖鞋穿上。

郭果连忙站起身说，你们俩怎么淋这么湿啊，赶紧过来喝口酒吧！其他三个人也说，快加入！加入！

我说不行，得冲个澡。便去洗手间给灯火阑珊刷澡盆放水。灯火阑珊凑到桌前，看了一眼桌上的火腿肠、松花蛋、炒果仁，捏了一个果仁扔到嘴里，便把一瓶牛栏山二锅头拎了起来，说，郭果，你们小年轻的怎么喝这个？

郭果说，阑珊姐，你还拿我们当小孩，哥们儿马上就走上社会，加入待业大军啦。灯火阑珊放下酒说，干嘛这么悲观？活人还能让尿憋死？

灯火阑珊去洗澡，我就进屋把旅行箱打开，翻找适合她穿的衣服。哪有啊。没办法，最后找出一件横格 T 恤和一条牛仔裤。选择这件 T 恤是因为它最窄小紧身，然而这件 T 恤却是老婆单位发的奖品。现在要把它拿给灯火阑珊，我自然心里不是滋味。内裤最不好办，主要是怕她嫌我。但又有什么办法？我找了一条洗得抽抽的内裤，感觉她穿上会合适些，就一并叠好，等候她的出浴。听着客厅里么五喝六，我突然想，今晚灯火阑珊肯定走不了，那么怎么办？不由地想把我和灯火阑珊的关系搞个定位，不幸的是——糨糊一团。

灯火阑珊一直洗不完，让我心里发虚，莫不是减肥减得低血糖了？真晕在洗手间可就麻烦了。我急忙奔到洗手间门前支起耳朵细听。没有声音。我便笃笃敲起了两下。灯火阑珊叫道，着什么急，我洗衣服呐！平安无事，这就好。一会，门被打开一条缝，伸出一只手来，我会意，便把一沓衣服交到她的手上。这一接一送看上去很默契。想来灯火阑珊早就预知我会给他准备衣服，这个鬼丫头！

等到她穿好衣服出来，我不由大为心动，原来女孩穿男人的衣服也别有风韵！脸膛红彤彤的，头发高高地盘在头顶，T恤煞在腰里，整个一英姿飒爽啊。灯火阑珊见我目不转睛盯住她看，便喝道，看什么，丑死了。又揉着胸脯说，没戴乳罩，别扭。

我说，我打车去燕莎（北京专卖女士高档服装的商店），给你买一打来。她恨恨地揪起我一只耳朵，凑近我耳根说，你的内裤怎么硬梆梆的？我说，你只能理解洗衣粉搁多了，不能乱想。她便呸了一声。

等我洗完澡出来，郭果他们已经接近尾声。灯火阑珊没有加入他们，而在收拾我的房间，团了一堆该洗的东西，有的我认为还可以就乎穿呢——我总是这样，从该洗的衣服里找领子干净些的穿。见我出来了，她便把一团衣物拿到洗手间，泡上。说，明天你去上班，我给你洗出来。

我说，千恩万谢，我最怵头洗衣服。现在咱吃点什么呢？她说，你旅行箱里还有三包方便面，正好够一顿。

天呐！那是我的私密之处，也是卫生死角，她竟然也参观过了。幸亏里面没有毛片。我们俩到厨房煮方便面，灯火阑珊说，我以为你们男人出门在外都要带着老婆照片呢，可是搜了半天，没有。可见，所谓爱不爱的都是扯淡。

我说，你别曲解我，又不是初恋，哪有那情调？这时我的手机彩铃响起，郭果在客厅带着酒劲喊，老马来电！

长篇小说

职场眩爱
zhichang
xuanai

原来是表妹，先是怒气冲冲地谴责我花心，接着就透露一个让我吃惊的消息，老婆怀孕了，闹口闹得很厉害，本周末要来北京！何去何从让我看着办。

一股无名之火顶上脑门，我默默地大口吞食方便面。灯火阑珊问我谁的电话，我说表妹。又问什么事，我说除了谴责还能有什么？我又说，别总问来问去的，烦着呐！

灯火阑珊道，嚯嚯嚯，跟我还长脾气了？于是，两人谁都不说话，只是吃，吃完就各自刷碗。此时郭果他们方才结束，吵吵嚷嚷地涌进厨房刷碗。我和灯火阑珊便到洗手间漱口。

窗外大雨如注，郭果的客人肯定走不了。他们怎么睡，就不管了。我和灯火阑珊进到屋里看着单人床发傻。我说，这么窄怎么睡？

灯火阑珊道，爱睡不睡，我才不管呢。先自爬上床，然后才甩掉拖鞋。一只拖鞋竟甩到了桌子上。我迟疑着不上床。灯火阑珊便脸冲墙往里就乎一下。我关掉灯和她打通脚顺着躺下。她突然说，把头掉过来，脚太臭！

我说，谁说我脚臭？她便蹬我一脚，你过不过来？我说，我要找消协投诉你虐待房客。我只得掉过头。她一下子反过身，把我脑袋抱住。我说，哥们儿，憋死了。

她又用手捏我的鼻子。说，穷小子于连终于爬进了侯爵夫人玛蒂尔德的窗口。我想了想，接着说，革命家亚瑟拒绝了贵妇人琼玛抛来的红线。她说，贪色的渥伦斯基紧紧抱着美艳的安娜。我说，保尔和冬尼娅同枕而眠一夜无事。她说，你这人怎么这么扫兴啊？和你老婆也这样？

我说，你是我的哥们儿，不是老婆啊！她说，此时此刻有什么区别呀？我说，你非要我说浪漫事啊，好吧听着：……战争时期，有个油漆匠，生的一表人才，他爱上了一个美丽的姑娘……

灯火阑珊说，《虎口脱险》？你的语气不对，人家很滑稽的。我说，你捏着我鼻子呐！

这时，门外传来一阵哈哈大笑。郭果他们正在听门缝。我计上心来，喊，郭果，你们会不会斗地主？

郭果说，那是哥们儿强项！

我说，反正你们四个人也没法睡，咱来一局？

郭果说，那可就搅了你的好梦了。

我说，没关系。身边灯火阑珊道，我叫你没关系——一脚把我从床上蹬了下来。

早晨到了公司，我还有点懵懵懂懂，老板见了我就说，马工，现在咱们马上到工地去一趟，昨天雨水把基础坑灌了。我拿上手包就跟着老板下了楼。司机已经把车发动起来。一行人立马朝顺义奔去。

进了工地，由于道路没有完全贯通，车误在距离基础坑三四十米处。我们几个人拣别人踩过的脚窝，跳着前行。但很快，鞋帮就糊满泥巴。基础坑边上也堆了土，形成高坡。有人便把脚手板临时铺在路上直通坡顶。老板见谭头儿正站在坡顶指指划划，便顺着脚手板往上走。我则不敢怠慢，紧随其后。

基础坑里，积水漫过了钢筋混凝土基座，三台抽水机一股劲地吼叫着。老板喊了一声老谭，一只脚不经意间离开脚手板踩在土堆上，谭头儿正在回应的当口，老板一只脚突然下陷，身体向坑里倒去。

我急忙拉住老板的胳膊。情急之中，我又把脚踩在土堆上，便也陷了下去。遗憾的是，没有人再拉我，谭头儿离得远，老板自顾不暇，于是，我就顺着土堆往坑里溜了下去。好在基础坑仅五六米深，但一瞬间我就觉得左腿木了，失去知觉了。等我反应过来，知道是被混凝土基座边缘的钢筋夹住了。

坑底离我不远处有几个民工，忙蹚着水过来，其中还有大栓。大栓问，摔着没有？

我说，没有，就是把脚夹住了，快来帮帮忙吧！

两个民工把手伸进水里，在我脚两边摸索，这时一股血水返了上来。站在上面的老板喊，马工，怎么样？

长篇小说

职场眩爱

zhichang xuanai

我说，挂彩了！一个念头涌进大脑，小佘的脚是怎么扎的？他受罚有没有道理？我岂不是也要受罚？这时两个民工扳开钢筋，让我的脚拔出来。我突然间感觉小腿和脚下剧痛。但我坚持跟着民工蹚水走向一侧的木梯。爬上木梯的第三节，我看到了左腿的裤子被刮开一个大口子，血水和着泥水顺着裤脚在淌。

谭头儿问，怎么样？

我毫不隐瞒说，很疼！

他立即说，马上去顺义医院！

我经历了和大栓、小佘相同的医治过程。不同的是，我不仅把小腿刮了一道大口子，缝了十来针，我的左脚外侧两个脚趾骨折。而且，是谭头儿从始至终跟着我，在搀扶我。

司机把我送到绿岛。谭头儿扶我下了车。我发现狼狈极了，浑身泥猴一样。左腿的裤管被整个剪掉了，缠满厚厚的纱布，左脚的脚掌托上了托板。整个左腿稍动一下都很疼。不知当时是怎么从坑里爬上来的。进楼上台阶的时候要咬紧牙关，才能挪上一步。最后上电梯到了十八楼以后，谭头儿把我安顿在椅子上，就给老板打手机汇报。谭头儿一直试图躲开我的听力范围。我则扭过头，装不知道。一会儿，谭头儿收了手机。说，马工，咱老板还是不错的，决定让你休息三个月——伤筋动骨一百天嘛，是吧。第一个月，全薪，第二个月和第三个月半薪。我和老板争取半天，没争下来，我想起码两个月全薪。

我说，这就不错了，一个月和两个月不过半斤八两的事，这得谢谢您啦。这时，灯火阑珊买食品回来了。一见我的模样立即大吃一惊，问，怎么搞的？

我还没来得及介绍彼此，谭头儿就说，马工，你好好养着吧，工地忙，我得走了！我赶紧客气，但谭头儿坚持要走。灯火阑珊便送谭头儿出去，我听到他们两人在楼道里嘁嘁喳喳说了一会，灯火阑珊才回屋。

灯火阑珊说，你们老板太没人情味了！这还是为了拽他，摔成这样，后两个月工资还减半。有这个道理吗？我说，公司有规定。灯火阑珊说，一个破私企，什么规定不能变通啊！说着，她坐在我的旁边掉起眼泪。

我说，别这样，我没大头朝下就不错了。灯火阑珊说，对，那我们就该给你开追悼会了。我说，我特想知道你在我追悼会上怎么表现。

灯火阑珊破涕为笑，说，我就念老人家教导——人都有一死，有的重于泰山，有的轻于鸿毛，野狼同志的死，是比鸿毛还要重的。

我说，人家说的是泰山。灯火阑珊说，我就说鸿毛！就是鸿毛！谁让你救的是这种人！我说，我要是真闭眼了，你说什么我也听不到了。

灯火阑珊说，要么我就把你叫醒，让你重新救一个值得救的人！我说，那不可能，人死是不能再生的。她说，你要死了，我也活着没劲了。我说，你还有侯京和一大堆朋友。她说，侯京做丈夫不够格，不过做执行官会超过你们老板。又说，野狼，跳槽吧。

我说，我想想。

灯火阑珊问我，还有没有干净衣服？我说，你自己到我旅行箱里看吧。灯火阑珊便进屋去。一会就转回来了，说，没了，你怎么不多带几件？我说，带的不少，你身上不也穿着我的衣服吗？灯火阑珊说，我上午给你洗了一堆衣服，费了牛劲，你那衣服都怎么穿的，衣领油泥根本洗不掉！

我说，这是重复穿的结果。

灯火阑珊又说，你先忍一会，我回家去取我自己的衣服。我说，你可别做跟我同居的准备。灯火阑珊哈哈大笑，行啊，野狼，眼力不错，实话告你，我这次来了就在沙家浜扎下去了！

八、无奈寓公

　　灯火阑珊出门去了。我忍着腿疼一步步挪到洗手间，想把裤子脱下来。可是牛仔裤太瘦，被厚厚的纱布挡住脱不下来。我又挪到屋里把旅行箱打开，寻找剪刀。见旅行箱里面已被灯火阑珊收拾得井井有条。我拿出剪刀，顺着左边剩下半截的裤腿一侧一剪子铰了下去。我突然想起，这件牛仔裤是春节前老婆陪着我买的，是她选的颜色，LEVI'S 牌子，八百块钱。老婆对我的穿戴花销还是挺舍得的，为此结婚几年来家里都没怎么存钱。她在给我挑选牛仔裤时，说，什么时候有钱了，就给你买一件两千的 CK。我说，得了吧，留着钱我喝茅台呢。

　　老婆对我常和一群狐朋狗友吃吃喝喝取眼开眼闭的态度。因为我总有我的说辞：人在社会上行走，哪能没有朋友？都说君子之交淡如水，而这样的君子也往往不能办事！这样，老婆便无言。我离家出走的时候她十分伤心，又争不过我，赌气回娘家了。说起来，这样的老婆够让我随心所欲了。可是现在的当口，她却要来北京！这个周末就来！我该怎么办？老婆始终没有怀孕的原因是前几年没想要，而后几年又要不上，前不久还吃了不少中药。这次怀上了，竟奋不顾身跑到北京来，肯定是要报告喜讯，同时还要诉说离情。这事我还没告诉灯火阑珊。而老婆对于我身后有位灯火阑珊也足以大吃一惊！我不由想起车尔尼雪夫斯基的《怎么办？》和列宁的《怎么办？》，我的问题属于杯水风波，可对于我这个小人物就又是一个怎么办！

我终于脱下了裤子，又扒下T恤，慢慢挪到洗手间，把脏衣服扔到角落，等着灯火阑珊来了收拾，然后放出热水慢慢擦澡。

北京的六月，天气已经开始炎热，但还算干燥。灯火阑珊给我洗的衣服在阳台晾了半天，已经半干了。我取下一件T恤，一件短裤和一条内裤，还有点潮乎乎的，就穿上了。内裤发硬的地方被灯火阑珊洗得软软的，穿上很舒服。这时肚里开始叽里咕噜叫起来。我看看手机时间，是下午四点钟了，而中午饭还没吃，灯火阑珊肯定也没吃，干脆等吧。等她来了一起解决。

五点钟的时候，灯火阑珊来了，在楼道里吵吵嚷嚷的有好几个人，原来是请了搬家公司，搬来了电视、电脑、DVD机、一个旅行箱和一套单人折叠沙发。灯火阑珊指挥来人把东西安放在客厅，给他们付了钱，送他们出门。

这时才和我面对面站在一起。野狼，你洗干净以后还是挺有男子气的。

我说，谢谢夸奖，我要是再高十公分就什么都不干了。

灯火阑珊说，那你干什么？

我说，当模特，天天走T型台。

灯火阑珊说，对，你就可以整天穿梭在鲜花般的美女之间了。

我说，那多幸福，我就是一只蜜蜂，天天——

灯火阑珊啪地给了我一巴掌，说，你还想什么？这一巴掌把我打了一个趔趄，腿疼得我啊一声叫出来。灯火阑珊忙扶我坐到椅子上，连说，对不起，对不起，我忘了，我最听不得男人花心。她在我腮帮子上嘬了一口，算是道歉。接着，她说，咱不说扫兴的话了。你猜我还给你带什么来了？我说，那怎么猜得出？

长篇小说

职场眩爱
zhichang
Xuanai

灯火阑珊打开她的旅行箱，抱出一大堆衣服放在一边，然后拿出好厚一沓 DVD 盘，交到我的手上。我一看，什么《指环王 2》、《黑客帝国 2》、《终结者 3》、《X 战警 2》、《海底总动员》、《加勒比海盗 1》、《杀死比尔》、《霹雳娇娃 2》、《古墓丽影 2》、《夜魔侠》、《绿巨人》、《怒海争锋》等等等等。

我说，都是小孩儿玩意儿啊？

灯火阑珊说，你别老外了，都是今年最新的片子，有的还没上市，都是朋友帮我淘换的。问我，你喜欢什么类型的片子？

我说，我老土，净喜欢什么《英雄本色》呀，《大话西游》呀什么的。

灯火阑珊说，嗨，哥们儿，咱真对路，我也喜欢。不过这种片子内容都背下来了。

我说，看片子不当饭吃，咱肚子还咕咕叫呐。

灯火阑珊说，我去弄。简单，买了盒饭，就做点汤吧。就去厨房把水烧上了。

这时有人嘭嘭敲门。我站起问，谁呀？外面答了一个名字，很生疏。灯火阑珊跑过去把门打开一条缝，来人说，我是公司司机，老板来了。灯火阑珊便把门打开了。司机提着一篮子水果，扎彩带那种。老板跟在后面，说，谭头儿告诉我的地址，要么就会找不到。马工，你现在怎么样？

我赶紧给老板让座，说，没别的，就一个字——疼。老板说，都是我造成的，你要不拉我，受伤的就是我啊。我说，老板您别客气，事儿赶在那了嘛。

灯火阑珊插嘴说，老板，您看马工的工资是不是三个月都全薪呀？

我为灯火阑珊暗暗捏把汗。这种话我是绝对说不出口的。我太好面子。只听老板说，马工的工资我正在考虑，我会给马工一个满意的答复。我现在来是告诉马工，公司准备招一个新的办公室主任，因为马工三个月不上，不能没人干，是吧。

我说，是这样。灯火阑珊说，什么是这样？这不明摆着换人了吗？我说，阑珊你别掺和，阶段性安排用工也是正常的。老板说，马工，你得把门钥匙给我。

灯火阑珊叫起来道，野狼，你还不明白吗？扫地出门了！老板说，谁是野狼，我可说的都是工作，怎么说我野狼呢？我说，老板，您弄错了，她叫我野狼呢。

老板将错就错说，你们说我野狼我就野狼，我不野狼这个公司就不能运转，交钥匙吧！

老板拿了钥匙说，马工，不论如何，我会记得你的好儿的，你安心养伤吧，我会叫司机常来看你。

我是个受不住别人三句好话的人，立即又把老板想象的合情合理，不顾灯火阑珊在旁边摔摔打打，连忙说，您也别让司机总跑，给公司省点油钱吧。

老板哈哈一笑说，马工，你跟着我学不到别的，就学怎么省钱啦！便告辞而去。我腿脚不方便没有送客，灯火阑珊也不送客。听到老板的脚步远了，灯火阑珊就扯着脖子大喊一声：啊——

我真想笑，她跟我怎么这么一样？我一烦恼就想大喊。虽然老板属于打一巴掌给个甜枣，可我还是感到一丝安慰，谁让咱端的是人家的饭碗？灯火阑珊气哼哼地在屋里狂走。我说，阑珊啊，我想起了《乞力马扎罗的雪》里面的男主角，因为久伤不愈让女主角烦躁，不行我就搬出去住吧。

灯火阑珊道，屁话，我的房租你可以欠，别人呢，谁有房子让你白住啊！我说，阑珊，我欠你的太多了。灯火阑珊道，别净说些没滋没味的话，吃饭吃饭。

就像夫妻过小日子一样，我和灯火阑珊脸对脸吃起饭来，我夹一口菜，就顺便往她的碗里夹一筷子菜；灯火阑珊便说，你累不累呀，我又不是够不着！说着夹起一筷子菜直接送到我嘴里。

我嘴里嚼着唔唔地说，谢啦，你拿我当孩子呐。她说，我要有你这么大的孩子，我的任务提前完成了，决不再结什么婚了。

我说，你姿色这么好，硬是闲散着，得急死多少有情人啊。她说，那我就办个情人俱乐部，让他们天天狗咬狗。我说，我只来不咬。

她说，不信你不咬，你不把人家吃了就不错！接着，灯火阑珊讲了一个笑话。

我哈哈大笑，说阑珊你也够呛了！她说，你别笑，我不信你在我面前老是装憨。我说，再议，再议。

她便在脚下踢我一脚，幸亏踢在好腿上。这个时候我不由想起老婆，和老婆吃饭便很乏味，关键是她不许我吃着饭说话，死死恪守食不言寝不语。

正纠缠不清，门响，郭果回来了。不是周末，没带女友。一见我们吃饭，便大声嚷嚷，两口子吃什么好饭呐，我能不能加入？

我说，加入加入。郭果真要加入，手也不洗就去搬椅子。灯火阑珊道，打住打住，没预备你的饭，别瞎掺和，愿意喝汤自己盛汤去。

郭果很没面子，自我解嘲道，瞧咱哥们儿怎么混的，只能喝汤！灯火阑珊道，你再这么好吃懒做下去，连汤也没有。郭果真去喝汤了，还把锅底挠得吱吱响，说，这汤清水一样，我得用点你们的面条，总可以吧？说我好吃懒做，这些日子腿都跑细了，刚和一家外文公司签了合同，他们同意接收我了。

我说，这是大事，你应该庆祝一下了。郭果说，这不正憋着找阑珊姐借钱吗。

灯火阑珊正色道，不借不借，你还欠着我两个季度房租呐。

郭果说，别急，立马进银子了，还愁这点房租。老姐，最多能借我多少？

灯火阑珊也架不住两句好话，立马着了道，说，顶多二百，你涮一回羊肉足够了。郭果说，老姐你太小瞧我了，哪能拿涮羊肉对付啊，那群哥们儿不得把我涮着吃了？灯火阑珊便看我，我猜出她正犹豫不定，便说，五百吧，也别太奢侈了。

灯火阑珊接过来说，明天吧，今天兜里没钱。

我说，阑珊，你现在不工作，别人还总欠你钱，这么下去哪行？灯火阑珊说，我和朋友正在做一个策划，准备代理销售一种 PVC 地垫，专利是老美的，总厂在青岛，行家十分看好的一个项目。

我说这就好，我们心里还踏实点。灯火阑珊道，放心吧，不会没饭吃的。

晚上，经过协商，我睡在客厅，灯火阑珊睡在我的屋里。灯火阑珊搬来的折叠式单人沙发打开就是一张单人床，很实用。安排我躺下以后，灯火阑珊坐到桌前打开电脑写策划书，郭果跟过来说，瞧老姐多偏向，我在这睡了半年也不给电脑，马哥一来立马把电脑搬来了。

灯火阑珊道，别瞎说，什么时候我不在这住了，自然就把电脑带走了。郭果说，反正左右不给我们用。灯火阑珊道，你马哥可以用。郭果道，郁闷，抗议！

听着他们斗嘴，我睡着了。很快便做起梦来，《虎口脱险》里面的场景走马灯一样——重现，美丽的姑娘不再拒绝油漆匠的追求，两人开始拥抱亲嘴，让人垂涎。接着我变成了油漆匠，竟然身临其境和美丽的姑娘接起吻来，我说，你是真的吗？

她说，假不了。我说，这不是在梦里吗？她说，美梦已经成真。我说，你小点劲，我憋得慌。她说，毛病！我说，不对，浪漫的法国姑娘怎么会说中国话？

我突然被人弄醒。灯火阑珊正匍匐着身子，鼻子顶着鼻子，死盯着我的眼睛，喷着热气说，谁是法国姑娘？你浪漫的过劲了吧？

我说，对不起，我刚做梦了。灯火阑珊说，什么做梦，你的手搂我紧着呢。我说，梦里正演虎口脱险呢。

灯火阑珊说，别总惦记着脱险。男女接触会增加荷尔蒙分泌，有利你的伤口愈合，这都不懂？我说，阑珊，我其实很爱你。灯火阑珊激动了。说，什么也别说，说什么都多余。一下子又热乎乎地把我吻住了。

　　灯火阑珊开始和朋友一起跑起市场调研来，中午赶回来带了两盒午饭，下午又接着跑，晚上还得做饭。我则大模大样做起寓公，过起饭来张口衣来伸手的寄生虫日子。白天闲得无聊，便打开电脑上网，在论坛逛一圈以后接着玩游戏，什么 CS 呀，极品飞车呀，FIFA 呀，三国呀，玩腻了再接着泡论坛。但我不聊天。这几年来，QQ 上除了灯火阑珊，我一般不和别人聊天。因为我既不是少男少女，又反对滥情。而且我几乎没有机会滥情，灯火阑珊时刻在等待着我。什么时候打开，都是抱怨的声音，哥们儿，怎么才来？想急死我？久而久之，我连想一下别人都有种犯罪感。说起来很霸道，可我怎么就顺遂了呢？

　　我想这就是网友情。于是我突发奇想，写起网络小说《异性网友几多情》来。细述我和灯火阑珊的交往。我边写边贴，结果刚写了几千字，点击率就过万了，网友们还跟帖催促说，嗨，哥们儿，加快，别吊我们胃口啊！我异常兴奋，便告知灯火阑珊。于是，她便和我一起兴奋起来，每晚都要细看我的小说，看到不如意处便和我争吵。但她决不跟帖，只是说，野狼，你真让我佩服啊，一不留神，身边竟冒出个网络红人来！

　　网上说，全国网民一个亿，这不是天文数字？经常泡网的人有多少结成网友情？网友情应该怎么定位？已婚男女的网友情是不是对婚姻构成威胁？老实说，没想过。马上就到周末了，我要过老婆来京这一关了。这才是最现实的。我不得已把事情告诉了灯火阑珊。灯火阑珊说，干嘛不早说？咱们一起到车站去接她呀？

　　我说，你最好不露面。灯火阑珊说，凭什么？我当然要见见嫂子，而且还要做好朋友。我说，阑珊呀阑珊，你太幼稚，一山能容二虎吗？

　　灯火阑珊说，把女人当老虎，恶俗！我们同学聚会的时候唱《女人是老虎》，让我把桌子都掀了。我说，不管当什么，你们是水火不容的。灯火阑珊说，你说这话没有文化含量，你怎么知道不容？

　　我说，我见了我老婆肯定毕恭毕敬的，你受得了那个场面？灯火阑珊说，你对自己老婆当然要毕恭毕敬，关键是看你老婆怎么表现，她要是不到位，立马叫她让贤。我说，人家不让呢？

灯火阑珊说，走着瞧！

天呐，看起来她什么事都做得出！星期五吃完晚饭，我给老姨打电话，问刘梅（我老婆的名字）什么时候到。老姨急火火地说，你还知道问呀？人家刘梅请了半天假，已经到咱家了！

我说，那我立即赶过去吧？

老姨说，你看着办，如果有人绊腿不见面也行！"咣当"就把电话撂了。这不是气话吗？我怎能不见面呢？我对正刷碗的灯火阑珊说，哥们儿，老婆不打招呼就到了，我得立马去老姨家。

灯火阑珊急忙擦手说，走，赶紧去。我说，你就别跟着啦！灯火阑珊道，你瘸了吧唧的，我能放心吗？再说，没人帮忙你根本上不去车！我无可奈何道，听你的。

灯火阑珊快速奔到洗手间对着镜子洗脸补妆，然后把我叫过去，对着镜子端详一阵，便往我头上喷摩丝，又用梳子把头发拢得蓬松起来。收拾一番以后说，好了，开拔！搀扶我出门去。下楼以后穿过绿地走向大门这一段路太长，实在不好受。几乎是一步一步挪过去的，还得说有人扶着。出了大门，灯火阑珊拦了一辆的车，先让我坐进半拉身子，然后她小心翼翼地把我的伤腿搬进去。我说，没这么娇贵。

她说，从现在起，你少说话。

到了老姨家，也是灯火阑珊上前敲门。又是表妹开门，表妹打开门闪在一边，气哼哼一言不发。灯火阑珊扶着我进去。一家人一下子全从座位上站立起来，顾不得猜疑灯火阑珊，都把目光集中到我的腿上了，因为我穿着短裤，左腿膝盖以下缠满了纱布。

还是老姨先说话了，马林，这些日子不见，你都折腾什么呐，怎么把腿弄成这样？灯火阑珊接过来说，老姨啊，别提了！

她先把我扶到沙发前坐下，又让大家坐下，然后就把过程说了一遍。在诉说中，她非常聪明地回避了她对老板的反感，把老板说成是很值得一提的知恩图报的好人。这样就加重了我受伤的价值和分量。于是大家一阵唏嘘，问，老板给你什么待遇？这是大家所关心和必然涉及的问题。灯火阑珊说，老板说了，要好好考虑。又说，这事说小就是一工伤，可要说大，那就是咱身边出了一位当代英雄。所以我这个房东不能光知道收房租，在马哥最困难的时候伺候了几天。马哥，是不是这样？

我直担心灯火阑珊喊出野狼来，还好，拿捏的不错。大家都坐着，只有灯火阑珊站着比比划划说话。此时刘梅坐在我旁边，什么都顾不上问，只是神情庄重地紧紧攥着我的一只手，我感到刘梅的手微微颤抖，冰凉冰凉的。她显然已经被灯火阑珊的讲述所蛊惑。刘梅在单位是个很上进的人，自己的老公做得如此出色，她当然是脸上有光的，只是现在很心疼。听着听着，刘梅终于站起来，把灯火阑珊按坐在她刚才坐过的地方——紧紧挨着我的地方，说，房东，你叫什么名字？我得怎么感谢你呀？我们交个朋友吧！

灯火阑珊便迅速在我耳边嘀咕一句：怎么样！

我明白，灯火阑珊想说，这个朋友交成了！

灯火阑珊见任务已经完成，便起身告辞。一家人纷纷道谢，刘梅送她出去。

在这个空档里，表妹说，哥，真铁耶，你是怎么糊弄人家上钩来着？我说，她是网友，又是房东，比我聪明得多，我糊弄得了人家吗？

老姨夫说，你们年轻人在一块没有不出事的，我劝你赶快和她分开，你倒好，越走越近了！老姨说，马林啊，刘梅是个实心眼的人，你可不能做对不起刘梅的事啊！

看来一家人都谅解了灯火阑珊，而唯独向我一人开炮。我说，你们非让我和阑珊分开，可我这些日子全靠她了呀！我便说起一个月工资拿回一瓶酒，是灯火阑珊帮我换成钱；至今我还欠着人家房租；灯火阑珊还给过小余两次钱，不都是看在我的面子上？现在我受了伤，又是灯火阑珊给我洗衣做饭。我能冷淡人家吗？

老姨说，这样吧，让你表妹到绿岛住些日子，你住咱家，我伺候你。我说，不行，您岁数大了，我过意不去。老姨夫说，那也比外人强！表妹说，哥，我可一直憋着，没向嫂子揭发你呐！

这时刘梅回来了。喜气洋洋地说，阑珊真是个热心的好妹子，我一直把她送上了车。

老姨说，刘梅啊，我们正商量让马林和你表妹调换着住呢，不能老让外人照顾，是吧。刘梅说，不，我已经想好了，这次我带马林回去，还是由我照顾。老姨夫说，说起来还是自己妻子最可心的。我说，今天天太晚了，这个问题明天再议，如何？

老姨说，今晚让你表妹睡客厅，你们两口子睡你表妹那屋，正好两人商量商量。我坚持要睡客厅，老姨夫半真半假说，马林你什么意思，不想和刘梅团聚？刘梅则悄悄拧我一把。

还能说什么呢？乖乖就范就是了。分头擦洗完了，我和刘梅关门上床。刘梅轻轻抚摸着我的伤腿问，还疼吗？

我说，一阵阵的还疼。刘梅说，咱回家去养着吧。我说再议。刘梅说，我怀孕了。我说，表妹告诉我了。

刘梅问，你一点也没惊喜？我说，惊喜着呐，为祝福未来的儿子我喝了一箱啤酒。刘梅说，别扯淡，你走这么多日子，想我吗？我说想。刘梅道，别骗人了，有这么靓的女孩陪着，还想我这糟糠？

我没说话。在这个问题上我问心有愧，我确实没怎么想刘梅。我假装叹息说，出门在外，难呐！

刘梅慢声细语说，马林，咱回家吧，我看出来阑珊对你有感情，这很危险，你会耽误人家的。我说，阑珊自己有对象。刘梅问，结婚了吗？我说，正闹离婚呢。刘梅立即警觉起来，马林，那就更危险了，你说实话，你们上没上床？

我说，没有。刘梅说，我不信，我还不知道你？我说，真的没上，阑珊对象我都见了，我还在为她们和好努力着呐。

刘梅说，你恐怕巴不得人家离婚呢，那你多方便啊。我说，看你说的，真想上床现在就很便当，用不着等她离婚。

刘梅突然扭过脸哭了。我说，又怎么了？刘梅抽泣着说，你们肯定什么都干了，就是瞒着我。我说，你真冤枉我了。可是刘梅根本不听，越哭声音越大。表妹推开一个门缝，说，嫂子，我能进来吗？

刘梅立即止住哭泣，说，来吧来吧。就抓起枕巾擦眼泪。

表妹穿着睡衣，抱着玩具熊进来，坐在椅子上说，我跟你们说一件事，行吗？刘梅说，你只管说。

表妹说，我有个同事，跟我特好一姐们儿，网恋了，上床了，可最后发现男的是有妇之夫。你猜怎么着，受刺激了，班也不能上了。我插嘴说，心理素质太差。表妹急了，说，哥，你怎么不好好听啊？

我说，你这孩子，我不是听着吗？表妹说，结果到安定医院去看，大夫给开了一种药叫……，吃了人就变得反应迟钝，痴呆呆的了，还发胖，脱发，挺靓一女孩变胖墩了，而且都秃顶了。后来问大夫怎么回事？大夫说，是这种药的副作用。有副作用小的叫维思通，可是家里条件差吃不起。眼看一朵鲜花糟践了！

我说，我早过了网恋年龄了！表妹说，什么呀，那个男的就你这岁数！我说，你这是专门给我上课呢。这时老姨推门进来，说，你们怎么还不睡？又指着表妹说，你，别在这搅和，睡去！表妹伸伸舌头，抬脚就走，趁我不注意，用玩具熊朝我脑袋来了一下。老姨说，嗨，这孩子！

老姨又坐在椅子上，开始新一轮规劝。老姨夫见老姨说起来没完，便又过来催老姨走，临走撂下一句话，马林，你身边可都是好女孩，怎么处理才妥善就看你的了！

九、闺蜜矫情

经过和刘梅反复磋商，最后决定，我不回家，而在老姨家住上一星期，等待拆线。其实这是刘梅拗不过我的结果。这么做，既可以适当疏远一下灯火阑珊，又没有走远，有什么事都可以照应。刘梅心事重重地走了。临走要给老姨摞下一部分钱，老姨说什么也不要，说是要等待马林赚钱，对马林的谋生能力充满信心。

这样一来，表妹就要跟我轮换着住了。表妹把自己换洗的衣服装了一只旅行箱，抱着玩具熊径自打车去了绿岛。至于表妹和灯火阑珊谁睡屋里，谁睡客厅，就由两人自己商量去吧。表妹去了以后立即打来电话，说是在八楼发现了"甲流"的疑似病人，把整幢楼都给封了，隔离观察，人们既不许上楼也不许下楼。居委会派人给送菜送粮。这个消息让一家人又把心提到了嗓子眼。

我们家我母亲这边没有兄弟，就我妈和老姨姐俩，因此我只有老姨而没有舅舅。老姨对我视同己出，关怀备至，连我的内裤都给我洗。我说我手又没有受伤，您这样让我多难为情啊！老姨说，你洗的不干净。由于我的旅行箱没带来，我就穿起老姨夫的衣服，好在我们俩身高差不多。老姨说是退休了，其实也很忙，一直兼着两家公司的会计。所以，一天里，除了洗衣做饭就在屋里做账，连电视都不看。我怕打扰老姨，也不开电视，想上网，可是表妹屋里的电脑没装宽带，只能玩点简单的游戏，而我对这些没兴趣。于是，我把卧室门关上，从手机里调出一串号码，打着玩。

先是给大春打，问她现在卖水的生意做的如何。大春说，不错，如火如荼，人们都憋着喝便宜水呢。我说，你就蒙世吧，不定哪天折进去。大春说，你乌鸦嘴，我们种地人不怕喇喇蛄叫唤。

我哈哈大笑。放下电话，我又给蔡瓜打。我说，哥们儿还记得我是谁吗？蔡瓜说，不记得。我说，我到你拉面馆去过，你忘了？蔡瓜说，来我拉面馆的多了，我知道你谁呀。我说，新北漂，公交上认识的那个。

蔡瓜道，哦，我想起来了，就是那个蔡刀，口袋一文不名，拉着旅行箱到处走那个，对吧。

我说，没错，你小子还活着呐？蔡瓜说，废话！我要死了还能跟你说话吗？我说，哥们儿，你靠什么活着，还卖书呐？蔡瓜说，升级了，干出版策划了。我说，哦？我刚写了一本书，能出吗？

蔡瓜说，那当然，我跟十来家出版社都有协议，书号现成的，就看你的书有没有卖点。我说，我的书里打家劫舍、飞檐走壁、四角恋爱、鬼狐变人什么都有。蔡瓜说，还真不错，不过人家都写三角，你为什么非写四角？

我说，那什么男大学生爬窗到女生宿舍偷乳罩，发现上面写了另一个男生的名字、俩刑警爱上同一个女犯、一个女市长跟两个开发商鬼混，等等等等，太俗了，没劲。蔡瓜说，哥们儿，你定个时间，我请你。我说，吃拉面？

蔡瓜说，不不不，咱去谭鱼头，专门谈设想。我说，哥们儿，你真有魄力，如果海关休假，你是不是连坦克也卖？

我又给小佘打手机，问他美云的情况如何。小佘说，别提了，只干了一星期就跳槽了，美云虽不是金枝玉叶可也架不住天天起早贪黑呀！我说，现在在哪高就呐？

小佘说，又找了一家美容店。我说，怎么净往这种地方扎呀？你要是真跟她好就得干预。小佘说，不，这家美容店是正规的，光试工就得一个月。我说，是啊，一个月以后再把你开走！更黑！小佘说，这个没想过。

我说，美云漂来漂去，欠的钱怎么办？小佘说，反正我没有办法。

刚收了机，一个电话打了进来，一接是郭果。

郭果开口便哭，说，老马，马哥，我完了！我问，什么事完了？凭什么完了？郭果哭得很是悲伤，顾不上说话。我说，究竟是怎么回事，让你哭个没完？郭果哽咽道，我女朋友跟人跑了！没有她我可怎么活呀？我说，该怎么活就怎么活，自己下楼遛遛，去超市买几根冰棍，然后回屋里慢慢吃，一边吃一边清醒。郭果说，出不去，整幢楼都封了。我说，你也在绿岛十八楼呐？

我想起了表妹。这一封起码一周，甚至半个月。表妹和郭果，还有灯火阑珊要在一起生活这么多天不能下楼！表妹能适应吗？

我说，郭果你听好，现在是你立功赎罪的好时机，你把屋子仔仔细细做一场大扫除，回头我给你介绍女朋友。郭果问，当真？我说，当真，你的事我和阑珊包了。郭果道，那我就先不哭了。我说，可以先哭一会再干活。郭果说，那就干完再哭。我说，你还是先哭，哭痛快了好干活。

郭果说，没见过，还有鼓励人家哭的。我说，我就爱听你哭。郭果说，我偏不哭。我说，你憋不住。郭果说，我偏憋给你看看！

我把手机收了，陷入沉思：到处闹"甲流"的时候，我周围人们的状态就是这个样子！

满半个月了，老姨带我到顺义医院去拆了线，我的左小腿外侧留下一道半尺多长暗红色的疤痕。脚掌还有点肿，不过走路已经接近正常速度。于是，我归心似箭。但绿岛那边还没有解禁，表妹回不了家，我也回不了绿岛，只能在老姨家忍着。几天来，我的手机铃声不断。郭果、表妹、灯火阑珊轮番进攻，让我应接不暇。

郭果说，马哥，你表妹真靓，可她总不搭理我，我很郁闷。我说，主要是你太懒，多干活就行了。郭果说，我已经给整个房间都做了扫除，光澡盆就刷了三遍。我说，煤气灶也很脏，抽油烟机也该除油了。郭果惊叫，马哥，这我可干不了！

我说，那我表妹就不会理你！郭果无奈说，那就试试吧。

表妹来电话说，哥，现在封在楼里出不去，我有了重大发现——郭果这人真不错，就知道干活。连抽水马桶都刷净了。哥，你了不了解他，是哪个学校的？我说，表妹，你悬了，你让郭果假象迷惑了，你可少跟他拉呱！表妹说，人家干活我也不能干看着，总得打个下手，是吧。

我说，反正你得把握好分寸。表妹说，我有点感动，心里热乎乎的。我说，郭果女朋友刚吹，没准过两天又回来了，你可别乱感动！表妹嘻嘻笑，说，哥，郭果是不是比你高，超过一米七五了？我说，表妹，你研究这个干嘛？你要真这么闲得慌，我的箱子里有书，你找出来看吧。

表妹嗔怪了，说，哥，你真没情趣，我不理你了！

这都哪跟哪啊！难道这么快表妹就对郭果有感觉了？表妹可是纯得连郭果跟女朋友亲嘴都不敢看的女孩。都说女孩要是变起来就是突飞猛进革命性的。表妹也忒快了吧，这小丫头！接着，灯火阑珊又打来手机，问我在干什么？我说刚接了两个电话。灯火阑珊便死死追问，谁？打一个不行还打俩？于是我实话实说。

灯火阑珊道，野狼，你可立马截住你表妹，她看郭果的眼神都不对了，我还纳闷，这郭果怎么突然就勤快了呢，原来是有人放电！我说，天要下雨，娘要改嫁，谁左右得了？灯火阑珊道，你表妹多纯啊，他郭果可乱着呢！你不得为自己的表妹负责吗？

我说，只怕我也无能为力。灯火阑珊说，天呐，没见过你这么当哥的！又说，你不在绿岛，《异性网友儿多情》也没人写了，网友们一片骂声，都骂你成心吊人胃口，还有人猜测你是闹"甲流"住院了！

我说，你替我写两段不就行了？灯火阑珊说，哪里啊，那天我试着写了一段，我觉得不差，可网友们砖头乱飞，对我好一顿扁！气死我了！我哈哈大笑，说，先入为主，我也没办法。

灯火阑珊说，等过两天绿岛解禁了，你一是要把小说续完，二是得跟我来趟青岛。我问，干什么？灯火阑珊说，得上 PVC 地垫厂实地考察一下。我说，行，听你招呼。

一晃又是几天过去，绿岛解禁了！楼里只有一个疑似病人被送进医院治疗，其他人没有被传染。据说那个疑似病人刚从广东回来，而报载病源就在广东。近来电视里不断报道因救治不及时而发生死人事件，因此，北京城一时间也是风声鹤唳，草木皆兵。我对老姨说，我该回绿岛了。

老姨说，不行，太危险。我说，不是都解禁了？还有什么危险？老姨说，那是是非之地，不能再去了；不是我不相信你的人品，是真怕你有个闪失，到那时咱们都对不起刘梅。

我说，老姨您不知道，现在在绿岛表妹看上郭果了，郭果是什么人呢？说是大学生，可整个一浪荡公子！老姨立即变了脸，说，郭果？就是跟你们一块住那个？我说，没错。老姨说，你表妹单纯着呐，根本不知道搞对象是怎么回事！我说，老姨啊，现在身边年轻人的各种例子不多得是？还非得自己经历呀？告您吧，表妹心里什么都明白，还给我上课呢！

老姨长叹一声，唉，一波未平，一波又起！我说，老姨，年轻人有感情上的要求是正常的，您不必看成洪水猛兽。老姨说，咱先不说你表妹了；就说你吧，打算跟阑珊姑娘怎么着？

我说，我们是互相帮助的好朋友，不会越过道德底线；再说现在社会这么开放，我不能到死只认识一个刘梅吧！

老姨说，不管你怎么说，你必须离开阑珊姑娘！我说，好吧，我可以劝阑珊回娘家住。老姨说，喝喝，又出来个回娘家，真是越说越近乎了！你能做到吗？我说，努力试试。老姨道，不坚定！我改口道，坚决做到！老姨笑了，这还差不多。

我像飞出笼子的鸟，立马坐公交回到绿岛，和灯火阑珊耳语几句，就帮助表妹收拾东西，我得把表妹送回家。表妹的内衣都和灯火阑珊的晾在一起，收的时候表妹竟然分不清彼此，还得让灯火阑珊辨别。灯火阑珊便笑表妹是个粗心人。我说，她呀，在家里是吃凉不管酸，油瓶倒了都不扶。郭果把表妹的旅行箱用抹布擦拭一新，说，不对啊，这两天可帮我干了不少脏活呐。我想说，爱情可以迅速改变一个人的脾性。但这话我没说出口。我不想让郭果高兴太早。

我和表妹上了公交，因为人多没座，只能人挤人站着。此时和闹"甲流"初期已经有了区别，公交车上又开始拥挤——北京公交的生意总是出奇的好，公交公司应该感谢这些外来的流动人口。但人多空气就污浊，车厢里弥漫着人体的汗腺、头油、腋窝等种种气味，幸亏身边立着一只旅行箱，隔出一点空间。我和表妹就隔着这只旅行箱说话。

我说，表妹，这些天你跟阑珊姐朝夕相处，得出什么印象？

表妹说，阑珊姐这些天一直在联系客户，没怎么顾上和我说话，但看出她是个做事很投入的人。

我问，你喜欢她吗？表妹说，原来不喜欢，可自从她送你到咱家以后，我转变了看法。我说，你不再监督我、憋着揭发我了吧？表妹说，那可不一定，你只要图谋不轨，我随时都会向嫂子汇报。我说，姑奶奶你真厉害，不过你自己正泥菩萨过河，自身难保呢！

表妹说，瞎说！你别拿郭果要挟我，我还真想进一步了解郭果呢，你这个当哥的，不能看着不管。我说，我压根儿不同意你和郭果交往。表妹说，哥，你拦不住我的。

我说，坏了，表妹你鬼迷心窍了。表妹说，这十来天郭果天天干活，如果是作假的话怎么能够坚持呢？我说，难怪，十来天仨男女天天在一个屋里，不出故事才怪，只是出在你的身上让我意外，天底下好男人多得是，你要真找对象就把眼界放开些，凭你的条件总该挑挑拣拣，哪能专收别人的甩货呢！

表妹说，甩货不一定不好。我说，表妹你完了，不可救药了！表妹斜我一眼不再理我。

这时哐当一声车到站了。不知北京的公交司机是什么传统，都一个味：起步、停车猛猛的。

晚上吃饭的时候，老姨和老姨夫都问起郭果来。表妹吃惊地看我，哥，你什么时候向我妈通报的？你的嘴怎么这么快呀？谁说我要和郭果搞对象来着？

我说，我反对这件事，所以就通报了。

老姨说，这么大的事怎能不通报？表妹说，郭果让女朋友甩了，特痛苦，于是天天闷头干活，汗流浃背的，特让人同情。老姨夫问，郭果是个什么情况？

我说，二外大四学生，眼看就毕业，已经和一家外文公司签了用工合同。老姨夫说，这个条件还是可以考虑的。表妹涨红了脸，说，你们说什么呐？让谁考虑？

真是八月天，姑娘脸，说变就变。我拆穿说，表妹你别不好意思，别叶公好龙。表妹更加来气，说，哥，你别讽刺挖苦的，这辈子我不搞对象了，行了吧？

老姨夫说，马林，你为什么不同意这件事呢？

我看看大家，难以开口。郭果和女朋友叫床的情景犹在眼前。可是让我怎么说？最后我说，郭果太开放。表妹立即抓住把柄反唇相讥，哥，你不开放，吃着锅里的看着碗里的！我说，性质不一样！

表妹说，当然不一样，别人是正儿巴经搞对象，你是闲得难受搞婚外情！老姨夫喝止道，嗨，怎么这么说你哥？

老姨问，马林，你和阑珊姑娘谈了吗？我说，还没来得及，不过肯定得谈。表妹说，妈，你不知道，我哥跟阑珊姐那叫默契，两人一个眼神或者咬咬耳朵就立马达成一致，这要是叫嫂子看见不得气死才怪呢！

这次轮到我涨红脸了，我连说，老姨，老姨夫，别听我妹瞎说，杜撰，完全是杜撰！表妹说，爸，妈，我听过阑珊姐给我哥打电话，整个一领导讲话，而且唾沫星子乱飞，跟训孙子似的，我哥在这头不定怎么点头哈腰呢！

老姨夫哈哈大笑，说，你们俩呀！又说，男女的事，是说不清的，想当初，我们两口子都是知青，在陕北插队，我吃不饱，你妈就主动把自己的玉米面饼子掰一块给我。她当时跟我并不熟，不一定有什么目的，可是这一来我的内心起了变化，一下子就把你妈认做亲人了，考上大学以后，也有女同学追我，我都没动摇，那时你妈还在农村呢。

表妹说，肯定那时我妈特靓。我问，老姨年轻时只有老姨夫一个人追吗？老姨说，哪里，好几个呢，有知青也有当地青年。我说，那您还不赶紧挑挑拣拣一番。

老姨说，我死心眼呗，觉得你老姨夫表示得最早，就一根筋了。老姨夫又笑起来，说，老了老了，又不上算了。这样吧，我给你一年时间，你自己去寻找更合适的，找到了，我就让贤。老姨说，去去，老没正经！

老姨夫总结说，男女之间就是这样，起初不一定是爱情，可是架不住时间的黏和，记住，时间不光是考验因素，还是黏和因素，就因为时间久了，分都分不开！我说，老姨夫说了半天是说我呐？

表妹说，难道说我？我跟郭果才认识几天？老姨夫说，你和郭果朝夕相处十来天，时间可不算短，该观察和考验一个人也足够了！

我说，老姨夫您究竟同不同意表妹的事呢？老姨夫说，你表妹心太粗，不会观察，所以还要假以时日。不过这事你这当哥的得帮忙。我说，表妹的事我一定尽心，只是郭果他——老姨夫说，年轻人嘛，都要变的，千万不要看死了！

回到绿岛，第一件事，是把小说续完。网友们热情地溜溜等我这么久，还真让我感动。第二件事就是寻找机会，要和灯火阑珊认真谈谈，让她搬回娘家住，可是灯火阑珊正忙得团团转，我怎么好意思开这个口呢！而且没准她听了我的请求以后会抽我一个嘴巴。

这天，灯火阑珊打了一阵手机，然后对我说，野狼，一会儿小萍就来，咱们商量一下去青岛的行车路线。

我问，哪个小萍？灯火阑珊说，就是我那个合作伙伴。我又问，小萍有车？灯火阑珊说，那当然，她老公给买的。我说，够牛，相比之下我们都是无产阶级了。灯火阑珊说，差不多，哥们儿努力吧！

说着话，小萍来了。嘭嘭嘭，敲门的声音很重，我猜想是和灯火阑珊一样的风风火火的人。我赶紧把门打开。一个穿了一身白，手臂上挎了一个小包的靓妞风一样旋了进来。我想向她点头示意，她却进了门就径直走过去和灯火阑珊叽叽嘎嘎说起话来，我只得站在一边听着。小萍和灯火阑珊说够了，才把脸转向我，说，你就是那个野狼？阑珊的蓝颜知己？

我说，我是野狼，知己么不够格。

小萍说，别瞎谦虚了，一表人材呀，怪不得我们阑珊为你神魂颠倒，和侯京闹得鸡飞狗跳的。我立即红了脸，说，有没有搞错，我哪有那么大神通？灯火阑珊说，好了好了，别扯淡了。咱说正事。

我说，不行，阑珊，咱可把话说清楚，你和侯京的事如果是因为我造成的，我现在立马在你的视线里消失！灯火阑珊说，别听小萍瞎说，她也是好意。小萍说，野狼，可能冤枉你了，但我对你保留意见。

灯火阑珊说，打住打住，进入正题——去青岛怎么走小萍你研究了吗？小萍说，昨晚我和老公画了一晚上路线图，已经弄明白了。灯火阑珊问，真的？小萍说，真的！

这时，客厅门响，郭果回来了。一进门就笑嘻嘻说，大哥大姐，你们是不是在研究去青岛问题？我说是。郭果说，我算一个！小萍说，你谁呀？哪棵葱啊就算一个？

我说，他叫郭果，阑珊的房客。郭果赶紧说，我能干活，搬搬扛扛都行，瞧我的肌肉——郭果撸起袖子示意，立即又放下了，因为很遗憾，肌肉并不多。

小萍看灯火阑珊，灯火阑珊就说，好吧，多一个人多一份力量，路上如果车轱辘掉了，郭果给搬着换轱辘。

小萍说，阑珊你说什么呐？咱不论去哪可从来都是一路顺风的！我说，最好走以前把车检修一下。小萍说，已经跑满一万公里，刚从修理厂保养出来，现在是车辆最佳状态。

灯火阑珊说，野狼，你的任务是认真听取我们和厂家的谈判，发现漏洞及时补充。我说，那我得研究一下你们的方案。小萍说，你早干嘛去了？我说，我一直在老姨家住着呢。小萍说，那就赶紧，阑珊，快把方案给你的高参。

我拿过方案坐在沙发上看起来。郭果紧傍着我坐下跟着看，看来也想一展身手。我通过看方案，发现灯火阑珊和小萍都是聪明人，如果她们俩能够团结合作，这项业务应该能够很顺利地干起来。我没找出什么纰漏，把方案还给灯火阑珊。于是大家便研究路上需要带什么东西，比如吃的，面包、榨菜、火腿肠、茶鸡蛋；还有矿泉水、可乐，得买两箱放在后备箱里；到了驻地以后的吃，住；汽油费、高速过路费；如果想看风景区，还有门票问题。诸如此类，一是怎么记账，二是该采购的得立即采购。郭果自告奋勇，要去采买。

小萍说，咱开车去。灯火阑珊便拿出二百块钱给郭果，说，从现在起，进入记账阶段，野狼拿本记！我赶紧从旅行箱找出笔记本，记上青岛之行的第一笔开销。

小萍和郭果下楼去了。灯火阑珊坐在沙发上想事，进入深度思考。接着伸出一只手叫我。我小心翼翼地坐在她的旁边，打算瞅机会说出我想说的话。可是灯火阑珊不给我机会，她把玩着我的手说，我找了很多家饭店和旅馆，有的说要看PVC地垫的样品再定买不买，给了一半希望；有的干脆拒绝，一点希望没给，看来这跑业务可不是简单事啊！

我说，那当然，不然人人都大款了。灯火阑珊便"唉!"了一声。我说，跑业务你很有优势。灯火阑珊道，什么优势？青春？美色？我说，别说这么直白。

灯火阑珊道，论青春，正在我手上悄悄溜走；论美色——你看见小萍了，太多了，在客户眼里早习以为常了！我说，反正我要是客户肯定会被迷住，饭店买不了就个人买点铺在家里。灯火阑珊道，迷住？被谁迷住？小萍还是我？

我说，当然是你。灯火阑珊说，甭解释，这就是男人，通病！我不再说话，这样的话题曾经进行过，结果都是以我的妥协而告终。灯火阑珊说，有的客户看起来确实被迷住了，但是却提出了进一步的要求，要请我吃饭。

我说，白吃还不去？灯火阑珊道，傻小子吧你，现如今有免费的午餐吗？我说，现在有钱有权的男人怎么都这样？

灯火阑珊神色黯然道，是啊，极其的赤裸裸。说着，灯火阑珊把手臂搭在我的脖子上，让我抱抱她。在这种情境下，我没法推脱。现在是她，一个小女子非常软弱的时候。我除了安慰还能怎样？我抱住灯火阑珊，轻轻拍着她的后背，说，生活就像逆水行舟，不进则退，可是又得躲过暗礁险滩。灯火阑珊又亲我了。我也在心里长叹，我怎样才能和她分开呢！

十、男女同屋

一切准备就绪，我和灯火阑珊还有郭果晚上九点一过就分别睡下了。因为明天早晨得起个大早。夜里三点半，小萍把车停在楼下，上楼来敲门。我睡眼惺忪地打开门，小萍看也不看我就径直往里走，边走边嚷嚷，起床起床，敢情就我一人起得最早啊！灯火阑珊闻声忙从屋里走出来，说，辛苦辛苦，不是说好四点钟吗？

小萍说，我要不早一点来叫你们，谁知你们得睡到几点啊！

这时郭果也起床了，现在他已经学乖了，对灯火阑珊说，女士优先，洗手间，请！灯火阑珊也不客气，便进了洗手间。我把折叠沙发收起，请小萍坐下，顺手打开电视，免得让小萍等得不耐烦。然后我去厨房洗漱。

半个小时以后，一行人陆续下楼。灯火阑珊走在最后，关了所有电器，把门锁好。上车的时候，我看清小萍的车是一辆簇新的白色桑塔纳，我想可能小萍老公考虑到小萍并非老手，买这么一辆车只当练手，因为就我所知，桑塔纳在所有的车型里，大概是最皮实的，只是稍稍费点油。小萍打开车门的时候发生一点小争执：郭果想坐在副驾驶的位置，小萍说，后边去，谁待见你似的！

郭果笑说，后边是马哥和阑珊姐。

小萍说，谁规定他俩非坐一起？你年纪轻轻的就学会纵容别人犯错误了？

我推灯火阑珊一把，说，快去前边吧，小萍等你呐！于是，郭果和我坐到后边。小萍和灯火阑珊又动手动脚逗了一阵子，车才启动。

车刚走了不远，郭果便掏出烟来，向我让烟。我不客气地推开，说，你也不许抽，这是四人空间，懂吗？郭果连说是是。接着，郭果又把矿泉水举到我嘴边。我接过去拧好盖子说，别这么殷勤，好像我剥削压迫你似的。郭果说了一句带着鼻音的英语：How can I make you happy?

我说，听不懂，你什么意思？郭果扭捏一会才说，怎么才能让你高兴。我说，你别打我的幌子，你是项庄舞剑意在沛公，对吧？郭果不好意思地嘿嘿笑。

我刚刚发现，郭果的长发已经剪短，一脑袋呛鼻子的头油味也悄然消失。我知道，不少男生都懒得洗头，懒得洗脚，睡在一个屋里绝对给旁人带来痛苦。郭果过去的女朋友都没能把郭果管过来，而仅仅和表妹在一起生活了十来天，郭果竟然变得干净清爽，像换了个人。毫无疑问这应该归功于表妹，表妹从小就有洁癖。但表妹这孩子至今确实还懵懵懂懂，不知男女之事的奥妙。老姨父让我帮助表妹，从哪帮起呢？现身说法？表妹绝对嗤之以鼻。她有一套自己生活的逻辑。我只能从观察郭果做起。

九点钟，路间休息的时候，郭果请示灯火阑珊，是不是大家吃点东西？灯火阑珊说，对。于是，郭果拿出面包、火腿肠之类。看着大家吃起来，郭果才跟着吃。吃完以后，郭果又主动将塑料皮、纸屑、空水瓶送进垃圾箱。接着，找出抹布把汽车挡风玻璃和反光镜都擦了。不管他是不是做给人看，反正是做了。

再次启动的时候，天空突然乌云翻滚，雨点劈哩啪啦打下来。我提

长篇小说

职场眩爱
zhichang
Xuanai

出和小萍坐在一起，因为我也有本子，想跟小萍学两手，而小萍开车确实比我老到。灯火阑珊不太情愿地和我换了位置。雨下得不太大的时候，小萍把车开到 120 迈，雨下大了，我让小萍降到 80 迈，可是小萍不听。

我说，小萍，弟兄们的小命都攥在你手里呐！小萍说，别穷叨叨。你这么碎嘴子阑珊怎么会看上你？这时雨越下越大，前方能见度也降低了，模模糊糊可以看到一盏橘黄灯在雨中摇晃。小萍不得已减下速来，可是眼看就到跟前了，小萍急忙煞车，行驶中的汽车在惯性中便打一个滑，吱——横着停在橘黄灯跟前。

天！临到跟前才看清，差半米就和修路的工程车撞上了！幸亏工程车是停止的。大家都惊叫起来。小萍也是一惊。接着，小萍伏在方向盘上喘息。

我说，小萍，我开一会，你休息一下。小萍不动。灯火阑珊问，野狼，你也有本子吗？我说，有。

灯火阑珊便在后面推小萍，嗨，换换，你歇会。小萍喘息够了，才侧过身，蜷起腿，让我过去，然后小萍坐到副驾驶的位子上。雨越下越大，我把车启动以后，将时速定在 60 迈上。雨刮子在眼前刮来刮去，车内气温也降下来了。眼看身边一辆辆车"唰唰"地超过去，小萍便扭动身子暗使劲，我却不着急。我问小萍，在高速路上能看出什么？

小萍说，我哪知道？我说，高速路上跑得最多的小车是"大众"系列，以"帕萨特"为最。"丰田"也不少。纯国产车有是有，跑起来却老牛车一样不够壮观。

灯火阑珊在后面插话说，别说话！分散注意力了！小萍说，开这么慢，无所谓的。灯火阑珊道，那也不行！

小萍说，好霸道！我不再说话，因为我看出灯火阑珊不愿意我和小萍聊天。

郭果说，没想到，马哥还会开车。我说，总不摸车，因此我是二把刀——南方话叫三脚猫。

灯火阑珊说，小萍，咱俩换换位置？小萍说，没出息，就这么一会，你就非和野狼坐一块去？灯火阑珊说，小萍你说什么呀？我是想看看野狼怎么开车！小萍说，你一会看我吧。

郭果哈哈笑，说小萍姐最善解人意了。灯火阑珊道，善解人衣！大家哄笑。郭果鼓掌。

灯火阑珊道，郭果你别说风凉话，请善解人衣的人为你找个善解人衣的人吧！郭果忙说，老姐饶我吧，我有目标了。灯火阑珊道，你的目标隔着大山呢。郭果说，现在马哥已经加入统一战线了。我说，谁说的，我在观望，等你的优惠政策呐。

小萍说，你们打什么哑谜？灯火阑珊说，在讨论谁给郭果解衣的问题。

PVC 地垫厂的确切位置在距离青岛五十公里的胶州湾，因为我的车速慢，一行人到达时已是下午四点。此时天气晴朗，骄阳似火。厂长亲自驾车到路口接我们。我们的桑塔纳随着厂长的车拐了两个弯驶进厂区。接着，两辆车又直接开进了空旷的车间。灯火阑珊和小萍抓时机在手绢上洒上水，擦擦脸，精神一下。从车上下来，就看到一条流水线在生产红色地垫，十来个工人站在机器旁。我问厂长，怎么把车直接开车间里来了？厂长说，防晒。我心说，这算什么道理？

厂长引我们往车间尽头走，通过一条铁梯，上到二楼，厂长办公室。灯火阑珊说，够艰苦啊！厂长边给我们让座边说，创业初期，一切从简，下个月就要搬到院里另一座楼去了。然后厂长让秘书给每人送上一瓶矿泉水。灯火阑珊和小萍坐在主座——沙发上，我和郭果拉过两把椅子坐下。都坐定以后厂长给我和郭果发烟，我婉拒，郭果便也连说不会抽。

厂长接近五十岁，完全秃顶，自我介绍姓赵。相比几个嫩嫩的年轻人显得老到、自信。他兀自点上一支烟，口若悬河道，欢迎各位远道而来，加入咱们 PVC 地垫的销售队伍，生意还没兴隆便通四海啦！

长篇小说

职场眩爱
zhichang
xuanai

灯火阑珊笑笑说，咱们都是朋友的朋友，因此也是朋友，我就开门见山啦，第一，贵厂的产品在异地销售是设分支机构还是由经销商单独起照经营？第二，朋友说，可以代销，不用我方预付资金，能否做到？第三，我方负责的销售区域有人直接向贵厂寻价或购货，如何保障我方的利益？第四……灯火阑珊一口气说了五六个问题，我怕赵厂长记不住，提醒说，是不是把打印的方案给厂长一份？

灯火阑珊说，可以。

小萍问，产品的质量和性能检测报告有没有富余的？

赵厂长猛吸一口烟，然后摁灭在烟灰缸里，说，你们够在行啊！不过这些都不成问题，现在董事长不在，得等我请示以后回答你们，但保证是代销和出厂价这没问题。

灯火阑珊和小萍又问起整个厂子的基本情况，厂长连说，初创，刚起步，难啊。局面出现变化，赵厂长开始支支吾吾了。我从旁边听出厂里工作很不正规，连财会都没设，作为工业企业怎能没有财会呢？如果客户需开增值税发票怎么办？这不是把税务问题转嫁到销售方？如果灯火阑珊和小萍愿意干，就得在北京起照，设财会，接着得聘会计，设账目，应付工商、税务、年检等等，就加大了负担。于是我写了个纸条递到灯火阑珊手里。灯火阑珊看后交给小萍。小萍看了便说，赵厂长，你们是不是有躲税嫌疑啊？

赵厂长哈哈大笑，说，姑娘你够直率的，我喜欢！又说，咱有办法，这个院里还有一家企业，是咱的合作伙伴，真需要增值税发票可以到他们那去开。

我说，那每次业务都得往北京寄一次发票？

赵厂长说，不一定每个客户都要发票！

我说，这是侥幸心理。

赵厂长说，小伙子你真逗，像个工商局的。

灯火阑珊便向我挤眼，我知道她怕我和赵厂长说呛了。我就此打住。

几个关键问题要等董事长，今天跑这一趟等于务虚！我和小萍都有些不耐烦了，开始大口喝水，发出咕噜咕噜的声音。郭果也离座出去了。灯火阑珊却很沉着，问，这次来，要带一部分样品走，有没有现成的？

赵厂长说，可以现裁，我马上组织人。便喊秘书当即布置。

小萍说，厂子的资质证明给复印一套。赵厂长说，这个也行！又叫秘书。接着又哈哈大笑，说，你们还真像那么回事！我说，要干可不就得正儿八经的！

赵厂长便在我肩膀上捆了一掌，不知他是赞赏还是嘲讽。灯火阑珊又提出到厂区转转。赵厂长说，好。又说，怎么着，今晚怎么安排？灯火阑珊说，晚上我们住到青岛去。

等一切办完以后，赵厂长笑呵呵送我们出门，一副如释重负的样子。小萍驾车飞快地驶出厂区，顺便说，连请顿饭都不敢说，丫挺的！灯火阑珊说，咱不图他这顿饭，别骗咱就行。我说，骗倒未必，不过和咱不像一路人。

郭果长叹，干经营真难！……半个多小时后，汽车驶入青岛市李沧区，街上已华灯初上。小萍开着车找旅店，不厌其烦地一家家问去，正式宾馆标准间都在 400 以上，小一点的，标准间也在 100 至 200 之间，但都满员了。可见旅游城市确实不同一般。灯火阑珊坚持再找。最后找了一家个体的，还算干净，标准间 80，有空调，但只剩一间了。小萍问，怎么办？

灯火阑珊问大家，能不能将就？我说，关键是你们女士。郭果表态说，我睡车里。灯火阑珊说，睡车里干嘛？标准间都是两个单人床，咱们两人一床，挤挤！

大家在街上找了一家快餐店，点了几个小菜，要了扬州炒饭。灯火阑珊又要了两瓶啤酒，说，点点卯。如果灯火阑珊不点啤酒，我和郭果都不会点，因为这是统一记账的消费。郭果很会看事，立即拿来四个杯子，把啤酒分开。灯火阑珊说，别介，我和小萍不喝。

我说，干嘛不喝？解解乏。

小萍表扬说，刚发现，真正擅解人衣的人是野狼。我说，你别损我，我是觉得开车和坐车时间久了都不轻松。小萍说，你别牵扯我们，是你和阑珊在互相关照。我说，随你说去。偏偏这时灯火阑珊举杯和我相碰，小萍大喊，我嫉妒！灯火阑珊桌下踢我一脚说，这是小萍式的幽默。小萍又说，我丫失落！

郭果举杯说，萍姐，你最累，我敬你。

小萍说，终于有人想到我了。这时郭果手机响了一声，短信，郭果立即精神抖擞打开，直看得喜形于色，接着嘻嘻笑着回短信，又入无人之境。小萍说，又一个！你们怎么都那么幸福啊？我和灯火阑珊都抓紧吃饭，不理小萍，好让她消停。

回到旅馆，天已不早。灯火阑珊叮嘱大家立马洗澡，早点歇息。大家让来让去，最后让小萍先洗。旅馆的盥洗室就是一间六七平米的厕所安了热水器，十分简陋。小萍刚进去就出来了，说，插销太紧插不上。结果灯火阑珊也一同进去，要一起洗，但仍然插不上，就喊我过去，让我在门外站岗。屋里两人又叽叽嘎嘎逗起来。隔着门传出的声音很清晰。小萍说，阑珊，想不想侯京？

灯火阑珊道，都闹到这份了，想个屁！小萍问，那你一个人不寂寞？灯火阑珊说，有这么多朋友呐。

小萍说，阑珊，我这些日子开车开的都晒黑了，哪像你又白又细的，你的胸也比我的好看，野狼摸过吗？灯火阑珊"啪"给了小萍一巴掌。小萍咯咯咯笑起来。这俩姐！我不想听这些，但我走不开。

这时郭果不失时机过来让烟，我接过来，说，行，郭果，越来越有眼力见了。郭果神采奕奕地说，马哥，我不瞒你，你表妹又给我发短信了。我问，说什么？郭果说，让我注意安全，听你的话。

我说，晕！我还得听灯火阑珊的呢。这时，又听见屋里小萍问灯火阑珊，你和野狼也不能就这么耗下去呀？你们将来怎么打算？

灯火阑珊说,看他呗!

我说,郭果,你回屋吧,别在这听这个。郭果做个鬼脸,转身便走。我想他肯定听了个满耳。

"看他呗",这是我第一次听到灯火阑珊发出心声,她跟我从来不说这个。她的话只三个字,却像重锤狠狠地击在我的心上,让我感到钝痛。这是一种越寻思越严重的痛,比我的腿伤痛十倍、百倍的痛!灯火阑珊,一个风华正茂的小女子,把一切都寄托在我这个有妇之夫身上了!老实说,我承担不起。虽然我也爱灯火阑珊,但我没有勇气对怀了我的孩子的刘梅说"离婚吧"这样的字眼。我不像个男子汉!我不配"北方野狼"的网名!虽然,这个网名是三年前灯火阑珊起的,她说我的文风彪悍张扬,就叫这个名字吧。可是孰不知我文不似其人,人也不如其文。自古以来文如其人的说法纯属误导!

小萍和灯火阑珊洗完了,热哄哄地开门出来,两人的脸膛都红润润的。我便拿了洗漱用具进去洗澡,灯火阑珊说,等等。又叫郭果一起进去洗,说帮你马哥搓搓背。然后她在外面站岗。小萍说,阑珊,你太过分了吧?

郭果说,我愿意!小萍说,原来你们是统一战线,沆瀣一气!郭果进了屋,三下五除二就脱了衣服,真的给我搓起背来。这对郭果来说,可能是求之不得,对我则又是一个痛。因为灯火阑珊对我表示的一切关怀,我都难以回报。

大家都洗过了,就准备睡觉。但都得合衣而眠。于是我打开空调,并把温度定在 29 度上。小萍悲壮地宣布:全国各地闹"甲流"的时候,从北京来了一行四人,在青岛李沧区小旅馆下榻,两男两女混居一室,只是为了一个破地垫的伟大事业!

郭果捧场道,对,豁出去了!

灯火阑珊道,喝,瞧你们说的,多可怕似的!

屋里两个单人床,中间隔了一个一尺多宽的小床头柜,小萍占了最里边的一个床的里边,说,你们随意躺吧,我眼不见心不乱。灯火阑珊

长篇小说

职场眩爱
zhichang
Xuanai

就躺在小萍旁边，和这个床相邻。郭果一见这阵势，立即躺在这个床的外侧，让我和灯火阑珊可以脸对脸。我把灯关掉，便合衣躺下。小萍可能是折腾一天确实累了，很快发出轻微的鼾声，郭果也一动不动了。

我正要睡去，灯火阑珊把手伸到我的脸上，抚摸我的额头、眼睛、鼻子、嘴唇，最后捂在我的脸颊上。我睡意全无，把她的手紧紧攥住。这只手小巧、柔软、温热，让我心跳加快。灯火阑珊悄然翻身下床，俯在我的脸上亲吻起来。这时小萍突然咳嗽一声，郭果也开始躁动，原来他们都没睡着！

灯火阑珊回到床上躺好，一只手仍然和我的手紧紧相握。听着小萍的鼾声再次响起，郭果这次也真正睡着了。灯火阑珊便把我的手放到她的脸上，我也顺次抚摸她的额头、眼睛，却发现，一股热泪从她的眼角流了下来。我不敢开口说话，她为什么要这样？激动？幸福？哀伤？失望？究竟是什么？阑珊啊！

早晨，灯火阑珊起得很早，我们还在睡梦里，她已经洗漱完毕了。然后依次叫起了小萍、郭果，我是被郭果碰醒的，灯火阑珊压根儿没叫我。

我说，阑珊，你怎么不叫我？灯火阑珊说，反正洗漱也得排队，我就让你多睡会。我说，阑珊，你真——灯火阑珊捂住我的嘴，不让我说。我拿开她的手，问，这一夜你睡了几小时？

灯火阑珊说，不多就是了。我长叹一声。她便揪起我耳朵拧住，在我耳根说，不许多想！我忙说，遵命哥们儿！好在此时屋里没别人。灯火阑珊总想掩饰，不知我早窥到她的心里。

吃早点的时候，灯火阑珊问大家，是回北京还是在青岛风景区转转？我说，我主张转转，也算不虚此行，但门票 AA 制，因为这是纯娱乐。郭果积极响应，小萍却说，还是统一记账吧，你说呐阑珊？灯火阑珊一锤定音道，就听小萍的。下楼时小萍和小旅馆的女老板聊了几句，问青岛风景区怎么走。女老板拿出一张地图，如此这般说了一通。小萍说，我明白了。便道谢出门去。小萍很聪明。这一路走来之所以顺利全是仰仗她的方位意识。

一行人坐上车，开始进入青岛市区观光。小萍开车，郭果拿着数码像机坐在副驾驶的位置上随时拍照，灯火阑珊和我坐在后边，这次小萍没再强制我俩分开。灯火阑珊便把我的一只手抱在怀里，亲一阵抚摸一阵，缠绵不已。我在她耳边说，好阑珊，咱看街景了。她便顺势亲我一口才放开。我们一起透过车窗向前看，在明丽的阳光下，青岛的街市被不远处的碧绿青山所映衬，加上欧式街灯和葱茏的绿树，十分幽雅而独特。街道随山势起伏很大，因此很少见到自行车。虽然鳞次栉比的高层建筑和其他大城市没太大区别，但所有的住宅楼几乎都是红瓦的屋顶。

灯火阑珊说，大家看，街上非常干净，北京都比不了。小萍说，肯定是下雨冲的，这种斜坡马路绝对不存水，不存脏物。我说，大家到青岛来住吧。小萍说，不定房价多高呢！

汽车顺着市区的一条马路驶去，很快便进入崂山风景区。路过海水浴场的时候，看到碧绿的海浪一波波扑向海滩，小萍连说，馋人，馋人，可惜没带游泳衣！过了"石老人村"公园不久，就到了巨峰景区售票处，小萍下车一问，每人50，车5元，这只是在景区通过，进景点另交钱。小萍咂舌。灯火阑珊说，犹豫什么，买！

进了景区，就上了沿海公路。公路很窄，最窄处将就着能错车。左边是山体，右边是悬崖，悬崖下边便是大海。于是出现塞车。等，烦人的等。车还不能灭火，因为得开着空调。外面艳阳高照，能见度非常好，可是气温也非常高。小萍突然说，郭果，你跟我下去，带四瓶矿泉水。

郭果莫名其妙拿了水下车。小萍接过一瓶，拧开，均匀倒在一个车轮子上。郭果明白了，立即把其他三个轮子都浇了一遍。上车后小萍说，这么热的天，又一直不停车，我担心轮子爆裂。

灯火阑珊说，小萍啊，我们不懂车，该怎么办你就说话。小萍说，你这么忙，不劳你大驾就是了！灯火阑珊道，我们坐着，忙什么？小萍

长篇小说

职场眩爱
zhichang xuan

说，别提你们，我只说你自己，你闲着了吗？

我对灯火阑珊耳语：小萍从反光镜什么都能看见。灯火阑珊立即红了脸，伸手打小萍。小萍大叫，野狼你不管呀！我说，我不干涉别人内政。

小萍又叫郭果。郭果说，阑珊姐又不是真打。我哈哈大笑，说，失道寡助！小萍说，合伙欺负我，我不拉你们了！

这时前边的车启动了，大家立马闭嘴，看小萍开车。

过了山海人家、青蛙石，到了重要景点太清宫，我说，这里应该是崂山道士待的地方。

小萍说，会穿墙术那个？

我说是。可是这里已经人满为患，人、车挤成一团。灯火阑珊说，这墙难穿，这个景点放弃了！于是，小萍驾车跟上缓缓而行的车队。见车速慢，一些打着小旗的个体导游小姐凑上来敲玻璃，问，要导游吗？小萍摆手。车队渐渐加速，狮子岩、黄山村、元宝石相继闪过，车队悄然分解，到达终点仰口时，只剩下一两辆车了。小萍把车开进停车场。大家刚一下车，便被一群导游围住。灯火阑珊看我，我说，来一个也好。灯火阑珊便点了一个模样清爽的姑娘。

姑娘很尽职，立即滔滔不绝起来。接着便引我们从狮子峰坐索道到寿字峰，然后爬觅天洞，洞很黑，而洞口设了一个摊位卖手电，3块钱一个。灯火阑珊问导游，不买不行？

导游说，对，太黑，要人手一个。

灯火阑珊非常不悦，说，你怎么不早说？我们车上有手电。小萍说，算了，买吧。灯火阑珊说，只买一个！

爬山洞的时候确实很黑，脚下一条只容一人的陡峭弯曲的石阶小道，没有手电真不行。可是四五个人只有一个手电，导游就辛苦一点了，她拿着手电要每走几步就停下来给大家照路。约摸用了十分钟，大家才小心翼翼地从阴暗潮湿的洞中爬出。哇，外面一片光明。接着又爬了一会山，就坐索道下去。途经山腰一个景点叫太平宫，导游让大家下来，说，这也是个道观，看不看？

我问，有道士？导游说有。我问，阑珊，看吗？灯火阑珊说，随你吧。我说，想当年蒲松龄写聊斋的时候，他的弟子在灯光下一过，在墙上闪过一个影子，老先生来了灵感，便写了会穿墙术的崂山道士。其实谁都知道，墙是没法穿的。

进了太平宫，一个身材五短的小姐说，免费介绍，便从导游手里把我们接过去。道观正殿供奉着妈祖，偏殿供着关公和文曲星。小姐说现在时代不同了，道士们已经不练穿墙术了，练了一种新功。灯火阑珊接茬说，你以为穿墙术能练吗？小姐不回答，领我们进到一殿，迎面供着神像，供桌前香烟缭绕，案前脚下一个一米见方的大福字。一个年轻小道士抓住我一只胳膊，像怕我跑了一样，让我站在福字左边，说，夫人站右边。灯火阑珊当仁不让站到右边。

小道士让我俩冲神像拜了三拜，然后让我从香案上取下一个香囊，再拉我到坐在一旁的一个中年道士面前去，请中年道士拆开香囊。就见里面一个纸条，中年道士默念以后又看看我的手相，说，看你天庭饱满地阁方圆耳轮圆润鼻直口方，一副官运亨通衣食无忧之相，当好生珍惜，不可懈怠。只是夫人脾气刚烈心直口爽，要注意少得罪人。我只觉得这话有点针对性，也挺耳熟。小道士过来拉我去香案取香。我还没反应过来，灯火阑珊厉声道，等等，都是多少钱一把？

小道士一一指点着说，200，100，50。灯火阑珊说，我们上香会出于自愿，没见过硬性推销的！拉着我转身便走。

几个道士尴尬地面面相觑。

小萍、郭果紧紧跟在后边。小萍说，原来他们练的这个功！

十一、洒泪分手

有业务了！这是回到北京以后的第一笔地垫业务！那天灯火阑珊在上午十一点的时候，兴致勃勃跑回绿岛，我正在做饭，灯火阑珊嘭嘭嘭砸门的声音很响。我立马把门打开，灯火阑珊便一下子扑到我的怀里，紧紧抱住我说，哥们儿，亲一口！

我说，正做饭呐！灯火阑珊命令说，快，别扫兴！她扬起脸，闭上眼睛。于是，我在她毛茸茸的眼睛、笔直的鼻梁、红润的嘴唇上依次吻过。

她说，你就不能激烈点！我说，什么事让你这么兴奋？她挣脱我的怀抱说，一家商场要一千米，哥们儿，一千米啊！

我说，那真得庆祝！她问，你在做什么饭呐？我说，刚焖上米饭，正学做烧茄子。她说，别做了，跟我走！我说，都快做好了，不吃了？她说，小萍在楼下等着呐。我说，高压锅在炉子上，得把火关掉。她说，真啰唆。

在电梯里，她又要求接吻，我说，太危险。她便拧我。我大叫。她便说，就会狼嚎！

小萍的车就在楼下，见我们俩出来，小萍说，光顾亲热了，让我干等！

灯火阑珊说，瞎说，十八层楼呢！小萍把车启动了，说，雷子新开了一家包子铺，前两天给我打手机，让我们去给他捧场，这回正好。

我说，是那个收购礼品烟酒的吗？灯火阑珊说，没错，他手头有钱了，就扩大业务了。我说，厉害。灯火阑珊说，他这个档次的老板在北京连边都不沾。

我又说，既然庆祝，怎么吃包子？小萍说，野狼你别扫兴，白吃还多嘴？

功夫不大，汽车停在一家餐馆前，从门面上看，装修得土里土气，用的颜色是大红大绿，灯火阑珊说，这个雷子，俗死了！看门前却已经停了十来辆车，小萍的车居然找不到车位。

我说，对雷子不可小看，别出心裁的策划往往爆冷。

小萍的车很勉强地靠在一边。进去以后，见十来张桌子被食客坐得严严实实，只在角落找了一张空桌。等了半天，才有小姐拿着本子过来听候点菜。我问，还有炒菜？小姐说，有！

小萍说，你以为光吃包子？又说，小姐，把你们老板叫来！

剃成秃瓢的雷子撇着八字脚来了，说，嗨，哥们儿，还真捧场来了哎！

灯火阑珊先声夺人道，上次我们给你一瓶国窖1573，你赚我们至少三百，今天你得立功赎罪！雷子一脸哭相说，哎哟喂，这茬还记着呐？小萍说，怕宰？

雷子说，反正我这一百多斤撂案板上啦，你们看着下刀吧。

小萍说，你那一身囊膪留着耗油吧，谁稀罕！

我哈哈大笑。

雷子对身边小姐说，按二百标准上。灯火阑珊说，忒抠了！雷子说，那就三百，吃不了打包带走。说着转身要走，被灯火阑珊一把拽住。灯火阑珊说，雷子，你这餐厅得有一百平米吧？

雷子说，前厅一百五，后厨一百。灯火阑珊说，你的前厅没有防滑措施呀。雷子说，平时没事，要是下雨就挺烦人的。

小萍说，你相不相信哥们儿？雷子问，相信，怎么了？小萍说，我给你推荐 PVC 地垫，专门防滑。雷子说，把样品拿来看看。说完走了。

灯火阑珊说，有希望。我说，见缝插针，无孔不入。小萍问，野狼你看我俩一唱一和够默契吧？

我说，还成。

灯火阑珊掏出计算器，啪啪啪摁了一通，说，一卷地垫 15 延米，宽幅 1.25，1000 米是 53 卷，每卷只赚 50 元，加起来这笔业务才赚两千六，可是我们跑了多少趟？汽油费加请客花了至少两千块钱！

小萍说，是啊，以后主要还是零星业务。我说，看来利润率太低了。大家都陷入沉默。

从青岛回来以后这段时间，灯火阑珊和小萍立即投入了跑业务的忙碌中。灯火阑珊说，商品社会啊，连崂山道士都在寻思挣钱，我们能知难而退吗？她每天很晚才回来，我则尽我所能做出饭菜，虽然口味不会太好，但灯火阑珊总是吃得津津有味。而且边吃边给我说进度，完全是物我两忘的样子。郭果面临毕业，也回来很晚，但他精神面貌焕然一新，以前跟我保持距离，现在总是围着我转。而且，现在不再喊我老马，只叫马哥，亲亲的。于是，我劝说灯火阑珊，让郭果加入我们的伙食队伍。

灯火阑珊心思都在业务上，顾不上计较，说，听你的，没准哪天就成你妹夫了！

郭果自然喜出望外，表示在房租里每月加二百。

我一直打算让灯火阑珊回娘家住，可是看她正在奋力爬坡、艰难行进，我不忍张嘴。毕竟她看到我会高兴，会减轻一点疲劳。我同意《编辑部的故事》里面唱的：人字的结构就是相互支撑。

两个凉菜四个热菜陆续上桌，包子也紧跟着上来。灯火阑珊照例要了两瓶啤酒，说，野狼一瓶，我和小萍分一瓶。

小萍说，多偏心啊，走到哪都把你的狼摆前面。

灯火阑珊说，别矫情，你一会儿不得开车吗？

我把红烧鳜鱼夹了一筷子放到小萍的碗里，说，给鱼剪彩的应该是首长。小萍说，什么呀，脚掌！拉胶皮的傻祥子！我说，谁说你傻，谁是傻子。

灯火阑珊说，既然不傻，我们为什么不再开辟一项业务，干嘛死守一个地垫呢？我说，真是的！小萍说，这一项业务都忙得不可开交，还干别的？灯火阑珊说，为什么不试试？

这时我夹起一个包子咬了一口，立即满口余香。我说，真不错哎，我吃过天津的狗不理包子，味道也不过如此！小萍和灯火阑珊急忙也尝，连说，真是的，这个雷子不简单！

灯火阑珊说，我们一点不比雷子傻，为什么不能像雷子一样身兼两职？小萍问，你想干什么？灯火阑珊说，也开餐馆！小萍说，餐馆俗称"勤行"，是占人手的活，野狼必须加入进来。

灯火阑珊问，野狼，你有心气儿吗？

我说，公司这边我还不想放弃，那就也兼职吧。灯火阑珊立即兴奋起来，抱住我就在我腮帮子上嘬了一口。小萍大叫，阑珊你干嘛？当着我就这样？回家亲去呗！

灯火阑珊说，我激动，我不能自已，有野狼参加准能干起来。我说，我只是配角，只能和你们一起策划一下，或者当个跑堂的伙计，其他墩上、灶上、采买、银台肯定都不行。

小萍说，喝喝，还没干就挑三拣四的，有我在你就别想轻松！我说，姑奶奶，够狠！灯火阑珊说，开玩笑，反正大家都两手抓，东方不亮西方亮！

就在忙得不可开交的时候，我和灯火阑珊发生了一次矛盾，让我痛心疾首。这是我俩的第一次矛盾。本来这一段我不想写，可是又绕不过去。那些日子灯火阑珊和小萍在东跑西颠选餐厅地址，想租一家价位合适、离绿岛近些的，为了往来方便。结果几个人都累得浑身散架一样。正在这时，又一家新开业的商场打来电话，要两千米地垫。商店老总说，为了合作愉快，请灯火阑珊吃饭。灯火阑珊说，小萍，你带野狼去吧，这两天我身体不方便，不能喝酒。

小萍说，你不去，中间如有变故我怎么应付？灯火阑珊道，你和野狼商量，将在外，君命有所不受。

那个老总点了一家四星级饭店。小萍带了钱，让我拿着，她身上没口袋。我说，不是说好对方请吗？小萍说，他请？说得好听！能让他掏钱吗？

小萍开车带着我快速赶到，存车的时候，小萍说，野狼，你要想办法保护我啊。我说，行，你得给我信号。

买地垫的商场是一家私企，老总约摸五十，体格魁梧壮阔，一件高档T恤穿在身上绷得紧紧的，他迎在饭店门前，一见面便无所顾忌地把小萍搂在怀里，对站在一旁的我完全置若罔闻。他抚摸着小萍的肩头问，阑珊姑娘怎么不来？

小萍说，阑珊病了，过后她会来看你。这个老总哈哈大笑，说，好，阑珊姑娘有情有义啊！

他拥着小萍进单间的时候，要把我关在门外。

小萍说，嗨，老总，您怎么不让我爱人进来？

老总说，你的小爱人吗？我以为你的司机呢！接着自我解嘲地哈哈大笑。

这个临时的身份亮开了，我应该怎么做就明确了。但事实不是这回事。老总不便再对小萍动手动脚，却开始向我大举进攻。他指着桌上的白酒、啤酒和干红说，我接触过这种骗人的假冒夫妻，但我有拆穿的办法，为了证明你们俩是真的，你们就连喝三个交杯酒，怎么样？

小萍说，一言为定？

老总说，那当然，不过咱商店有规矩，买二赠一，假一罚十，就是说你们俩喝两盅，我陪一盅；你们俩若是有人不喝，另一人喝十盅，白酒后面是啤酒，啤酒后面是干红，怎样？

小萍说，喝杂了，我受不了。

老总说，咱说好三个交杯酒，而桌上就这三种酒，我并没强加呀！

又一个偷换概念。我想起了我们公司老板索要工程款那次，为了满足对方的玩笑，我一个人喝了多半瓶白酒。

我说，这样吧，凡是我爱人喝不了的，我代劳。

老总说，可是十倍啊！

小萍说，我行，代什么劳？来，喝！就举起杯来。于是我俩连喝三盅白酒，接着又连喝三杯啤酒和三杯干红。开始，小萍还没什么反应，和大家一起说话、吃饭，慢慢就不行了。饭后老总提出去唱歌。小萍硬撑着说，走，去蓝月亮，那儿的老板是个朋友。

我架着小萍，问她，你能坚持吗？小萍说，豁出去了。

老总也认识蓝月亮，亲自开车带我和小萍来到蓝月亮歌厅。歌厅的前厅坐满花枝招展的小姐，小萍为老总点了一个模样好些的。问老总，喜欢吗？

老总说，是你点的就喜欢。进了单间以后，服务生送来水果、啤酒和热茶。老总闹嚷嚷地先让小萍献歌，说，这还用让人催？不主动？小萍便点了"羞答答的玫瑰静悄悄地开"，唱了一半就猫下腰说，不行了，想吐。我急忙把小萍抱住。小萍一口喷在我的身上。幸亏歌厅的单间中间有个屏风，把单间一分为二，否则老总肯定大为扫兴。我把小萍扶坐在外间沙发上，干脆脱下 T 恤接在小萍嘴下，小萍便一口接一口吐起来。酸腐刺鼻的气味直顶我的鼻子。而此时，里间老总和小姐正渐入佳境，唱得如火如荼。

我拿来餐巾纸，蘸上茶水，擦净小萍脸上的秽物，又让她用茶水漱了口。听着老总南腔北调地唱着，小萍说，瞧瞧，人家根本不管你的死活！

我说，歌厅老板叫什么？我找他帮帮忙让我把 T 恤洗了。

小萍说，他叫二朋，不过你先别走。我说，为什么？小萍说，我怕你一走老总就闹鬼。我说，好吧。我只有光着膀子了。

这时老总不唱了，和小姐嘀嘀咕咕说什么，半天没动静。我想进去看看，小萍一把按住我说，别管，那是他们俩的事！我一下子就明白了。后面就是不堪入耳的声音。

我和小萍强忍着，熬到午夜时分，老总才提出要走，小萍硬撑着把老总送出门去。可能老总闻到小萍身上气味不对，没对小萍提无理要求。

我和小萍一起找到二朋，二朋这个老板自己的房间也不大，只能放一张单人床和两把椅子。小萍便鸠占鹊巢躺在二朋的床上，看着我洗 T 恤。小萍说，野狼，难为你了。

我说，彼此彼此。这时灯火阑珊给我打手机，问你们在哪？在干什么？小萍替我接通说，放心吧，回去再跟你说！我洗净 T 恤以后，找二朋要了吹风机又把 T 恤吹干。然后告辞出来。本应该回饭店取车，但小萍喝了酒，不能再开车，于是我们俩打车走，把小萍送回家。小萍在车上对我说，野狼，你真不错，难怪阑珊爱你。

回到绿岛，已经夜里三点。灯火阑珊竟坐在客厅我的床上等我。见我进来，她忿忿地把脸扭向一边，也不说话。我问，怎么了？她问，这一晚你们在干什么？

我说，还不是陪那个老总吃饭、唱歌？她问，为什么给你打手机是小萍接的？我说，我正洗 T 恤，小萍吐了我一身。她问，你们抱着了？我说，没有。

她说，那怎么会吐到你身上？我说，你干嘛这么审问我？咱俩认识这么久了，你难道不了解我？她说，小萍那么漂亮，你能不垂涎？我说，真是什么也没有！她又说，什么也没有怎么会吐到你身上？

我说，问题又回来了！她说，告你野狼，这事不说清楚没完！

灯火阑珊说话的嗓门很大，把睡觉的郭果也吵醒了，郭果从卧室出来睡眼惺忪地问，马哥，阑珊姐，你们怎么还不睡呀？灯火阑珊说，进去睡你的觉去，没你的事！郭果说，马哥，你可得让着阑珊姐啊！便回去睡觉了。

灯火阑珊一听郭果的话便捂住脸抽泣起来，任我怎么劝也没用。我到洗手间用热水把毛巾打湿了，来给灯火阑珊擦脸。此时她把手放了下来，乖乖地等我擦完以后，她却又捂住脸哭起来，像有一肚子诉不尽的委屈。我就去把毛巾洗净重新洒上热水，再拧干，再给她擦脸。反复了三次，她不哭了，却脸冲墙坐着，仍不理我。

我不知下一步该怎么办，就从暖壶倒了一杯热水，递给她，她也不接。我就端着水杯站在一旁，看着她的背影，渐渐地就升起一股无名之火，我的手就有些颤抖——我难道容易吗？我不累吗？但我强制自己冷静，默念不要着急，不要着急，不要着急。默念，她不是别人，是除了老婆以外最亲最爱的人，她为你什么都可以做，你为她受点委屈有什么不应该呢？我背唐诗，背宋词，背元曲，背义勇军进行曲，背国际歌，背我爱北京天安门，背我凡是记得起来的一切段子。这时，天，渐渐亮了。

灯火阑珊仍旧那么坐着，不动，也不说话。郭果起床了，见我们俩一个坐着，一个站着，都冲着墙，便笑起来，说，两位真有毅力，竟然僵持半宿！佩服，佩服！郭果洗漱去了。灯火阑珊还是不动。郭果洗漱完了，凑到跟前看看我俩的脸色，便伸伸舌头，出去吃早点走了。他很聪明，知道这两人是他所劝不动，也不用劝的。僵持到上午九点，有人敲门，我知道是小萍，真正能劝灯火阑珊的人来了，便如释重负。我故意问，谁？

小萍在外面说，我，还能有谁？

灯火阑珊惊慌地站起，快步跑到洗手间洗脸。

小萍拿着一个精装的装衬衣用的纸盒，交到我手里。我问，这是干什么？小萍说，赔你的。我说，你干嘛这么见外？我的 T 恤洗过就没事了！小萍说，这也不是买的，是我老公拿回来的。

我一看是香港鳄鱼牌 T 恤，我说，还是名牌，一千绝对下不来，太贵重了，你一定拿回去。

这时灯火阑珊洗漱完毕，出来了。她把 T 恤接过去说，野狼，这么好的 T 恤干嘛不要，你不知道小萍老公是小老总吗？

我说，小老总的东西也不是天上掉下来的，不能要。灯火阑珊说，你不要我可要了。我说，你要你就穿，反正我不穿。

小萍说，哎呀呀，野狼你真犟，算我奖励你行了吧！灯火阑珊不由分说把 T 恤拿过去，说，小萍，放我这吧。小萍会意，说，阑珊，野狼真是好搭档哎。

灯火阑珊说，真的？这我就放心了，以后只要我不方便出面，就由你们俩搭档，如何？小萍不假思索道，没问题！

她们俩叽叽嘎嘎说笑一阵，就说还要出去跑门脸，便相跟着走了。我长出一口气。想起来还没有洗漱，便进了洗手间。都收拾利索了，我一个人到街上去吃了早点，喝了一碗豆腐脑，吃了俩烧饼。没敢买茶鸡蛋。口袋钱又告急了。我找到银行自动取款机，掏出银行卡刷了一下，看到显示为 2600，就是说，这个月公司给我兑现了，老板没有食言。我设想，拿出 2100 给灯火阑珊，作为这个季度的房租，剩下 500 够一个月饭钱。烟已经俩月没抽了。

我设想，我在给灯火阑珊房租的时候，她会说，咱们谁跟谁呀？不要了！我会说，别客气，欠房租我心里不踏实。她会说，野狼，真不要！说着依偎到我的怀里，我则半推半就，紧紧搂住她，抚摸着她的凝脂般的肩膀说，你真让我为难！其实心里幸福死了。

不过那是葛优和徐帆。晚上一见面，全不是这么回事！灯火阑珊一手叉腰一手指我，大叫，野狼，色鬼！你凭什么收小萍 T 恤？

我吓了一跳，说，干嘛着这么大急，那不是你收的吗？她说，那是我考验你，你为什么就坡下驴？我说，我已经表示决不穿的。灯火阑珊又说，小萍为什么这么喜欢你？我说，配合的好呗。

她说，呸！是你向人家献殷勤！我说，天呐，该下六月雪了，又一个窦娥！她说，野狼你说实话，你是不是也喜欢小萍？我说，小萍干练、热情、有拼劲，人也漂亮，我有什么理由不喜欢她呢？

灯火阑珊一听立即跑进她的屋里哇哇大哭。我再过去推门却怎么也推不开了。我站在门外说，阑珊，喜欢和爱是两码事！灯火阑珊暴露出她很不讲理的一面，哭叫道，不，喜欢就是爱，就是爱！你现在就是爱小萍！

我说，阑珊，你难道真让我掏出心来让你看看吗？她说，甭看！你是狼心狗肺！我问，你凭什么这么说我？她说，我一片心都掏给你了，你为什么总是不冷不热的？连正式搂我一次、亲我一次都没有？

我说，你要说这个，好办，我现在就搂你，亲你。她说，呸！强扭的瓜不甜，嗟来之食我不吃！

我猜想，小萍肯定说了很多对我有好感的话，不然灯火阑珊不会有这么大的反应。我已经深深体会到灯火阑珊是热情似火却又疾恶如仇、眼里不揉沙子的人。唯其如此，我反而尊重她，爱戴她。那么适时退出这个误解的圈子应该是上策，怎么退呢，当然是走为上！我敲敲门，说，阑珊，送君千里终有一别，十里搭长棚，没有不散的筵席；你帮我帮到这份上，我刻骨铭心，终身难忘；但你现在误解我，我必须离开，才能保证你和小萍友好合作，现在我就走。

灯火阑珊隔门大叫，走吧！你快走！马上走！永远不要回来！

我说，阑珊，我把这个季度的房租放在客厅电脑的键盘下面了，我再次感谢你，好朋友，我真走了。

灯火阑珊在屋里没有说话。我把零零碎碎的东西装进旅行箱，又把整个屋子扫了一眼，曾经是多么亲切的一切！写字桌，椅子，穿衣镜，厨房，洗手间，这是我们这些天一同生活，一同使用的一切！还有电脑，电视，折叠沙发，都是我受伤以后灯火阑珊从娘家搬来的，那天，她累得脸色通红，汗水濡湿了两鬓，却乐得那么开心。我心痛极了！

我找出笔记本写了一页留言，放在茶几上，用烟碟压住：阑珊，我走了，我走以后，你要学会关心自己，爱护自己，遇到下作难缠的客户宁可放弃；小萍是个难得的好搭档，要处好关系，不要斤斤计较。祝你们找到合适的门脸，尽早拓展业务。再见了！野狼。

我拉起旅行箱，像刚来北京时一样，心里空落落地离开了。我上了电梯，摁了按钮，蓦然间感觉电梯也如此亲切，不锈钢的四壁，简洁明亮的圆形顶灯都透着情意。我想起灯火阑珊在电梯里缠着我要我亲她，我不亲，她便用手拧我。我真蠢啊，为什么不满足她呢？可是，我走了，我不会再来了，让电梯最后再载我一次吧！

下了电梯，我拉着旅行箱在通往门口的绿地之间慢慢行走，我想起那次下雨，也是黄昏时分，灯火阑珊和我在雨中疯跑，多么开心的日子啊！那天，淋得透湿的灯火阑珊没有换洗的衣服，穿了我的，结果竟出奇的靓丽！就是那天，在一起睡觉，她一脚把我从床上踹了下来！啊，好温馨好伤感的一切，哥们儿，一去不复返了！

天渐渐暗了，我走出几步便回头张望一眼身后第十八层亮着灯光的窗口，再走几步，再回头张望。同时，我心里盘算，应该先回老姨家，再慢慢租房子。可是，老姨见了我如此狼狈，会怎么评价我？又怎么评价灯火阑珊？怎么评价小萍？会说你们这些年轻人怎么都这样？表妹会怎样地幸灾乐祸？老姨父又会怎样地重复他的教诲？

我浮想联翩，犹豫彷徨，不到十分钟的路，竟让我走了半小时。当我最后要出大门的时候，身后跑来一个人，是灯火阑珊。她一把抱住我的后背，痛哭失声。嘴里一叠声地叫着，野狼，马林，我不让你走！你跟我回去！我爱你呀！

我完全出乎意料，灯火阑珊这么快就回心转意！我不知所措，情不自禁地抚摸起她的手，这双紧紧箍着我的柔软纤细的手。我猜想，我在小区里徘徊的时候，她一定在窗口看着，我还猜想可能刚才她的发泄，她的气话，仅仅是因为生活的压迫，例假期女性的情绪化，她和小萍既亲和又排斥的一种女性情感，如果是这样，我有什么理由不能原谅呢！但我的情绪也难在瞬间回转，我说，阑珊，已经决定的事，不要改变了。

灯火阑珊说，不，你走了，我怎么办？我说，你和小萍好好合作，把业务搞起来。她说，你走了，我就没有心思了，什么都不想干了！我说，我早晚会走的，今天不走，半年、一年以后也要走。灯火阑珊说，以后的事以后再说，今天就是不让你走！

我和灯火阑珊又僵持住了。过往的行人纷纷行来注目礼，吃过晚饭出来在小区遛狗的人站在不远不近的地方围观。这时郭果骑着自行车回来了，一见我拉着旅行箱，灯火阑珊紧紧抱住我站着，他立即什么都明白了，他从车上下来说，马哥，我得批评你，你干嘛不让着阑珊姐？

我说，谁说我不让着了？郭果说，那阑珊姐让你回去，你还僵在这？不是让外人看笑话吗？

这个郭果啊，我算领教了，真会顺情说好话！不得已，我扭过头对灯火阑珊说，阑珊，你赢了，咱回去吧。灯火阑珊立即擦一把眼睛，抢过我的旅行箱，转身拉着径自走去。我不禁长叹。郭果陪着我边走边说，甭叹，你是过来人，难道不知道对女孩得哄，不能呛？

我说，你对我表妹也这么哄来着？郭果说，对你表妹可不是哄，是崇拜。我说，她又不是什么伟人！郭果说，不不，在当今社会难得见到如此纯净的女孩，不该崇拜吗？

也许郭果说得对，我对灯火阑珊也应该报以崇拜，因为她的纯情早已让我敬仰。

长篇小说

职场眩爱
zhichang
xuanai

回到十八楼以后，灯火阑珊下厨做饭，我搭下手，郭果则抓空档冲澡。灯火阑珊确信郭果不在身边，便放下家什紧紧抱住我，在我耳边说，狼，你把我气得例假回去了！

我一惊，问，那怎么办？她说，吻我！于是，我俩接了有史以来的一次长吻。

她脸膛红扑扑地问我，感觉如何？我说，酸酸甜甜的。但我还是禁不住要问，阑珊，告诉我，你以前有过这种情况吗？应该怎么办？

她说，有过，就是喝点红糖水。我说，家里没有红糖，我上街去买点吧。她说，今天就算了，明天吧。我说，不，是我造成的，理应由我负责。她很激动，又抱住我亲吻，我发现她的眼睛已经红肿。我挣脱她的怀抱，义无反顾出门去。

十二、女友巴掌

我上超市买了一袋红糖，顺便捎了几根黄瓜、几个西红柿、半斤炒果仁、一斤火腿肠和三瓶燕京啤酒。我想对我们俩第一次龃龉与和解做一个纪念。回来后，先沏了红糖水看着灯火阑珊喝下去，然后把黄瓜洗净拍扁切成小块，洒上酱油、食盐和香油，灯火阑珊见了忙说少放一样东西。

我问，什么？灯火阑珊说，我不告诉你。我说，其实我知道，但我就是不放。她说，为什么？我说，怕勾你心思。

她便红了脸又拧我，说，我爱吃嘛！我说，好好，我一定放，而且多放！我拿起醋瓶子就倒，她一把抢过去，说，臭狼，想酸死我们啊！

我说，你也够让我们倒牙的了！她又犯急，说，这么说我，我不管做了。便上客厅看电视去了。

我和郭果把西红柿洗净切成片，撒上白糖，再拌一下；再把火腿肠切成丝，加上灯火阑珊炒的鸡蛋，还有炒果仁，一共五个菜，快速端上了桌。郭果从他的屋里拎出一瓶牛栏山二锅头，说，阑珊姐喝啤酒，咱俩把这个解决了。灯火阑珊立即翻脸道，郭果你长本事了？白酒每人只准喝一杯！

郭果做个鬼脸，拿来两个喝开水的大玻璃杯，斟满白酒，我说，杯不小啊！郭果说，这叫用足政策！

灯火阑珊无奈。她首先举杯说，野狼在我的气头上要走，我也逼他走，可是野狼的留言条像旱天里的一场春雨，浇灭了我的心头之火。来，为野狼的留言条干杯！

郭果说，什么留言条啊，本人能不能学习一下？灯火阑珊说，不必了，我已经妥善收藏了。

我说，你们要是喜欢，我一会分别给你们写。灯火阑珊正色道，你难道还想走？我说，不不，开玩笑。

灯火阑珊很认真地说，你能不能别这么一惊一乍地吓唬我？我的心咯噔一下子，立即闭了嘴。我想起表妹说的她们单位那个因为网恋而精神失常的女孩，试想半年或一年后我真走的话，灯火阑珊会怎么表现？我这些天来所做的一切都是脾气、性格和习惯使然，并未存心想获取什么，可是却欠下这么深的情债！阑珊啊，你预支了这么大的账单，让我怎么还！我不敢再想下去。我举杯痛饮，一口干掉了整杯白酒，让烈酒在胃里滚滚燃烧。灯火阑珊和郭果面面相觑。郭果说，马哥，你不正常啊！

这时，有人敲门，我走过去问，谁？小萍在门外说，我，听不出来？

我把门打开。灯火阑珊和郭果都站立起来。小萍拿着一沓资料进屋，说，怎么才刚吃？是不是在等我啊？

灯火阑珊说，谁等你？不过，既来之则吃之吧！小萍连说不不，饶我吧，我现在一闻酒味就恶心。我说，我有过这种体验，酒醉后至少半个月不想喝酒。

小萍说，我说我的，你们吃你们的；我老公提供了一条信息，所以我吃过饭就赶来了。

灯火阑珊问，什么信息？

小萍说，听没听说过"铁锅烤大鹅"这个饭店的名字？大家说听过。小萍说，这个饭店已经在全国开了一百来家连锁店，信誉不错，现在还在扩展。

我问，如果我们也加入连锁，有什么条件？

小萍抖抖手里的资料说，十一项程序——了解咨询、来店考察、申请登记、资信调查、店址评估、商榷洽谈、签订合同、协助策划、店面设计、业前培训、筹备开业，还有其他支持。

灯火阑珊问我，野狼你看呢？我说，咱们现在正需要这种有指导的经营。

小萍说，鹅为雁属，营养价值高脂肪含量低，食用后不仅不形成胆固醇而且还清除胆固醇，从而降低心脑血管发病率。有资料证明，鹅体中含有大量免疫球蛋白……灯火阑珊突然打断说，别说了，我心里难受。

我问，心脏吗？灯火阑珊道，没错，我从小喜欢鹅，是念着"鹅鹅鹅，曲颈向天歌，白毛浮绿水，红掌拨清波"长大的，现在让我天天杀鹅做菜我受不了。小萍哈哈大笑，说，阑珊你太淑女了，你不杀别人可照杀不误！

灯火阑珊说，要么你们俩合作干这个？小萍说，当然好，我喜欢和野狼合作。灯火阑珊立即警觉地瞥向小萍。

我从灯火阑珊的眼神看出，她根本不赞同我和小萍合作。而且不就因为我和小萍的接触才大闹一场？于是我说，不行，阑珊不加入我就不加入。

小萍说，太夸张了吧，俩人竟然腻到分不开的程度吗？灯火阑珊嘴硬说，谁说的？我支持你们俩合作！小萍很开心地走上前来和灯火阑珊握手，说，少数服从多数！又说，我回去再仔细了解一下这个连锁店的利润情况，便风风火火走了。小萍根本不知道灯火阑珊如何大发雷霆，不知道一场风波起源于她。

我们三人继续吃饭。灯火阑珊一反常态开始大口喝酒，一气干掉杯中酒，接着又往杯里倒酒。

我说，慢点，又没人抢你的！她笑笑说，野狼，我高兴，我一定会成全你们！看她笑得很难看，便说，你瞎说什么呀？我不会同意的！我也生气地开始大口喝酒。

郭果说，我看出来了，阑珊姐你最好别让马哥为难了。

这顿饭已经被小萍搅得没滋没味。任凭郭果一再向我俩敬酒，试图改变气氛，也是徒劳。

晚上，三个人都静悄悄地洗漱，就寝。我听出灯火阑珊没有插门，便推门进去。灯火阑珊压低声音说，出去，我不需要你。

我说，你不要折磨自己。她眼里含着泪水，说，我愿意！我说，你不改变决定，今天我就不出去！她说，好啊，学会跟我撒野了，既然如此，你别傻站着，给我做做按摩吧。

说着，她匍匐在床上。我从来没给任何人按摩过，包括老婆刘梅。但我在温泉浴接受过按摩。于是，我按照人家的手法和顺序，从敲击灯火阑珊的头顶开始，颈椎、后背、腰椎、胳膊、腿的各个关节和肌肉一路按摩下来。如果情况正常的话，灯火阑珊会很舒服，但她却咬住枕头抽泣起来，两个肩膀不住地抖动。

我问灯火阑珊，你怎么了？是不是哪里不舒服？她不理我，只是抽泣。我扳着她的肩膀把她的身子翻过来，见她已经哭得一塌糊涂。我连忙找来面巾纸，给她细细擦拭，还帮她擤了鼻子。都收拾利索了，她说，狼，躺下吧。我不好拒绝，就合衣顺在一边。这张单人床我们俩睡过一次没睡成，她把我从床上踹了下来。今天该不会如此吧。她这次没有要求我别的，只是顺从地枕在我的胳膊上。

我问，阑珊，你刚才哭什么？她说，怕失去你，其实我知道我可能得不到你，因此我珍惜和你在一起的分分秒秒。

我什么也没说。让我说什么呢？我的身体属于刘梅，心是属于你的？那身体难道不跟着心走吗？太假了！太言不由衷了！

这时灯火阑珊要亲我，我们俩便紧紧搂住接起吻来。她不停地吮吸，用舌头在我的嘴里搅动。不知过了多久，灯火阑珊停止动作睡着了。可能昨天闹了一夜没睡，她太困了，竟然和我嘴对嘴吻着睡着了。我的胳膊被压麻了，我想活动一下，她立即惊醒了，更紧地搂住我。我告诉她，我胳膊麻了。她点下头，便吻着我翻到我的身上，我们俩换了位置，重新躺好，一番折腾竟然两张嘴没有离开。接着，她立即又睡着了。

此刻，夜深人静，皎洁的月色照进窗里，把窗棂斜斜地映在墙上。灯火阑珊在睡梦中翘起一条大腿压在我身上，我便顺势轻轻抚摸起来，细腻光滑富有弹性的肌肤，真让人垂涎。我渐渐感到下身膨胀，不可遏止。我问自己，野狼，你是个男人吗？回答，是。那么，你有欲望吗？回答，那当然。是不是你廉颇老矣了？回答，错！我正一顿吃三碗呢！那么，干嘛禁锢自己？是啊，如果这时我把灯火阑珊叫醒，向她提出性的要求，她一定不会拒绝，甚至会很惊喜。但那势必破坏了彼此心目中的美好形象。那也不像我干的事。我反对今朝有酒今朝醉，反对及时行乐。明知和人家结不了婚，还要干那事，居心何在？这就是答案。

我弓起身子，不让下身挨着她的大腿，以减少刺激。我想象着，灯火阑珊这么靓丽的女孩，那一部分也一定很出色，像一朵红艳艳的牡丹；我还想象着，灯火阑珊这么聪明，也一定很懂得配合，会让两个人酣畅淋漓。好了，想想这些就足够了。不知其他正在性饥渴的男人是怎么解决的，反正我就是这样的。我试着离开了她的嘴唇，她没有醒，我便悄悄下床，蹑手蹑脚出去。

我到洗手间用凉水冲了个澡。让汹涌澎湃的欲望烟消云散。水太

长篇小说

职场眩爱
zhichang
Xuanai

凉，我连打两个喷嚏。回到自己的床上，已经后半夜了。昨天我也熬了一宿，太困了，所以，一沾枕头立即睡了过去。转天早晨，灯火阑珊和郭果什么时间起的床，什么时间走的我都不知道。

快到中午的时候，手机的彩铃声把我吵醒。是小佘。他说，美云的美发厅生意不好裁人，美云又没活干了，马工你要帮忙啊。

我说，你等等，一会我给你打过去。我立即给灯火阑珊打手机，问她跑门脸的进度如何了？

灯火阑珊说，刚找了一家，还行，一会我和小萍去接你，一同看看。

我说，我这就下楼。我连忙进洗手间洗漱，然后把屋子简单收拾一下，就匆匆下楼。我从内心祝愿灯火阑珊成功，这样就可以给美云安排个位置。因为，美云和小佘都欠灯火阑珊的钱，也欠我的钱，美云没活干，就还不了钱，最后吃亏的是我和灯火阑珊。

我刚走到小区门口，小萍就开着车过来了。我打开车门上去，发现车上还坐着一个人，原来是胖墩墩的雷子。我和雷子握手。雷子的手油腻腻的。我掏出手绢揩手。雷子呵呵笑着让烟，我说，哥们儿，我戒了俩月了，你别勾我的馋虫啦。

雷子说，好！不抽烟的男人才是好男人！我说，哪儿呀，是没钱抽了。小萍说，是叫阑珊管的吧？我急忙叉开话题，因为我不想让所有的人都知道我和灯火阑珊关系莫逆，我说，雷子，怎么把你惊动了？

雷子说，是啊，我是谁呀，多忙啊？自己都分身无术，愣把我拉来了！灯火阑珊说，得得，别老抱怨，不就给我们当一会参谋吗？逮谁跟谁说！

说着话，到了。小萍把车停在一家叫北苑的餐厅门前。四个人下车推门进去。前厅八张桌子，有两桌已经坐了人。还有两个单间掩着门。我和雷子四下打量，灯火阑珊和小萍到后厨去找人。一会，就把老板找来了。老板是女的，四十岁左右，短发 T 恤短裤拖鞋，一身短打扮。她招呼大家在一张空桌前坐下。雷子开口便问，多少万？

女老板惊异地看了雷子一眼道，十五万。雷子摇摇头说，别弄虚的，你的前厅150平米，对不对？女老板说，是。雷子说，后厨100平米对不对？女老板说，没错。雷子说，两个单间10平米一间对不对？女老板说，你怎么什么都知道？

雷子说，对，我还知道你们冰箱、冰柜、立式空调各两套！

女老板立马从椅子上站起来，哇，碰上自己人了，你到底是谁？

雷子说，我谁也不是，就是三个月前找你租饭店那个。那时你还十一万，怎么突然又涨到十五万了？女老板说，现在哪儿的房价不涨啊？中关村七千一平米的房子都涨到一万二了！灯火阑珊说，房子底价和转让费是两回事。

雷子问女老板，你也想搭车？女老板说，谁不想搭车谁是傻子。雷子说，我看你就不精；你都拖了三个月了没有出手，还不该总结教训吗？

女老板说，什么教训？雷子说，就是太贪心的教训！女老板说，其实我也挺急的，东北老家那边一个劲催我回去；可是房子出不了手我怎么走？

雷子说，我成全你。女老板问，你能一次付清？雷子说，说到做到，现金都带来了。女老板面露喜色道，真的？雷子说，没错，不过，不是十五万，也不是十一万，而是实事求是的数字——十万！

女老板说，那不行，我亏了。灯火阑珊说，我们凑齐现金也是不容易的。

我在一边听着纳闷，她们什么时候凑现金了？我怎么不知道？有为难事怎么不告诉我？就听雷子说，别说你这个五环以外的饭店超不了十万；老实说，我刚开业了一家，面积和你差不多，也不过九万，况且还是三环以里的；你这次至少赚这个数——雷子伸出两个指头。

长篇小说

职场眩爱

zhichang
xuanai

女老板忙说，哪儿啊，一万不到。雷子哈哈大笑，嗨，老姐，说漏了吧！

一番矫情，让女老板换了语气，她央求道，要么，再加五千？雷子便看灯火阑珊，灯火阑珊又看小萍和我。小萍不同意加。我则认为加五千不算什么。于是灯火阑珊一锤定音道，好吧，加五千！

女老板说，什么时候交接？

雷子说，现在！

真够麻利的。女老板起草协议，雷子便又在店里前后转悠。我把灯火阑珊拽到一边问，你们行动迅速啊，什么时候开始的？

灯火阑珊说，和这家谈了几次了，她死咬住十五万，不知怎么，雷子一来竟降到十万零五千。我说，还是雷子有办法。灯火阑珊说，要么叫他来呢。

我问，这么多钱是怎么凑的？灯火阑珊说，小萍找老公借了六万，我找我妈借了六万；原打算十二万拿下来的。我说，我也帮不上忙，很惭愧。灯火阑珊说，急什么，需要你的时候在后边呐。

协议签好了，双方都摁了手印。灯火阑珊从包里掏出整整齐齐的十沓钱来，外加五千零头。女老板仔细挨沓数过以后，装在一个手包里，便挎在胳膊上再也不放下了。神情上却是一副若有所失的样子。

雷子说，今晚你就下岗了，现在咱们坐一起喝一杯，纪念一下吧，不过算你请客。

女老板说，那当然。便招呼后厨炒菜。我心说，这个雷子呀，搂草不忘打兔子！等菜的时候，女老板找雷子要烟，说，我也开开戒，来一支！看得出，她终于解放了。见此，灯火阑珊和小萍也各要了一支。于是三个女人陪着雷子抽起烟来。我第一次仔细关注，女人抽烟很有看头：女老板抽一口就咂一下嘴，于是显得很野，一副撒手闭眼的样子；而灯火阑珊则刚吸进去，立马急不可待吐出来，很外行；小萍则吸一口，沉上几秒钟，再轻轻呼出，文雅而老到，看出在家绝对陪老公抽过。

菜来了。一个农家一锅出，一个乱炖，一个大丰收，外加两个小凉菜。天，我第一次见到这么大的盘子，直径起码三十公分！一个锅，俩盘子，俩小碟，差不多已经占满了桌子！彻头彻尾的东北风格！女老板又叫了五瓶啤酒。我盯住菜盘细看，农家一锅出就是在一个锅里贴饼子熬小鱼；乱炖是把猪肉、土豆、蘑菇、豆角、粉条炖在一起；大丰收就是把切成瓣的大葱、萝卜、黄瓜、青椒、生菜和大酱等凑在一起算一道菜。

雷子说，各位，知道我为什么要在这里吃一顿吗？灯火阑珊说，你嘴馋呗。小萍说，你适合当和尚，会化缘。女老板说，你们都没说对，他是对另加五千耿耿于怀，想揸一把。雷子问我，哥们儿，你说呢？

我说，你是个有心人，肯定想研究东北菜的门道。雷子道，嘿，这才是知音啊，哥们儿！

雷子向大家敬酒，说，我最近确实在研究东北菜，也吃过几家，而像老姐这么实惠的还不多见。

灯火阑珊说，我说一句话老姐不要怪罪，我一见这么大的盘子就降低食欲。小萍说，是啊，小碟多精致，多乖巧！我说，这里透着地域人文的差别，应该考虑入乡随俗。

雷子说，没错！如果让我在这干，我就一方面还做东北菜，另一方面变成小碟，只是在价格上降下来。可是生硬地乱改，又怕破坏了原来的风格，跑了人气。

灯火阑珊果断道，从今晚开始，改小碟！我说，整个价格系统都得变。雷子说，是这样！

我抓空告诉灯火阑珊，现在美云又没活干了，是不是把她安排进来。灯火阑珊说可以。我立马给小佘打手机，告诉他，让美云立即赶来，带着行李，地点是五环外定福庄绿岛附近的北苑餐厅。大家边聊边吃，这顿饭直吃了三个小时。刚送走雷子，美云拉着旅行箱来了，穿着吊带背心和牛仔短裤，极其肉感。灯火阑珊皱着眉头问，你会不会电脑？美云说，银台记账我学过。

灯火阑珊说，那好，你马上过去实习，让老银台员教你。谁知老银台员听说晚上要换人，她不教，只管自己收拾行李。女老板说，我教吧。

美云问，阑珊姐，晚上我就睡在店里吗？灯火阑珊道，没错。美云说，我害怕。我说，我来作伴吧。

灯火阑珊说，野狼我不能让你睡店里。我说，那还有谁？灯火阑珊看小萍，又看我，很是无奈。

小萍说，这么肥实的窝边草，野狼肯定乐死了！我笑说，狼只吃肉，不吃草。

灯火阑珊和小萍叫上女老板，迅速制定了新的菜谱，拉出了价格，便立马到街上打印，又复印了十几套出来。然后就叫过厨师和大堂经理加上美云，开了一个短会，如此这般地做了安排。就是说，从今晚开始，改小碟了，直径三十公分的大盘子稍息了。而美云和大堂既要互相监督，又要密切合作，谁出幺蛾子立马走人！大家便表态一定遵从，决不懈怠。

晚上，灯火阑珊和小萍在店里待了一会，因为食客挺多，对小碟也很接受，她俩放心了，便悄悄离去。于是，我就成为准老板，大堂有难办的事就找我，而我往往也拿不出成熟的办法，就和大堂商量着办。大堂是个年近五十的四川汉子，木木讷讷的，不知当初女老板怎么会选他；美云进入角色很快，收钱记账都很麻利，站在银台也挺像回事的，只是穿得太露，吸引了一店吃饭的人。两个跑堂的伙计都是山东人，十七八岁的样子，一嘴奶腔子。

我刚刚领教，干饭店如此辛苦！有的客人快吃快走，有的却边吃边聊，两瓶啤酒一碟花生米就能聊半宿。等到客人走净打烊，已经夜里三点。店里给厨师和伙计在外面租了房子，他们洗了手脸都走了。大堂却不动声色坐着。我已经很困，便催促他说，你也休息吧。他仍坐着，说，要得。我说，那你还不走？他说，我就睡在店里。

原来如此！我问，你睡前厅还是后厨？他说，后厨。我说，从今晚开始，你睡前厅。

他问为什么？我说，你没见来了一个银台小姐么？他说，管她呢！我说，嗨，你怎么说话呐？他说，我看她不像好女娃儿，街上寻打工的人多得是，怎么偏找哪个女娃儿？

我说，人不可貌相，海水不可斗量；你只管搬到前厅来睡好了。

大堂很不情愿搬了铺盖卷到前厅来。我帮美云在后厨用八把椅子对成床，嘱咐她洗漱一下赶紧睡。我就回到前厅，也对了八把椅子，找了个小铝盆扣着当枕头睡下。此时大堂也安顿自己躺下了。我立马就进入梦乡。我梦见灯火阑珊成了大款，要买一辆宝马，问我白色的好还是黑色的好。我说，我喜欢白色。灯火阑珊说，可我喜欢黑色。我说，那你就买黑色。她说，我要听你的。我说，在咱俩不一致的时候，听你的。她说，偏不！我说，那怎么办，只有买白色的。她说，可我不喜欢。于是两人绕来绕去没有结果，灯火阑珊急了，便狠拉我的脚，我纳闷，怎么不拉我的手呢？我醒了，原来美云站在我脚下在拉我，屋里没开灯，是外面路灯照进来，美云的脸上模糊斑驳。

我吓了一跳，问她，你怎么不睡了？

美云说，屋里地下蟑螂乱爬，我害怕。

我说，怎么会！便跟她到后厨去看，果然借着街灯的光亮就看见流水沟里蟑螂成群结队，地漏铁箅子上蟑螂进进出出。而一打开屋灯的瞬间，哗一下子，蟑螂们四散逃奔。天！我立马起了一身鸡皮疙瘩，头皮也炸了起来。不干饭店谁见识过这么多蟑螂?！

我说，你先到前厅我的椅子上躺会，我烧开水治它们。我于是就烧上一大壶水。我也不愿意在后厨呆着，太让人腻歪了。就来到前厅，等着水开。这时我才发现，美云呆呆地坐着看着我，只戴着乳罩没穿背心，两只丰满的馒头沉甸甸地坠着。

我说，美云，你怎么不穿背心？美云说，谁睡觉穿背心呀？我说，这屋里有男士你得注意点。美云说，我习惯这样。这时大堂醒了，仄起脑袋往这边看，嘴里还叫着，啥子人么！

我说，没你的事，睡你的觉去！

这时水开了，壶盖尖锐地嘶叫起来。我顾不上美云，立马跑到后厨关掉煤气。然后把屋灯也关掉，等候蟑螂出现。美云便站在我身后看着，一会儿蟑螂便蜂拥而出，又在流水沟和地漏处聚会。我毫不客气，提起开水壶就浇。蟑螂们便四脚朝天一命呜呼和开水一起顺着流水沟流走。美云咬牙切齿道，烫，烫死你们！

我说，这回行了，多了一项工作——每天夜里治蟑螂！突然身后传来一个人的声音，妈呀！怎么是灯火阑珊。我见她一脸不悦，十分诧异，问，深更半夜你跑来干什么？

灯火阑珊嘲讽道，你们深更半夜不睡觉，我能睡得着吗？

我说，我们治蟑螂呢。

灯火阑珊气哼哼说，我也没说你干别的；可是治蟑螂用得着光膀子吗？

我也来气了，我说，美云，都是你，多事！美云不说话，只嘿嘿笑。灯火阑珊说，野狼你出来！

我跟着灯火阑珊来到街上，掏出手机一看是凌晨四点。我说，你以后深更半夜别往外跑，让我多不放心啊！

灯火阑珊说，说得好听！"啪"地就给了我一巴掌，打在我腮帮子上，热辣辣的疼。以前她也打我，可是都是象征性的，这次却下了狠手。我眼里立即涌满泪水，说你不了解情况，干嘛打人！

灯火阑珊说，我什么都可以给你，你想要个儿子我都给你生，就是不许你偷鸡摸狗！这时一辆路过的 110 警车停在旁边，两个警察跳下车，手里提着警棍。问，干嘛呐？

我说，我们俩没事。

警察说，什么没事，刚才早看见你们动手了！

灯火阑珊见此立即挡在我身前说，谢谢你们了，我在教训自己的丈夫。警察说，想教训，白天呀，大晚么晌，让我们怎么想？灯火阑珊说，是，是，谢谢你们了！警察上车走了。我说，北京的警察真好。

灯火阑珊说，你别转移视线——我问你，你有没有外心？我说，这话得刘梅问才合适呀。灯火阑珊说，在北京我就是刘梅！

十三、未来岳父

我说，将来怎样不好说，反正现在我除了老婆刘梅，只爱你一个；而美云跟我八竿子打不着，她只是小佘的对象——你不知道朋友妻，不可欺吗？灯火阑珊道，呸，朋友妻，不客气！我说，你说的是及时行乐、饥不择食的人，我是那样的人吗？

灯火阑珊说，所以你拥我在怀都视若无睹！我说，你就会冤枉我，最后把我整成窝囊废算拉倒。我一阵心酸，眼泪扑簌簌掉下来，刘梅都没让我这么难堪过啊。我正要发作，灯火阑珊看到了我的眼泪，一把搂住我的脖子，说，干嘛呐？亏你还是男子汉大丈夫！说着扳着我的脑袋，亲吻我的眼睛，把我的泪水吸进她的嘴里。接着，又和我接吻。见她那么忘情，我的一腔怨气又烟消云散了。

天渐渐亮了，街上出现行人。于是，我们俩彼此分开，拉着手说话。我说，阑珊，你不能这样盯我，时间长了我也会出现情感疲劳；再说也耽误工作；当初你和侯京不就是为此闹崩的？

灯火阑珊说，你和他不一样，你对身边的人比如小萍就不动心，搁侯京身上十个小萍也拿下了！我说，你明知我和小萍没事你还多心？

灯火阑珊道，请你原谅，因为我是女人。我说，女人这个称谓也不是挡箭牌啊。灯火阑珊说，你是不是不爱我了？我说，不。灯火阑珊说，如果爱，就会爱屋及乌，连缺点一起爱的。

我说，阑珊你太幼稚，那是初恋小女孩的说法；我们这个年龄应该实际一些了。灯火阑珊非常敏感，立即抓住把柄说，你是嫌我岁数大了，人老珠黄了？告你野狼，我可还比你小呢！

我说，没见过你这么不讲理的人！灯火阑珊说，你才不讲理，你就是看见了美云比我年轻，乳房也比我大，你才心怀鬼胎、移情别恋的。我说，阑珊啊，让我说什么好呢？你也是女孩，怎么老是乳房、乳房的？

灯火阑珊说，我跟你才不见外的！我说，我会爱你一辈子，等你老了，满脸皱纹，腿也走不动了，我都搂着你，亲着你，行了吧！灯火阑珊立即喜形于色，说，为什么这么久才说出这句话？

我说，你要不挤兑我，我也说不出来。灯火阑珊说，我就爱听这个。我说，这是我麻醉你呢。灯火阑珊说，我不怕，你整来摇头丸我也敢吃！我说，我跟你真没办法！灯火阑珊咯咯笑着拉起我就走，说，咱们回餐厅吧。

餐厅里，前厅的一幕让我和灯火阑珊大为恼火：美云光着膀子在呼呼大睡，大堂就站在一边痴迷地盯住美云的胸脯看着，屋里进来人他都没发觉！灯火阑珊快步走过去，拽起他的胳膊就往外走。大堂吓了一跳，跌跌撞撞跟着出来，连说，啥子？啥子？啥子么？

灯火阑珊拉大堂在街上站定，气恼地问，你还想不想在这干了？大堂懵懵懂懂地说，想！灯火阑珊道，好，那就让你清醒清醒！

说着，啪，给了大堂一个耳光。比打我那一下还重。大堂一个趔趄，说，老板你使哪个大的劲呦！

灯火阑珊说，知道为什么打你吗？大堂说，晓得，晓得！灯火阑珊说，我考验你三天，你要是不争气，立马滚蛋！大堂说，老板放心撒，

长篇小说

职场眩爱
zhichang xuanai

她就是脱光光，我也不看喽！

屋里，我早把美云叫起来了，我逼她穿上了背心，可是那个吊带背心穿与不穿又有多大区别？我问美云，你还有没有像点样的上衣？

美云立即拉我去看她的旅行箱，打开箱子一看，短衫都一个样，甚至有的更短，是那种露脐装。

我说，你站在收银台，是饭店一个门面，没有点形象哪行？这时灯火阑珊进来了，警觉地问，你们在干什么？我怕灯火阑珊又多心，忙说，想让美云找件像样的上衣，可是没有。

灯火阑珊说，美云你听着，我也真该抽你一个嘴巴，只是看你是个女孩，我饶你一次。下次我二话不说就开了你！说着，灯火阑珊从手包里掏出一百块钱，给美云，说，拿着，一会上街买两件短袖T恤来。我心说，阑珊啊，你真是刀子嘴豆腐心。

灯火阑珊要拉我去吃早点，我说，我得洗漱。这一夜又基本没睡，只觉得脑袋昏昏沉沉的。我干脆用冷水冲起头来，冲完感觉清醒了一些。坐在街上，灯火阑珊问我，冷水洗的？

我说，是。她说，感冒了怎么办？我说，没这么娇贵。她说，记住，你必须自己在意，我太忙，不能让我为你操心。我说，一定。我们俩在早点部吃了烧饼、茶鸡蛋，喝了豆汁，灯火阑珊就打车走了。我回到店里，想趴在桌子上忍一觉，可是，早市送菜的蹬着三轮车来了，我忙问大堂，都要什么菜？大堂便挑挑拣拣起来。接着，厨师、伙计陆续登场。一天的轮回又算开始了。

我长长打了一个哈欠，直觉得困倦，这时来了一对五十多岁的中年夫妇。进门就要茶喝，伙计便给他们沏了茉莉花茶，就是一般小饭店都用的那种。不想这两人说，茶不好，换好的！

伙计说，没别的茶。

两人站起身就走。我打量一眼，两人都像文化人，怎么会这样？我急忙走过去，说，叔叔阿姨别走，既来之则安之，我把自己的茶给两位沏一杯怎样？他们问，什么茶？我说，西湖龙井。

他们说，这还差不多。便又坐下。我便把包里携带的一小包茶叶拿出来，是从家里带到北京来的，因为我从来不喝茶，就省下来了。他们看着我把茶沏上，问，知道为什么叫龙井吗？

我说，是因地得名吧——杭州西湖西南的南高峰有个凤凰岭，这一带气候温和，四季分明，雨量均匀，土地肥沃，茶树茂盛，而此地恰恰有两眼井叫龙井，此茶便被称为龙井茶。他们兴奋起来，问，小伙子，你叫什么？

我说，我叫马林。他们问，和乒乓球冠军同名吗？我说没错。他们问，你还知道哪些茶的知识？

我说，你们两位先点菜，然后我再说，好吗？他们说好，便叫过大堂，点了一荤一素和两个小凉菜，要了一扁瓶二两装的二锅头白酒。我接着说，不知您二位是不是行家，如果是，我就献丑了——据我所知，咱们国家的茶叶分七大类，就是绿茶、红茶、花茶、乌龙茶、黄茶、白茶和黑茶；绿茶包括安徽的黄山毛峰、浙江的盘安云峰、江苏的碧螺春、江西的庐山云雾以及湖南的洞庭春、湖北的云雾毛尖等等。

中年男人突然打断说，别说了，小伙子，你怎么知道这么多？我说，我爱读书爱上网。他说，想和你聊聊喝茶，饭店不能没茶，没想到碰上行家了！

我说，您要问我烟酒我也能聊，不过，我知道的都是皮毛，唬人的。

他说，小伙子谦虚，听口音你也不是北京人？我说，没错。他说，你怎么不去开茶馆？我说，我没有资金，只能给别人打工。他说，你什么学历？我说，大本。他长叹一声，唉！咱们国家现在至少有三百万大学毕业生找不到工作！忧心忡忡啊！学生忧，家长忧，老师就不忧吗？老师的家里也有孩子呀！

我说，没办法，走一步说一步吧。他说，小伙子，你挺成熟。我说，是无奈。

长篇小说

职场眩爱
zhichang xuanai

他问，你们老板多大岁数？我说，二十多。他问，男的女的？我说，女的。他说，你给一个毛丫头打工甘心吗？我说，甘心，我们老板人特好。他说，那就好。

菜上来了，夫妇俩要我一起喝一盅，我婉拒了。我刚想离开，中年男人一把抓住我的胳膊，说，别走，你又不去炒菜！我心说，麻烦了，盯上我了，背后准有什么问题。果然，他说，你们又不是东北人，怎么接了这个东北菜馆？

问题来得突兀，一下把我问住了。可我又不能跟外人说自己外行，我得掩护灯火阑珊，就说，没吃过猪肉还没见过猪跑吗？在闽菜、川菜、浙菜、徽菜、粤菜、湘菜、苏菜、鲁菜这八大菜系里，东北菜绝对论不上，但它粗犷，实惠，大开大阖，真材实料，别具一格，更适合工薪阶层。像小鸡炖蘑菇、白菜炖豆腐、猪肉炖粉条、白肉酸菜粉，是东北菜的四大炖，若佐以高粱烧酒，能让食客立即有几分豪气从心中升起，塞外风情便扑面而来！

中年男人十分激动，说，小伙子，这就是饮食文化，你不仅能开茶馆，还能开饭馆。我说，我是胡侃。他说，不，你窝在这个小馆屈才了！他一口将二锅头闷了。

夫妇俩吃完了，我让伙计给他们续茶，他们连忙摆手，说，谢谢马林陪着我们，祝你们发财！赶紧走了。我望着他们的背影十分纳闷，他们是谁？要干什么？

这时来了一群北广的学生，闹嚷嚷地一下子占满两个桌子，伙计急忙沏茶，大堂递上菜谱，后厨也紧张起来。中午的用餐高峰到了。难怪灯火阑珊选择绿岛附近，原来可以一举两得，不仅离家近，还离北广、二外两所大学近。而现在大学生下馆子早已司空见惯。正在思忖，郭果来了，身后带来一群红男绿女。郭果见面就喊，马哥，你看谁来了？

我还没来得及细看，突然眼睛被人从身后蒙住了。我说，谁呀谁呀，工作时间别逗！

身后的人既不说话也不撒开，我抓住眼睛上的手，抚摸，便猜出来

职场眩爱
zhichang xuanai

十三、未来岳父

135

了，说，表妹！她立即咯咯笑着转到我前面来。我不由分说在她的鼻子上刮了一下。她说，使这么大劲！

我说，谁叫你乐得鼻子都歪了，我得矫正你的鼻子。表妹立即哼了一声。郭果安顿自己的人落坐，表妹就挨着郭果坐下，看那轻松自如的样子，不定一起吃过多少次了。今天表妹又穿了她那件心爱的素花连衣裙，坐在人堆里清爽亮丽十分打眼。我问郭果，今天是什么日子，你们这么闲在？

郭果说，你光顾挣钱了，礼拜天呀！阑珊姐让我们来捧场，我们敢不来吗？我说，白吃谁不吃啊？郭果说，错！阑珊姐告诉我们了，既来之，自便之！我说，那就委屈你们了。郭果说，不委屈，我们在别处吃不也是吃吗？马哥你给我们记账就行了。我说，说了半天还是不给钱呀！

大家哄堂大笑。这时表妹站起来，来到我身边，悄声说，哥，你和阑珊姐的事，我都听郭果说了，我挺佩服你的。

我说，你可千万别跟老姨说这个！表妹噗哧一声笑出来，说，一脚从床上蹦下来了，多逗啊，干嘛不说？咱们一家天天在饭桌上拿它当笑料呢。我说，整个一个荤段子，老姨父那么严肃，不得批判我啊？

表妹说，哥，反正你把握分寸就是了，阑珊姐确实很讨人爱的。我说，你不向刘梅揭发我了？表妹说，你要是敢过头，我照样揭发举报；现在我还有了眼线呢！

我哈哈大笑，说，你的眼线该下岗了，我已经住到餐厅里来了。表妹十分惊讶，说，住餐厅？天天睡椅子？喂蚊子？我妈要是知道了准该不放心了！我说，没事的，别人能住，我为什么不能？

表妹说，这事我得跟阑珊姐说说！我说，表妹你千万别干傻事，阑珊为我做了那么多，我做这么一点牺牲还不应该吗？

郭果他们这顿饭直吃到下午五点。其间，我迎来送往，一直支应着，困得不行却没时间打个盹。五点半，刚收拾了桌子擦了地，我正要眯一会，灯火阑珊来了。说，赶紧洗脸刮胡子，跟我走。

我说，去哪儿？她说，你甭管，到那儿你自然知道。我说，太困，不去。她说，干嘛呀？拿搪？我说，什么重要人物非得让我接见？她说，呸！是人家接见你，别搞颠倒了！

我拗不过，心想我一会坐车里睡一觉算了。便去后厨洗脸。厨师们此时正在后厨抽烟休息，准备应对接踵而来的晚饭。我同情地看他们一眼，心说，哥们儿辛苦，没有十足的耐心绝对干不了这一行！我跟着灯火阑珊打车走了，从一上车就把头倚在灯火阑珊肩膀上开始大睡，直睡到下车。又懵懵懂懂随着灯火阑珊上楼，敲门，进了一户人家，人家迎上来跟我握手，让座，我却处在混沌之中竟不知是谁。灯火阑珊狠狠拧我一把，在我耳边说，喊伯父伯母！我立即惊醒了：这不是中午那一对中年夫妇吗？

我怯生生地喊了一声，伯父好，伯母好！

伯父伯母立即笑逐颜开，拉我坐在沙发上。灯火阑珊给大家沏茶，我便把房间扫了一眼。常见的两室一厅，只是客厅比一般的稍大，大概有三十平米。摆了一圈沙发，对面是电视、鱼缸，电视里北京有线一台正在播放 2003 年热片《走向共和》，鱼缸里几条七彩燕和红剑在稳重地追逐。伯父说，中午我们两口子装的像不像？

我说，真像是专门来饭店挑毛病的。伯父哈哈大笑，说，我们装作不认识你，给你出难题，其实，你的名字在我们耳边响了至少三年了，北方野狼——神交已久了！

我惊奇地看着伯父和伯母，难道过去我和灯火阑珊的网上交往，她都向父母汇报吗？那么我要出多少丑呢？那时我在网上可是天马行空、汪洋恣肆、信口开河的啊！伯母说，马林，我们早就知道你是个幽默风趣的人，阑珊自从认识了你，几乎变了一个人，从过去的愁眉苦脸疑虑重重变得豁达开朗乐观自信，你知道你的功绩吗？你一到北京，阑珊就告诉我们了，不是她苦苦阻拦，我们早该招待你了！我又是一个惊奇。我的随心所欲也会影响别人改变别人？

职场眩爱 zhichang xuanai 十三、未来岳父灯火阑珊把茶水递到每个人手里，然后坐在母亲身边，表情严肃地死死盯住我看，凭我对她的了解，我觉得她在担心我又会信口开河。

但我控制不住自己，仍旧哪壶不开提哪壶道，阑珊过去心情不好，是不是因为侯京？伯父说，没错！那简直就是一个陷坑、一片沼泽！

伯母说，阑珊是个胸无城府的直性子，怎么对付的了一肚子心眼的侯京啊？灯火阑珊有些气愤，说，你们别提他好不好？我恶心！我说，就冲他心眼多，我早晚还要会会侯京！

伯父说，没必要，古人讲，能攻心则反侧自消，自古知兵非好战；不去找他，和他打心理战！

我说，伯父，您是不是做教师工作？伯父说，你怎么知道？我说，我看出来了。他说，你真聪明。

其实我此刻真实的想法是伯父太脱离生活，太老夫子气！因为，侯京这种人风流倜傥狡兔三窟，他才不怕你打什么心理战呢！

但我的心理活动逃不过灯火阑珊的眼睛，她说，野狼，你是不是看不起教师工作？我连忙否认，绝对不是！

她说，不错，我爸妈都是中学老师，你别看他们说话不靠谱，可是没有他们的支持，我就什么也干不了，我也帮不了你！我说，自然，我很佩服教师的，因为他们三清：清苦、清廉、清高。

灯火阑珊说，我爸妈为了帮我租饭店，已经倾囊相助了。我叹息，是啊，一个教师能有多少钱？

伯母去张罗做饭，灯火阑珊说，野狼，你来帮我妈包饺子吧。这时，伯父从卧室拿出厚厚的一摞书稿，说，别别，马林另有任务，来，看这个——我这人爱好喝茶，可是很没出息，喝了一辈子才喝出这么点味道！

我赶忙接过来，见书稿题目写的是《茶通》，内容包括十个部分：开场白、茶史篇、茶水篇、茶具篇、饮茶风俗篇、饮茶掌故篇、营养保健篇、中国名茶篇、栽培加工篇、花茶窨制篇。各篇均有详尽论述。

我说，伯父，您成了专家了，专门经营茶叶的也未必知道这么多

长篇小说

职场眩爱
zhichang xuanai

啊！伯父说，你能不能立马帮我看一遍？我说，我先拿过去，三天以后给您送回来，因为前两天都没好好睡觉，今天夜里无论如何得睡觉了。

伯父说，可是书商催得很紧，让后天交稿。

我说，没见过这么急的书商！我看出来，伯父肯定是第一次出书，对书商言听计从，心情迫切得很。这时灯火阑珊又来拉我，说，走，面和馅都弄好了，边包饺子边说。我看伯父一眼，伯父也无奈，只能跟着一起来到厨房。看得出来，在这个家庭里，依旧是女人说了算。我擅长擀皮，便找伯母要了擀面棍，擀起皮来。我问伯父，哪个出版社？策划人是谁？

伯父说，枫叶出版社，策划人叫蔡瓜。我一听哈哈大笑。灯火阑珊说，放肆！有什么可笑的！

我说，世界真小，玩笑真大！蔡瓜居然把手伸到伯父您的兜里了！伯父说，怎么？你认识蔡瓜？我说，没错。我把和蔡瓜认识的过程说了一遍。

伯父连说，滑稽，滑稽啊！我说，您只坚持一条，就是不掏钱政策；蔡瓜愿意怎么运作，听便。伯父说，对，谢谢你提醒。

这时，伯母说，马林，你媳妇挺好的吗？我一愣，怎么提起她来了？我说，挺好的。伯母问，长得漂亮吗？

灯火阑珊突然啪的一声，拍了一下案板，把我想说的话吓回去了。我本来想说，没有阑珊漂亮的。这次轮到伯父哈哈大笑了，他说，老伴啊，你在错误的时间、错误的地点提了一个错误的问题！

我不能不说，我在灯火阑珊家里和每个人的关系都很复杂、微妙。伯父伯母不会不知道我和灯火阑珊的关系已经难解难分。从我受伤以后，灯火阑珊就搬到绿岛和我同住，照顾我的生活，父母亲怎么会不知道呢？而他们采取了如此宽容、谅解和迁就的态度，这两个中年知识分子啊，是一种怎样的胸怀？真让我汗颜！我说，伯父，今晚我不睡了，给您看稿！

灯火阑珊立即说，今晚你也别回餐厅了，就在这看吧。我说，我对美云和大堂他们不放心啊！灯火阑珊说，一会我告诉美云，就说我夜里来抽查。

晚上吃饭我没喝酒，为了看稿。伯父见此也把酒收了起来。然后伯父给我沏了一壶酽茶，放到客厅沙发的茶几上，便躲开不再打扰我。灯火阑珊却坐在我的身边，揪过耳朵又捅胳肢窝，我说，哥们儿，你逗猴呐？她说，我怕你困。

伯父这本书写了大概四十万字，我是看书比较快的人，可是看到夜里十二点才看了不到四分之一。因为一方面我是在学习，里面很多内容我第一次看到，另方面我得用我所掌握的知识对伯父书中的内容进行对比和鉴定，凡是起疑的地方我就做上记号，加上纸条。此时伯父伯母已经睡下，因为他们转天还要上班。灯火阑珊就守在我身边，对已经看过的书稿再校对一遍。她怕我困，每隔半小时就搂住我亲我一通，弄得我总是处在兴奋状态。十二点的时候，她要去饭店看看。我问，还真去？她说，真去，不仅真去，如果发现他们乱来，立马处理！于是我送她下楼，看着她打车走了我才回来。

不到一个小时，灯火阑珊回来了。我问，怎么样？她说，挺好的，美云害怕蟑螂，现在睡前厅了，大堂负责烧水烫蟑螂，所以睡后厨了。

我问，美云还光膀子吗？灯火阑珊说，没光。接着反问我，你怎么专对这个感兴趣？我说，因为这个惹事——你不是看到大堂垂涎欲滴的样子吗？

她感叹说，男人啊！我反唇相讥说，女人啊！她说，在我们家你不许和我唱对台戏！我说，这也算？她说，当然！

我不跟她计较，说，我继续看稿，你洗洗睡吧。她说，我的爱人给我们家干事，我能睡得着吗？

唉！她总是这样，把我的心弦拨得铮铮作响。我一把抱住灯火阑珊，嘴里说着，爱人，爱人，你就是我的小爱人！于是两人又开始一场昏天黑地的接吻。

长篇小说

职场眩爱
zhichang
Xuanai

速度太慢了，我适当加快了一点。而且，后边的内容伯父越写越顺畅，也好读多了。一壶釅茶早已喝光，灯火阑珊又给我沏上新的。我一晚上往洗手间跑了 N 次，因为喝得多排得也多。灯火阑珊说，多排有好处，不长青春痘！

我说，我老人家都什么年纪了，还长那玩意！她说，报纸上说，只要排泄不顺畅，五十也长。我说，我五十的时候，你肯定看见我吓得跑，因为像个老猴子。她突然变脸了，说，我爸妈就过五十了，你是不是也说他们像老猴子？

天，还有这么联想的！我啪的一声，给了自己一个嘴巴。没等她打我。她一下子又抱住我，说，干嘛打自己？我说，我不该说错话！

她说，你的脸只须我打，不许任何人打，包括你自己；谁要是敢打你的脸，我就跟他玩命！说着，就一口一口地亲吻我挨打那边的脸。唉！她怎么这样！霸道！我不知别的女人怎样，反正我家刘梅从没有这种现象，她既不会打我，也不会为了我去和别人玩命。

天亮以前，我终于看完了，书稿中被我加了一百多个纸条，这些疑点也是专家多有争论之处，不知伯父手里有没有相应的资料，修改这些疑点够伯父忙一天的。我把书稿收拾好以后就和灯火阑珊相继洗漱，然后，我说，哥们二，实在挺不住了！

她说，委屈你只能睡沙发了。我说，比在餐厅睡椅子强多了。说着我就躺了下来。此时，灯火阑珊却非要和我挤在一起。我说，只许十分钟，你必须离开，不能让伯父伯母看到。

她说，只要你睡着了，我立马离开。

于是，我俩紧紧搂住，嘴对嘴亲着躺好。列位看官，我已经三宿没好好睡了！所以，躺下以后，很快便进入梦乡。灯火阑珊是否离开，哪里知道？事实是，这两天她也没睡好，她本来就不如我能熬，此时便和我一起沉沉睡去。

什么结果呢？就是，让伯父伯母看个满眼。他们起床以后，都蹑手蹑脚地行动，悄悄地走路，悄悄地洗漱，悄悄地拿走书稿，还悄悄地把一床薄毛巾被搭在我俩身上。只是在茶几上留下一个纸条。然后，他们悄悄地带上门，上班走了。我俩自然毫无知觉。等到下午我醒来的时候，已经三点多了，灯火阑珊还搂着我的脖子在呼呼大睡。我轻轻拿下她的胳膊，从沙发上下来。我看到了纸条，上面写着：孩子，你们已是成年人，知道应该怎么做。

我突然被羞得无地自容！浑身血管贲张，火烧火燎。我有了像一个小偷的感觉！好一会儿我才清静下来，恢复自信。我伸了一个懒腰，觉得浑身骨结酸痛。于是，我来到洗手间，关上门抻筋。然后，脱下衣服冲澡。热水从我头上痛快地哗哗流下来，我心里却惴惴地难受，伯父伯母看到我和灯火阑珊搂在一起会是一种什么感受？是理解我俩？是信任我俩？是原谅我俩？是宽容？还是无奈？是怜悯？还是溺爱？那个纸条内涵复杂，却感情深厚。如果非让我说，我觉得，对自己的女儿有可能溺爱，而对一个外人又是什么？没有别的答案，只能是爱，一种动人心魄的博大的爱！否则便无从解释！

我洗完澡，就打车来到饭店。见小萍正在店里坐着。见我来了，小萍噌地站了起来，气哼哼地说，俩人哪儿浪漫去了，让我这么着急？

我说，哪也没去，在阑珊家里呐。小萍说，那怎么早晨给阑珊打手机，她却不接；给你打手机，也不接！我说，昨晚给伯父看了一夜稿，凌晨才睡着，怎么能听见你打手机呢？小萍说，铁锅烤大鹅那个连锁，咱究竟加不加入啊？我说，阑珊爱鹅，肯定不同意加入。

小萍说，看这些穷事儿！我都给人家总店打电话了，人家说，咱的饭店硬件可以——野狼你可记着，不是谁想加入就能加入的！我说，为了阑珊，忍痛割爱吧！小萍说，野狼，你和阑珊背后如胶似漆就罢了，怎么当着我还说这种酸溜溜的话？不知道我也是女人？

我说，你们女人事真多！小萍说，所以你要注意哦！我问小萍，最近地垫生意怎样？小萍说，小宗业务常有，可是太不解渴，而大宗的又没有。我说，看来这个项目只能捎带着干了。

小萍说，上次我给你那件鳄鱼牌T恤你怎么不穿？我说，没舍得。

长篇小说

职场眩爱
zhichang xuanai

其实我没说实话，是在灯火阑珊那里压着呐。灯火阑珊压根儿不让我穿小萍送的衣服！

小萍说，我知道你现在生活挺难的，阑珊也不富裕；所以你只管穿就是了，过后我再给你。我说，你千万不要这样，我一个堂堂七尺男子汉，靠施舍过日子得羞煞我啊！小萍说，怎么叫施舍？你就这么看待咱们之间的关系吗？我一时语塞。我和小萍又出来个什么关系呢？

十四、两难选择

小萍说，我和你配合感觉天衣无缝，甚至比和阑珊配合还要默契，这不是说明咱俩有缘分吗？我说，算不算缘分不知道，因为没什么过人之处，所以我适合当配角。小萍说，你越这么说，越让我喜欢，我就是喜欢谦虚的人。

我说，大人物都这么说。小萍笑了，说，搞笑吧你？我解释道，你和阑珊一样，都是能够独当一面的潜在的大人物。

小萍开怀大笑，说，野狼同志，你真会拍，难怪阑珊让你哄得团团转。我说，草莽出英雄，我说的可是真的！小萍说，打住吧，咱规规矩矩甘当草根吧——今晚你有什么安排？

我说，你有事？小萍说，我老公早就想见你了，今晚我把他约出来，咱们小酌一杯，如何？我说，谢谢你这么看重我，就在咱店里吧。

小萍说，不行，咱店不够档次！说着，就打手机，问，老公，今晚有空吗？……你不是说见见野狼吗？……去哪里？哦，全聚德，好的。小萍收了手机。

我说，还是在咱店吧，万一——会儿阑珊来了找咱们呢？小萍说，今晚听我安排！拉着我就走。我说，你让我给阑珊打个电话。

小萍说，到车上再打。硬是把我拉上车。我坐上她的桑塔纳，心里一个劲嘀咕，阑珊始终没露面，是不是还睡着呢？如果还睡着，我就不能打这个电话；我俩都疲劳，可她毕竟是女孩啊！

小萍问，野狼，怎么不打电话？我说，怕阑珊还睡着。小萍说，你呀，翻来覆去，瞻前顾后，太累！我说，我岂不想潇洒，可是怎么潇洒得起来？

正是下班时间，路很难走，没多远就塞车了。小萍啪啪地拍着方向盘，嘴里丫挺的、丫挺的骂个不停。我不由在心里对小萍和灯火阑珊进行比较，觉得小萍似乎更凶更野。据灯火阑珊说，她俩都是师范大学毕业，可是都没干教师，而是自己下海扑腾了。如果单从她俩的个性看，当教师确实不是上选。车时走时停，不远的路竟走了半个小时。到全聚德了，小萍把车存好。带着我进屋找座。

这是个全聚德分店，可是依然很火，大厅里闹嚷嚷的，根本找不到单间，只能在临窗的一个角落坐下。小萍说，这地儿也不错！便让服务生上茶水、点菜。这时，小萍的老公来了。中等个四方脸，满面春风，西装革履，拎着一只塑料袋，老远就亲热地伸出一只手，说，哈哈哈，野狼！

小萍赶紧请老公入座，说，他叫陆路，和喝的那个饮料同名。我知道他是一家公司副总，就说，陆领导，刚进九月，你穿这么整齐不热吗？

陆路松一松领带，说，公司有规定，没办法。说着就从塑料袋里往外掏东西，是一件T恤。说，拿着，这是公司发的。就往我手里递。

我说，我不要，上次给我的还没来得及穿呢！陆路说，发的，又不是花钱买的！我说，在我眼里一样的。

小萍说，这样吧，搁我这——这事得这么办，野狼得先请示阑珊，才能决定要不要。我说，是这样，不能越过阑珊。陆路笑说，愚忠！

我说，就算是吧。小萍说，我真服了他们俩了，老公，你见识了吧，人家就这么铁！

菜来了，陆路变戏法一样又从塑料袋里掏出一瓶剑南春，拧开盖子，给我斟上，然后给自己斟，说，小萍常在家说起你们打工的，非常不容易；上次还用 T 恤接了小萍酒后吐的脏物，真让人感动。所以，给你一件衣服唔的，别见外。

我说，我一接受馈赠就心里嘀咕。小萍说，嘀咕什么？我说，怕腐败了。陆路哈哈大笑，说，野狼，你是赵本山第二！小萍也笑，说，你一个穷打工的，又不是什么领导！

我心说，我不愿意成为施舍对象！那就太小看我了！但这种话只能想，不能说。嘴里说出来的是另一个味，我说，陆领导这么体恤下情，应该进中央干去。

小萍说，你这说到陆路心里去了，他就爱听这个！陆路说，你还别说，我要是进了中央也不一定比谁次！小萍说，得得，说你感冒你就发烧。

陆路伸出三个手指头，然后跟我碰杯。我会意，是连喝三杯。我来北京这几个月，已经领教了不少北京人喝酒的讲头。我把三杯酒依次喝下去。陆路又伸出三个手指头，又碰杯；如此往复，三个回合，九杯酒下肚了。陆路开始摇头晃脑，他有些口吃地说，野，野狼，明白吗？九月九，九杯酒，天长地久！

我说，谢谢你的吉言。

陆路说，且住！和谁天长地久，这可是个问题！

我问，什么意思？

陆路说，老兄你别害怕，说破英雄惊煞人，随机应变信如神——我说的是你和阑珊的问题！

小萍说，陆路的意思是让你和阑珊天长地久。

陆路说，错，我是说，要让野狼和阑珊了断，和自己老婆天长地久，那才是正根！

小萍说，陆路，你也错，而且大错，特错！

长篇小说

职场眩爱
zhichang xuanai

陆路说，我没错，野狼那头不离婚，这头跟阑珊搞，是欺负阑珊！

真是说破英雄惊煞人啊，我相信这话是陆路借酒劲才说出来的，但肯定是成熟在胸的意见。这个陆路，好尖锐啊！

这时，小萍接过来说，陆路，你是不是喝多了，野狼和阑珊怎么能分开？分开就毁了阑珊！陆路说，为什么？小萍说，阑珊跟侯京的感情绝对没到和野狼这程度，但她听说侯京乱搞，竟跑到侯京的公司大闹，然后还绝食了三天，差点没出人命，陆路你不是不知道啊！

陆路说，所以我们这些身边的人才应该想办法，帮助阑珊过好这一关，而第一步就是让野狼倒戈！

啊，今晚这酒喝得太出人意料了！太让我猝不及防了！这时，我的手机彩铃声响起来，一接，是灯火阑珊，她语气生硬地命令我：野狼，你立马到我们家来一趟！

我起身要走，小萍说，干嘛？我说，阑珊叫我。小萍说，催命啊，那也得吃一点呀！我说，阑珊可能让我去吃饭。

小萍说，如果那样的话，好办，我告诉她，你和我们两口子在一起呢。说着就掏出手机要打。陆路说，老婆，你别多事，让野狼先垫吧一点儿，然后再去和阑珊吃吧。

小萍说，祝贺你陆路，刚说了句人话！

小萍把卷烤鸭用的春饼打开，夹起一筷子鸭肉蘸点面酱，放在春饼上面，再夹一些黄瓜条和葱段也放在上面，然后把春饼卷起来，形成一个卷，交到我的手里，说，会吃吗？

我说，肯定是往嘴里吃。陆路说，对，用鼻子只能闻。小萍说，野狼未必会吃——要把下口封起来，才不会让面酱流出来！

我照此办理，果然很爽。味道香香的，顺嘴流油，全聚德果然不虚此名。受我影响，小萍和陆路也吃将起来。都不说话了。刚才打了一个短平快，陆路下车伊始便把他积存很久的话说了，所以现在再说什么都显得多余。不过，响鼓不用重锤，陆路的一番话，已足够我回味三天了。我又吃了一卷烤鸭肉，就用餐巾纸擦了嘴。

小萍说，走吗？我说，走。小萍说，我送你。我说，别别，你得陪老公。陆路说，甭陪，我也去。

我说，你们都去阑珊家？陆路说，想什么呐，我俩只是送你！我说，那饭不吃了？陆路说，打包，回家再接着吃。

天呐，这两口子，让我说什么好？只能说，这是一对善良有加的夫妻！

三个人马不停蹄赶到了灯火阑珊家，我上楼，小萍夫妻打道回府。幸亏是小萍送我来的，其实我根本不认识灯火阑珊家。因为昨天来的时候，我在出租车里睡了一路。我也不记得灯火阑珊家是几楼几号房间。我掏出手机给灯火阑珊打电话。接通以后灯火阑珊说，五楼，501，你干嘛去了，怎么这么长时间？我说，上楼再说。

我已经形成条件反射，只要她一着急，我就心慌。我三步并作两步跑上五楼，敲开了501。是伯母开的门。伯母开完门就转身走了，也没和我说话。我觉得蹊跷。再看灯火阑珊，坐在客厅沙发上，把脸扭向一边，根本不看我。伯父在卧室也不出来。怎么了这是？我轻轻走到灯火阑珊身旁，问她。她立即把脸又扭向另一边。

我走到卧室门口，看到伯父在埋头改稿，伯母坐在一旁生闷气。我说，伯母，究竟怎么了？

伯母不得已走出来，反手把门带上。拉我到厨房，说，马林，你看到阑珊她爸写的那个纸条了吗？我说，看到了。伯母说，你怎么想？

我说，充满爱意，感人至深。伯母说，可阑珊不干了，非说她爸挤兑人！为这个爷俩吵翻脸了。

这时，灯火阑珊走过来，推门进了厨房，说，妈，你难道听不出我爸的话外音吗？伯母说，什么话外音？灯火阑珊说，就是说我和野狼不正经！她抱住我的一条胳膊，说，野狼，你爱我不爱？

我明白，灯火阑珊是想说，我们俩是正当爱情，可是，在伯母面前，这话让我怎么回答？我没说话。

长篇小说

职场眩爱
zhichang
xuanai

灯火阑珊摇摇我的胳膊，催促说，说话呀！

陆路刚给我上完课，他的"野狼那头不离婚，这头跟阑珊搞，是欺负阑珊"的话，犹在耳边回响。

我的犹豫踟蹰导致伯母说出一句要命的话：我看你们俩也有乱来的迹象！

灯火阑珊立即火冒三丈，狠狠地在我后背拧了一把，冲着母亲就要咆哮。我一把拦住灯火阑珊，我说，伯母，我爱阑珊，而且已经爱得很深。

伯母说，很深？深到什么程度？

我说，我可以为阑珊做一切应该做的事。

伯母一字一板地说，是这样吗？那么你能娶她吗？她今年已经二十六了！你不知道她的青春正在逝去吗？

我一时血管贲张，心如火燎，我说，伯母，我正在考虑娶阑珊做妻子！

伯母不愧是教师，一扣紧似一扣，她说，马林，你有实际行动吗？

我一时语塞。我确实在几个月时间里没有任何行动。

但此时灯火阑珊显然已经被我感动，她紧紧依傍着我，对自己的母亲开炮了，她说，妈，你怎么咄咄逼人呢？野狼有他自己的情况，他们夫妻没发生过根本冲突，而嫂子又正在怀孕，他怎么能在这个节骨眼儿提出离婚呢？什么时候离婚合适，是野狼自己的事，我只要耐心等待就是了，就是让我等三年，等五年，我都等！现在三十才结婚、生孩子的又不是我一个！

天呐！越说越明朗，我眼前分明展现出一幅蓝图，就是从原本还算温馨的家庭里跳出来，再奋不顾身冲进一个新的家庭！而我和刘梅到了非分手不可的程度吗？新家庭和旧家庭有什么本质区别吗？那么，怎么会一下子就走进死胡同了呢？都是我一时意气用事！我这猪脑子！进了水的猪脑子！

伯母见事态急转直下，便说，空口无凭，你们年轻人是没有准稿子的。我和你爸正洞若观火。只是希望你们好自为之，不要做出让我们脸上无光的事情！伯母去做饭了，不再理我们。

灯火阑珊把我拽出厨房，在客厅里搂住我亲吻。我说，姑奶奶，伯母刚才说的什么你忘了？她说，狼，你太出色了，太给我争气了，我要是让我妈问倒的话，我就该跳楼了！我挣开她的怀抱，说，阑珊，你曾经绝过食？她说，没错。我说，为了爱情？她说，不，为了面子！

我说，我如果离不成婚，你怎么办？她说，我不相信你离不成！我说，事情都是由多方面因素决定的。她说，我在你的生活里难道成不了决定因素？我又语塞了。我必须承认，我是猪脑子！

晚上吃饭，伯父伯母仍然把我作为座上宾，非常客气，伯父问我喝不喝酒，我说，不喝，我刚才已经吃个半饱了。

灯火阑珊异常敏感，问，和谁一起吃饭？我说，和小萍两口子。灯火阑珊说，喝酒了？我说，是。灯火阑珊说，怪不得你身上一股子酒味。又问，你们都说些什么？

我说，陆路又送我一件 T 恤。灯火阑珊问，你接着了？我说，没有，推让半天，最后小萍拿走了，小萍说要向你请示以后再给我。灯火阑珊说，天就要凉了，如果添衣服，也不是 T 恤，而是长袖的；我爸这有不少平时穿不着的衣服，都挺新，回头我给你拿几件。

伯父说，阑珊说的没错，马林你出门在外不容易，就拿我们家也当作自己的家吧。我连连点头，心里却想，是不是我得回一趟自己的家，一是取衣服，二是看看刘梅？

但我看出伯父的善良，他在半小时以前刚刚和灯火阑珊吵过一架，而且就是因为我的缘故，现在却对我如此呵护，谁能如此大度？于是，我鬼使神差地想起了自己家的真正的岳父——他是一家国企的老总，每天应酬不断，很少和我在一起吃饭，偶尔坐在一起的时候也是居高临下，颐指气使，让人很不受用。有一次我和刘梅吵嘴，刘梅跑回娘家，他立即给我打来电话说，马林你长进了，我真高兴，我该怎么奖励你啊？等我去接刘梅，他躲在屋里连面都不见。这就是我正宗的岳父。我又突然觉得这种比较十分滑稽，因为，我现在不尴不尬地算个什么角色呢？

灯火阑珊看我沉默，用筷子在我的碗上敲了一下，说，想什么呐？我顺口胡编说，在想伯父的书稿。

伯父很当真，说，马林，你提了五十多个问题，我正在做订正和诠释，谢谢你啊！我客气说，我提的也不一定对。

我想告诉伯父，虽然这本书凝结了老人家一生的心得，可现在研究茶文化的书差不多汗牛充栋了，所以这本书即使出版也未必能引人注意。

但我不能总是哪壶不开提哪壶。于是我说，伯父，有没有必要我给蔡瓜打个电话，摸摸他的底牌？

伯父说，也好，这样咱也做到心中有数。

我便提前退席，到客厅拿出手机，开始找蔡瓜的手机号，拨通以后我说，蔡瓜吗？是我，蔡刀。听说你在策划茶文化方面的书？……哦，是一套？烟酒糖茶……一套是一个书号……为了减少作者负担……蔡瓜你要注意，茶的作者是我岳父……那也至少自己消化五百本？……已经比别人少一倍了？……你别忘了咱俩是哥们儿……

蔡瓜咬死了，哥们儿也不行，不能干赔本的买卖。就是说，定价三十块一本，伯父自己要半价买走五百本，即投资了七千五。这还是因为有哥们儿这层关系。不然就得买走一千本，即投资一万五。还说，哥们儿你打听打听，这可是北京的行情！看来只能如此了。

我收了手机，一转头，灯火阑珊就站在身后，手里端着半碗汤，说，给，正可口。我说，谢谢。她说，谢什么？你自己不都承认我爸是你岳父了？我说，偷听！她说，对！别人想让我偷听我还没兴趣呢！

我把汤咕咚咕咚喝下去，就把蔡瓜的意思转告了伯父。伯父说，七千五是个意外收获，没有你这层关系，恐怕就得加倍了。我说，不知蔡瓜的真正底牌是什么？

伯父说，不让蔡瓜赚钱是不可能的，只要咱能接受就行了。又说，马林，你一会走吗？我问，有事吗？伯父说，我想找你谈谈。

伯父帮着伯母收拾了碗筷，就拉着我来到卧室，把门关上了。我们俩都坐下以后，伯父问我，马林，你说实话，你和阑珊上没上床？

我心里"咯噔"一下子，说，没有。伯父说，我看不像，昨夜你们俩都到不避讳人的程度了。我说，主要是太困了，我已经三夜没睡觉了，说好就搂一会的，结果睡过去了。

伯父问，你真的爱阑珊吗？我说，是的，我已经对伯母表态了。伯父说，我本来对阑珊爱上你这个有妇之夫不能容忍，但我就这么一个宝贝女儿，她是我们老两口的精神寄托，所以对你就爱屋及乌了。虽然，我很欣赏你的才华，但我也必须对女儿的未来负责。你同意我的说法吗？

我说，我同意。伯父说，你考虑过困难吗？比如离婚的困难，以及离开家乡在北京扎根谋生的困难？我说正在考虑。

伯父说，有个期限吗？我的心里又是"咯噔"一下子。伯母曾经追问我有什么实际行动，现在伯父追问我有没有期限，让我怎么说？人家为女儿负责是天经地义，而我只有节节败退一路逃跑抱头鼠窜的份儿。

我咬咬牙说，这个礼拜我就回自己家，和老婆摊牌。伯父说，这就好；我不是逼你们两口子离婚，而是说你应该做出郑重其事的抉择，这样也算对大家有个交代。说完，他伸手拍拍我的肩膀，仿佛试试能不能承受重量。

我从卧室出来，已经热泪盈眶。

因为我想到了结婚几年来刘梅对我的所有的好，是我背信弃义要离开她，我必须要向她坦白一切，让她确信我已经变心了！

灯火阑珊见我要走，死死拉住我的胳膊不放。伯父说，阑珊，让他走吧，他应该自己冷静一下。

灯火阑珊便说，等一下！她跑到卧室抱出一床毛巾被，说，狼，

长篇小说

职场眩爱
zhichang xuanai

带着。

灯火阑珊要陪我在街上走，我说，你回去吧，我自己坐公交走。她紧紧抱住我说，狼，我其实不愿意让你走，一刻都不愿意和你分开。

我说，不行，一会就没车了。她说，怕什么，没车就打的！我说，该省就省点吧。

她说，狼，你和我爸都说什么了？我说，不想告诉你。她说，你敢！她使劲揪我的耳朵。我想自从我到了北京这两个耳朵至少长出两公分。

我说，老人家问我是不是和你上床了。她说，那你怎么说？我说，没有。她说，这话我爸根本不会相信的；我爸还说什么了？我说，还谈到了我离婚的期限。

她说，我这老爸，太残酷了！

我说，这两个问题是任何一个家长都不会回避的。她说，嫂子是个很善良本分的人，竟然要无端受到伤害。我说，我要是不离开刘梅，就得离开你。她说，你想干什么？想甩我？我说，不然又怎么办？

她说，你真敢这么做，我就不活了！

我一惊，说，你不是这么脆弱的人啊。

她说，在我无能为力的时候，只能以死抗争！

天空下起蒙蒙细雨，气温骤然降下来。我在腋下夹着毛巾被回到餐厅，已经夜里十二点，大厅还有两桌食客没走。大堂和两个伙计坐在角落死盯着他们。美云却在收银台坐着打盹。听见门响，美云不觉一个激灵。见我进来，他们都站起来。

我走到大堂身边坐下，问他，昨天几点睡的？大堂说，三点。我问，美云睡觉又光膀子了吗？大堂说，我哪个晓得？我说，你没偷看？大堂说，老板已经打我一个嘴巴，哪个还敢？我说，你有记性就好。

伙计给我沏了一杯茶，我接过来抿了一口，寡淡无味。说是茶，徒有其名。难怪伯父为茶发难。我问大堂，以前客人对茶水有过要求吗？

大堂说，碰上过刁钻的食客，要好茶，嘟个理他？

我说，这种经营思想不对，沏茶不是装样子，而是要体现饭店对客人的关怀。大堂说，增加成本的事嘟个会干？

我没说话。这事涉及到灯火阑珊和小萍。成本啊！灯火阑珊和小萍有多大资金实力？肯不肯再行投入？我不觉产生联想：我如果和灯火阑珊缔结关系，需要多大成本？眼前绕不过去的问题就是把老婆牺牲掉。这个成本太大了。这不是我的初衷。我和刘梅没有根本冲突。然而，深爱灯火阑珊也是事实。并且，我已向伯父伯母许下宏愿，要采取进一步的行动。那么，我该怎么办？我也不得不进行一番权衡，假如我倾家荡产把宝押在灯火阑珊身上，而后却并不幸福又怎么办？这么想有些亵渎灯火阑珊，可是我不由自主在这么想。但是，这一步不往前走行吗？显然不行！灯火阑珊为了我宁可去死，谁见过这么痴情的女孩！为了她，我只能打肿脸充胖子，硬着头皮充好汉，此外，别无选择！

我思前想后，不觉又过了两小时，食客结了账走净了。伙计赶紧收拾桌上的碗碟，用抹布擦桌子，用扫帚扫地上的烟头，用餐巾纸去揩食客吐在地上的黏痰。

大堂拿着墩布，骂道，龟儿子撒！

骂归骂，食客就是上帝，就是爷，上帝和爷眼下不够文明，你奈我何？

我说，经常如此？

大堂说，天天如此！

我说，是够烦人的，有洁癖的人干不了饭店；你们擦擦地只当锻炼身体吧。

做完卫生厨师和伙计都走了，我一看墙上挂钟，果然接近三点了。我便催促大堂和美云抓紧洗漱。我问美云，你还睡前厅吗？

美云说，是。我说，从今天开始你睡单间里吧。美云说，阑珊姐不让睡单间。我说，为什么？美云说，不知道。

我想可能怕出猫腻——这个敏感细心的灯火阑珊啊！我说，美云你只管睡，有我呢。因为，后厨地方小，我和大堂俩人睡不开，我得睡前厅。

我帮美云在单间里用椅子对起床来，发现她只有凉席和一张褥单，这怎么过夜啊！我说，你的被褥呢？

美云说，存在老乡那里，还没去拿。我便把灯火阑珊给我的毛巾被递给美云。

美云说，那你怎么办？我说，你甭管了。她说，马哥，你真好。

我没理她，给她把门关上。我来北京时压根儿没带被褥，在绿岛住的时候天还很热，显不出被褥的重要。我打定主意，明天去老姨家借被褥。我在前厅用椅子对成床，合衣躺下数数，很快进入梦乡。我梦见了刘梅，她快生了，肚子很大，不上班了，单位停止了她的工资。见到我，她问，马林，你去北京好几个月，挣钱了吗？

我说没有。她问，我们娘俩吃什么？我说，先找我爸我妈和你爸你妈借。刘梅问，你在北京发展什么事业了？我说，什么都没有。

刘梅说，要你这种老公有什么用！她把一盆冷水泼到我的身上，把我冻醒了。

我一个激灵坐起来，自嘲道，刘梅，告诉你吧，这几个月我没闲着，和自己的女网友深陷情网了。收获当然有，几多激情，几多烦恼，几多充实，几多空落。你闹什么，我正在考虑如何休了你，如此而已，岂有他哉！我睡意全无。看看外面，天就要亮了，新的一天就要开始，我走进后厨，用冷水洗了脸，然后走出饭店。先找到昼夜银行，在自动取款机上刷卡，看看这个月公司给没给我工资。不错，有。但这是我休工伤假的最后一个月。下个月我就算自动下岗了。我在路上走了半小时，等到公交有了第一班车，才坐上去。到老姨家附近我下了车，先到早点部买了足够四个人吃的烧饼、油条、茶鸡蛋，又用塑料袋打了豆汁，便上楼敲响老姨家的门。

老姨一家刚刚起床。老姨见我来了，忙开门把我迎进去。老姨说，干嘛这么早？我说，冻坏了，来借被褥。老姨说，正要给你打电话，让你来取被褥呢，知道你来北京什么都没带。

我说，这不来了吗？老姨压低声音说，没住餐厅的时候你一直和阑珊姑娘同居吗？

我说，不叫同居，是同住分居。老姨说，那不是一个意思吗？有了孩子怎么办？我说，没上床怎么可能有孩子？

老姨说，这些天刘梅电话不断，一直追问你是不是在和阑珊姑娘同居？夫妻之间的这种感应是很准的。我说，刘梅为什么不直接给我打电话呢？老姨说，她大概不相信你的话。

我说，夫妻之间，岂有此理。老姨说，你今天拿完被褥赶紧安排时间回一趟家，别让刘梅着急。我说，好吧，是得见一面了！

我没在老姨家久留，拿了被褥就回餐厅了。我看看墙上挂钟，不到八点，便直奔北京车站，我没对灯火阑珊打招呼，买了车票回自己的家了。我在火车上倒是很消停地睡了一大觉。

下午两点，准时到家。我摘下腰带上的钥匙，捅开这扇极其熟悉的家门。屋里一切照旧，和我离家以前没有区别。我立即给刘梅单位打电话让她回来，因为，见一面我就得回去。

刘梅听到我的声音十分激动，说，老公，等我啊，我立马回去！

我抓空翻找自己的衣服，秋天穿的，冬天穿的，找齐了，装进一个旅行箱。这时刘梅回来了。一进屋就冲我呵呵笑，说，马林，这些天我老做梦，说你要回来！

我说，老夫老妻了还这么依恋？刘梅说，正因为老夫老妻才依恋呐！说着就脱衣服。我说，你干嘛？

刘梅说，我让你看看我的肚子，你儿子正用脚踹我呢！

十五、如花梦境

刘梅脱下上衣，又脱下裤子，随手扔在一边，然后撩起背心，露出白白的肚皮，下腹部像一个小盆扣在那里。

见我无动于衷，刘梅抓起我一只手摁在她温热的肚子上。

我说，不行，我手太凉。

她说，你两手互相搓一搓就热了。

我难以拂去她的好意，便猛搓两手，直到手掌热起来，我重新摁在刘梅的肚皮上。这次我立即感受到了胎儿的律动。我不觉惊喜起来，这毕竟是我的骨血啊。

刘梅问，动得怎样？我说，很有力，看来是个皮小子。

刘梅激动极了，一把抱住我的头，用力亲吻起来。我的手便神差鬼使向下滑去。刘梅立即弓起身子，说，着什么急，给你留着呢！

我有些尴尬，忙问，几个月了？刘梅说，六个月。我说，是我离家以前种下的？刘梅说，没错。

这时，刘梅把背心、乳罩和内裤也脱掉了，然后就进了洗手间。我不知她干什么。十分钟以后，她从洗手间出来了，面庞红润地说，去，冲个澡，重点把那儿好好洗洗。我明白了。我说，我马上就得走了。

刘梅说，急什么？你好几个月不见我，难道一点也不想我吗？

我说，不想，一想就该总往回跑了。可是嘴上这么说着，我却也开始脱衣服，毕竟是自己的老婆，习惯性诱惑太不可抗拒了。我脑中出现真空，被欲望拉着走了。我以冲锋的速度进了洗手间，又怀着初恋小伙的激动清洗要害部位，心说，反正是自己的老婆，即使做了，也不耽误离婚。我迅速洗好出来，见老婆已在卧室等候，她仰卧在床，把那朵鲜花呈现出来。我的心嘭嘭嘭急跳不止。这是属于我的鲜花，我欣赏、受用了好几年，兢兢业业，耳熟能详，乐此不疲。

我深切感到，欲望如火的年轻男人说他如何爱女人其实很不真实，因为他们往往更爱那朵鲜花。如果女人不给他鲜花享用，他便痛苦。所谓的爱也会大打折扣，甚至烟消云散。我的手在刘梅身上游走，抚摸到她的肚子时，我说，老婆，我担心孩子。

刘梅说，放心吧，我在书上查了，怀孕前三个月和后三个月不要有房事，中间是可以的，而且，适度的性生活和性接触可以使夫妻双方保持平衡的心态和默契的感情，书上说，孕期性高潮实质上是一次微型的分娩，有助于提高子宫的功能，增加到达子宫的血液量，促进胎儿大脑的发育。还说，丈夫的东西含有一种精液胞浆素，它和青霉素一样能杀灭葡萄球菌等多种致病菌，从而清洁和保护孕妻。你不该为我们娘俩做点贡献吗？

我说，天呐，这么说我还挺高尚呢，恐怕天下坏男人都爱听这个！

刘梅说，你只要不压我肚子就行。

可能双双都憋的太久了，很快我们俩就一起达到高潮。刘梅意犹未尽，搂住我的脑袋，依次亲起我的眼睛、鼻子和嘴唇。

我说，老婆，程序颠倒了，刚才应该先亲吻才对。刘梅说，顾不得了。我说，老婆，你真好。刘梅说，老公，你也好。我刚想说，刘梅我爱你，这时我的手机彩铃响起来，我一看数字是灯火阑珊。

铃声响个不止，接不接？我犯起犹豫，刘梅说，我跟她说句话行吗？

我说，你知道是谁呀？刘梅说，那还用问，阑珊姑娘呗。我说，还是我自己接吧。

可是这时彩铃不响了。我的脑袋立即嗡的一下子——灯火阑珊肯定发怒了，竟然不接听她的电话，何时发生过这种事！

我说，刘梅，无论如何我得走了。刘梅说，你什么意思啊，裤子还没提上呢，就变脸了。我穿着裤子说，瞎说，谁变脸了？

刘梅说，我知道你这次回来的目的，是想对我摊牌，对不对？

我突然想说，没错。可是此时这话我说不出。我说，摊什么牌？

刘梅说，你和人家同居这么久，还不该找我摊牌吗？人家能饶你吗？我说，我从来没跟阑珊上过床。刘梅说，这种话谁信？我说，我起誓！刘梅说，起什么誓，我又没追究你！今天该给你的我都给了，只要你以后不和阑珊姑娘乱来，我会死等你的，因为我是你唯一合法的老婆，而你是孩子唯一合法的父亲！

我瞥了刘梅一眼，说，谢谢你这么有心计。

刘梅一愣，说，什么意思？

我说，实际是你引诱我上钩，堵住了我的嘴。刘梅说，你脏心烂肺，这辈子不得好死！我穿好衣服，拉起旅行箱要走，刘梅光着身子跳下床，一下子扑到我的怀里。

我说，刘梅，以后我会和你好好谈谈的，今天太仓促了，我要急着赶火车。

刘梅的手从我的脸抚摸到胸、肋、后背、屁股和前边，让我又隐隐产生欲望，但我不得不控制住自己，和她接了一个吻，迅速出门去。把赤身裸体的刘梅关在门里。下楼的时候，我突然悟出，今天该和刘梅说的话怎么没说？可是情、境都不对，又怎么开口？应该说，刘梅没什么错。不管她是不是用了计谋，她都是爱我的。甚至猜测到我和灯火阑珊在同居，她都没有发作，而是想用语言和行动感化我。刘梅啊，我的老婆，你为什么这么通情达理，通权达变，让我自惭形秽，难以做人呢？我该怎么对你开口说出，刘梅，我不爱你了？而且，你眼看就要变成我的孩子的妈妈，我怎么能抛弃你啊！

我打车赶到车站，迅速排队买了车票，坐上去北京的火车。几个小时的熬煎以后，终于到北京了。其实刚上火车时觉得时间太慢，而到了北京又觉得时间太快，因为我见了灯火阑珊说什么，还没设计好。我坐上公交直达饭店。我拉着旅行箱满头大汗进屋时，墙上的挂钟是九点整。

此时大堂立即跑过来对我说，老板和客人在单间里吃饭，等你好几个小时撒！

我连忙把旅行箱放在后厨，洗了一把脸，便推开单间的门，原来是青岛 PVC 地垫厂的厂长带着两个人来了。灯火阑珊和小萍在座陪客。灯火阑珊站起身，一把把我拉到自己身边说，赵厂长，今天高兴，向你透露一个秘密——这位是我男朋友，未来的那口子。

赵厂长立即起身与我握手，说，来早不如来巧，兄弟，我们等你半天了！

长篇小说

职场眩爱
ZHICHANG
XUANAI

我在灯火阑珊身边的空座坐下。在灯光下，赵厂长的秃顶诡谲地闪闪发光，我便想起，他的厂子连财会都没设，太瞒天过海、偷天换日了！我便忍不住说，赵厂长，你们现在聘会计了吗？

灯火阑珊便掐我一把。

赵厂长连忙说，聘了，聘了，咱不能总找兄弟厂去开票啊！我说，这可是实现咱们良好合作的前提啊！赵厂长说，没错！没错！

灯火阑珊说，工作在不断进展，大家便都高兴，来，喝酒！

赵厂长冲着我说，兄弟，我和阑珊、小萍两位女士喝酒，喝了半天也没有高潮，你来了就好了。说着，赵厂长给我满上一杯白酒，看官注意，是那种喝白开水的大杯。我一下子记起来，赵厂长是沈阳人，而东北人的能喝是名声在外的。

我又看了一眼桌上的两个酒瓶子，都是东北北大仓酒，这种酒可能是赵厂长的最爱，而我却没喝过。这很不幸，会增大醉酒的系数。那么，在灯火阑珊和小萍面前我能怯阵吗？不能！我说，酒可以喝，总得有些名目。只听赵厂长说，名目当然有，今天有四大因素你必须得喝，一，有朋自远方来，不亦乐乎；二，你和阑珊姑娘缔结了关系，天大的喜事；三，咱厂要在北京建办事处，以你们为基础，又一喜；四，刚才小萍推荐你当办事处主任，又是一喜。兄弟，你说说，你该不该喝？

我说，按赵厂长的意思是喝四大杯了？

灯火阑珊抢过话头说，第一条成立，可以喝；第二条说对一半，我们俩并未登记，喝半杯；第三条与他无关，可以不喝；第四条尚未研究，是未知数，所以也只能喝半杯。

赵厂长十分不满，啧啧道，看来还是两口子厉害，这一下子就减半啦，我要上诉！小萍哈哈大笑，说，好吧，赵厂长你就向我上诉好了。赵厂长说，小萍女士，既然你想当上级，那么你就得以身作则，先要喝出样来给我们看看！

小萍说，这样吧，今天就是今天了，野狼喝不了的一半我包了！此话一出语惊四座，大家无不愕然。小萍哪喝过这么多酒？这不是开玩笑吗？

灯火阑珊说，小萍都包了负担太重，我承担小萍的一半！话说到这份上，便没有了回旋余地。

我说，赵厂长，你是干看着还是陪酒，就随你了！我咚咚咚就干了第一杯。

赵厂长说，小伙子，你以为我会袖手旁观吗？他一仰脖便把自己的一杯酒喝了下去。真是碰上硬茬了！

我又满上一杯。赵厂长毫不含糊，也满上一杯。灯火阑珊说，狼，别傻喝，快吃口菜。便夹了一筷子东北味的炖肉送到我嘴里。

赵厂长说，嘿，真亲啊，当着我们就喊郎！小萍说，瞎挑理，他就叫狼！

我则快速咀嚼下咽，不能在赵厂长面前装熊，便匆匆喝下第二杯。四两酒下肚，胃里火烧火燎地开始上劲。赵厂长则不动声色地跟了第二杯。轮到小萍了，她看着面前的整杯酒，犹豫不决。我知道，她根本不喝白酒，更何况这么多呢。我说，小萍为我两肋插刀，我也理应为小萍插刀两肋。我不由分说，就把小萍的酒倒一半在我的杯中。

赵厂长说，哈哈，英雄救美啊，不过违背诺言必须加倍！便把我的半杯加成满杯。我和小萍同时举杯干了。我立即头重脚轻了。而赵厂长自己又干一杯，也是六两酒在肚，却面不改色，谈笑风生。

轮到灯火阑珊喝酒，我照例分担了一半，结果又加倍了。最终我还是喝了四杯，和原先说定的没有区别，却连累小萍和灯火阑珊各喝了半杯。四杯就是八两啊！我腾云驾雾，恶心欲吐，脚下像踩了棉花一样摇摇欲坠。赵厂长要去旅馆，上车前，他十分兴奋地拉着灯火阑珊的手不放，说，阑珊姑娘，你们这么抱团，把业务交给你们我放心！

他前脚一走，我立马找到路边的垃圾桶，勾了一下嗓子眼便哗哗大吐起来。没醉过酒的人永远体会不到醉酒的滋味。酸的、苦的、辣的、咸的一股脑倾泻出来。灯火阑珊站在我身后轻轻捶着我的后背，小萍去给我倒茶水。

吐够了，又漱了口，三个人便回到单间。灯火阑珊招呼伙计把桌子收拾了。然后沏上一壶茶。

灯火阑珊问我，狼，如果建立驻京办事处，你来当主任行吗？我说，我不想当。她说，从这个月起你的公司就对你解聘了呀！

我说，PVC地垫业务量太小，我还想出去应聘闯闯。小萍说，野狼你要走了，咱们这些工作要塌半边天了！我说，哪有这么严重？你们俩

长篇小说

职场眩爱
zhichang xuanai

很能干，我在这还会束缚你们的。灯火阑珊说，我不同意！

小萍说，野狼，你是不是嫌不赚钱？我说，不是。

我的真实想法是要和灯火阑珊拉开一点距离。因为我刚从家里回来，我看到了我的离婚很难，会是一个漫长的过程，并且能不能离得成也未可知。这期间我不能和灯火阑珊过于火热。但这些话不能说。我说，我去应聘，你们俩的事情我还兼顾，行吗？

灯火阑珊说，那根本做不到，一个人的精力是有限的啊！

商量不出结果，小萍神色黯然地走了。灯火阑珊便把单间的门插上，紧紧抱住了我。她说，狼，能不能把你真实的想法告诉我？

我说，就是想出去应聘。

灯火阑珊说，不对，你白天干什么去了？我到处找你都找不到？

我担心的问题终于出现了。可我不会编瞎话，就说，回家了。

灯火阑珊说，见到嫂子了？我说，见到了。灯火阑珊说，你们说什么了？我说，说到了孩子和你。灯火阑珊情不自禁地啊了一声。说，狼，难为你了，我也不愿意看到你和嫂子、孩子分开；可是我已经离不开你了，这怎么办啊？

我说，慢慢想办法吧。灯火阑珊开始吻我，眼泪却一串串掉下来。她说，狼，问一句不该问的话——你和嫂子上床了吗？我说，上了。

她一听立即哭出声来，捶着我的肩膀说，狼，你干嘛这么偏心啊！你干嘛不骗我一回说没上啊！

此时，我想起小说、电视剧里演绎的那些婚外情，看似何其浪漫，真正经历才会知道，是多么折磨人啊！

应该说，自灯火阑珊和小萍接手这个东北菜馆以来，生意还算火爆，白天的上座率达到百分之六七十，夜里每天要一两点才能打烊。她们孤注一掷在这投资还不算亏。

夜深了，食客越来越少，灯火阑珊请求我一起去绿岛睡觉。我没同意，因为现在我和她的关系已经相当明确，我的意志力也已到极限，到了绿岛再不上床几乎不可思议，而如果上床就将一发不可收。我把灯火阑珊送出饭店，在路灯下任她抱住我狂吻，上演激情镜头，好在街上已没有行人。她亲够了，就问，狼，你爱我吗？

我说，爱。她还问，再说一遍，你爱我吗？我说，天太晚了，你该走了。她说，狼，你究竟爱不爱我？我推着她往前走，说，爱，爱你到死！

结果她还问。我说，你絮不絮叨啊？这时出租车来了，算是解了围。

看着灯火阑珊上车走了，我长出一口气。不知热恋中的女孩是不是都这样，你把爱字说上一万遍也不解渴。其实作为男人一般轻易不愿说，有激情的时候会说，没有激情非让说，那不就变成敷衍？回到餐厅我便帮着伙计收拾桌椅，再把他们送出饭店，然后我在前厅用椅子对成床，铺开被褥。老姨给我的被褥是里外三新的，肯定是一直留在家里接短的，现在被我剪彩了。我和美云、大堂相继洗漱以后，我就关了灯钻进被窝。

刚要入睡，美云走过来，俯下身对我说，马哥，我欠阑珊姐的钱已经还清了，谢谢你啊。

我说，阑珊的事你只管对她说，谢我什么？美云说，你们俩还不是一回事？连大堂都知道你们快结婚了嘛！我说，别瞎说！我心想，这大堂的眼睛真贼啊！

美云说，马哥，小佘叫我去一趟。我说，去呗，这还用请示吗？美云说，我只有上午有时间，而小佘让我晚上去。

我一听就明白了，美云已经两个月没和小佘见面了。我说，明晚我替你收钱，放你一晚的假。

美云说，那就太谢谢了。我问，你们俩明确关系了吗？美云说，没有。我催她说，你赶紧去睡吧。

长篇小说
职场眩爱
zhichang
xuanai

美云走了。我觉得自己可笑。这有什么可问的呢？在诺大的北京城里，打工一族成千上万，他们的生活还不是千奇百怪、五花八门？因为大家都是七情六欲俱在的活生生的人啊！我沉沉睡去，又做梦了，我梦见了打工一族的集体婚礼，花团锦簇，鼓乐齐鸣，北京市长亲自作主持，电视台也来录像，小佘和美云忝列其中，在熙熙攘攘的人群里他俩幸福地憨笑。

这时灯火阑珊跑过来，说，狼，你怎么还不换衣服？仪式就要开始了！我说，在哪呢？她说，你手里拿的是什么？

我说，是鲜花啊！她说，你乐糊涂了，那不是衣服吗？

这时刘梅走过来，拿着一包衣服说，老公，在这呐！我说，你们俩让我跟谁一起上台呀？灯火阑珊说，刘梅要去当然我就不去了！刘梅说，阑珊要去当然我就不去了！

我说，你们都在发扬风格，婚礼可就耽误了！她俩一齐说，那你说，我俩应该谁去？

天呐，进了哈姆雷特的迷阵，真让我说不清了。此时婚礼开始了。我们三人只有做观众的份了。灯火阑珊哭着跑了，刘梅却哈哈大笑，说，吹尽黄沙始到金，这老公该是谁的就是谁的！我不甘心，扔下刘梅去追灯火阑珊。刘梅在背后喊道，追不上，别追啦！可是我追上了。灯火阑珊狠狠给了我一巴掌，说，都是你，耽误事！我一个激灵便醒了。此时，天早已大亮。

我一骨碌坐起来，感觉这梦做得真累，浑身像散了架一样。我揉着眼睛，突然想到梦里小佘的憨笑，小佘可是还欠着我和老姨的钱，加起来得有好几千呐！已经几个月了，小佘对还账的事竟只字不提。我有没有必要通过美云向小佘发出提示呢？我不是小肚鸡肠的人，要账的话让我说不出口。可是不要行不行？不行！因为我本人还欠老姨两千块钱，虽然是老姨给我的零花钱，根本没打算让我还，但我这个当外甥的不能揣着明白装糊涂。表妹眼看就要结婚，还没准备房子，现在房价一天一个数字地疯长，如果买一套 100 平米的房子，按北京市五环以里此时平均价 8000 的话，起码 80 万，而首付就得 20 万。作为工薪层这可是一柄达摩克利斯之剑高悬在头顶，宰下来搁谁也够受的。

我坐不住了。赶紧收拾了行李，就在银台拿出纸笔写了一个条子，写明小佘总共欠下的钱数，和每一笔的细目。洗漱完以后我把纸条折好交给美云，我说，今晚你把它交给小佘，千万别忘了。

美云打开看了一眼，便有些迟疑。

我说，有疑问吗？

美云说，没，没。

耗到中午，我去报亭买了一份《北京晚报》，开始浏览招聘启事。有保险公司招保险员，可是挨门挨户推保险我懒得干，弄不好就有打家劫舍的嫌疑；有广告公司招文案，但要小姐，男士免谈；建筑工地招材料员，但我不懂材料；影视中心招群众演员，而据我所知，虽然管盒饭，但每天只给五十块钱……最后我看中一家中介，在崇文门，感觉那里信息会多一些。吃过午饭，我便坐上公交，因为地理不熟，我没找到直达崇文门的车，而坐到了前门，只能问着又走几站地，来到崇文门。

在一座临街办公楼的后院里，拐进一条正常人想像不到的细小过道，再爬上难得一见的角铁临时焊成的铁梯，终于进到一间屋子。如果没有不厌其烦的指示标，再聪明的人也会打道回府。进屋以后我四下打量，见墙上贴满填着信息的表格。一位五十开外看上去面善的大姐接待了我。一上来她就说，我们是区劳动局下属的实体，希望你打消顾虑。

我说，我也没说你们不可信啊。

她说，一般人都对中介公司不相信的。

这话倒让我突然提高了警惕。我说，怎么证明你们有信誉呢？

她说，如果你觉得受骗，可以找我们上级——劳动局，也可以找消协投诉；一般中介是不敢这么承诺的。

我说，那我就登记吧。

她说，先交 200 手续费。

我说，怎么这么多？

她微微一笑说，你刚来北京吧，这是最低价！

我没跟她唠叨。心想，怎么叫刚来？已经半年了！有这半年和没这半年大不一样，跟头把式，体会多多！我交上 200 元。不交行吗？不交下面的一切立马中止！她给我一张收据，然后拿出一张表格。上面填着 10 个用人单位的招聘启事。她说，这些单位是在我们这挂了号的，只对我们不对外，如果你和哪家谈妥了，还要回这里交中介费；如果 10 个单位都不行，我们会继续提供信息，直至年底。我客气一声便从屋里退出来，因为后边还有等着办理的。

我掏出手机立马拨通了第一个单位的电话，我问，你们在招人吗？

回话说，没错，可是我们只对中介公司。

我说，我已经在中介公司登了记，是他们推荐我找你们。

回话说，好吧，现在就来面试吧。

我有些欣喜，看来这大姐没骗我。

这个单位位置在国贸大楼旁边，因此很好找。我坐公交赶过去以后，就爬上楼去。三楼，迎宾处设了办公桌，一个亮丽的小姐坐在后边。见我过来便问，先生找谁？

我说，来面试的。

小姐说，请稍等。便进后边找人，一会一个个子矮小的显然是南方来的哥们儿过来跟我握手，领我进了一间小屋，说是小屋其实就是在一间屋的把角割出一块空间，用塑料板打了隔断。两把椅子面对面，两人坐下去便腿碰腿。小个子说，我们这家公司是绿化植树的企业，很时髦，很对上边胃口，因此批文、题词很多。说着，小个子打开文件夹，让我看一厚沓复印件，我简单翻了翻问，我能干什么呢？

小个子问，你会干什么呢？

我说，我是学文科的，不是农学院毕业。

小个子说，实话告诉你，我们这不缺种树的，现在急需能化缘贷款的；你有没有银行的关系？我说，没有。他很失望地两手一摊，说，那就不好办了。我说，这次面试就算泡汤了？他说，那可不。

我说，你们怎么不想想，我要是能贷来款，还会到你们这应聘吗？我不是自己起个灶就干了？

小个子有些不耐烦，站起身说，我记着你是学文科的，等我们招文员的时候再叫你，好吗？

天呐，这就下逐客令了！我也跟着站起来，我没再看他，径自走出去。我掏出手机看看，前后只两分钟。我顺便把这家公司的敞开式办公的工作间看了一眼，敢情一个人没有！都跑业务去了还是压根就是空壳公司？天知道。路过迎宾处时不明就里的小姐冲我嫣然一笑。看来只有她是实在的。

我又打第二家的电话。又是如此这般一番。我于是又赶过去，也是在一座写字楼，进到里边却见人头攒动，熙熙攘攘，都是四五十岁的大姐。

我找到负责的一个小伙子一问，原来这些人都是来应聘的，并且都被录用了，立马就要进行培训。我问，什么业务需要这么多人？

小伙子说，推保险。我转身就走。小伙子一把拉住我问，先生，你想做什么？我说，我想做管理，当经理！小伙子说，咱谈谈，这不是不可能。

我说，什么条件？小伙子说，你把保险推到300万，就可以进入经理层了。我说，我要有那本事还推保险吗？

小伙子说，千里之行始于足下，加入吧！我说，对，不积跬步无以致千里，不过我不想和大姐们抢饭碗。

小伙子还要拉着我叙谈，我说，有饭局，拜拜了您呐。

我干得了保险吗？谁都不认识就去敲人家的门？喝多了，说醉话？

长篇小说

职场眩爱
zhichang
xuanai

我坐在公交上心情抑郁。拿出表格又找了几家，都不理想。做小工做伙计不是我的目标，谋个像样职位果真如此之难！我来北京这么长时间，不是老姨和灯火阑珊支撑帮衬，恐怕一天也生存不了。老姨啊，灯火阑珊啊，我爱你们！真的爱你们！

我回到餐厅，已经下午五点，和美云交接了一下，让她教会了我怎样使用电脑收钱和记账，就让她会小佘去了。坐在收银台，我给老姨打电话，问候老姨。老姨说，马林啊，正要找你呢，明天中午郭果来咱家，是第一次认门，你最好也来啊！

我说，您相女婿，我在那不是碍眼吗？老姨说，哪儿的话，我还要让你帮着把关呐！我说，好吧，只要老姨需要。

晚上食客正多的时候，小萍来了。我说，你在这吃？小萍说，吃过了，我是来和你敲定一下，办事处你究竟干不干？我说，不干，太拴人。

小萍说，餐厅不也拴人吗？我说，我在餐厅只是睡觉，你们别认为我在这打工啊。小萍说，我们早把你列入领薪范围了，只是别人都给了，你的还没给。

我说，谢谢好意，我不可能要的。小萍说，阑珊早就考虑这一点了，所以要寻找契机说服你。我说，你们现在正在爬坡，太难了，别考虑我，我已经在应聘，相信会有一份好薪水的。

小萍说，野狼，你真是男子汉，难怪阑珊爱你，连我都动心了。我哈哈大笑，说，小心这话让你老公听见。小萍说，他才不在乎呢，我在家也这么说。我说，晕！小萍说，哪天我请你蹦迪去。

我说，那得叫着阑珊。小萍说，我又要嫉妒了！

这时身后有人说话，马哥，蹦迪怎么不叫我？我一回头，是郭果。我说，兄弟，你干嘛来了，你请客还是客请你？郭果说，谁也不请谁，我是来通知你，明天中午我去表妹家，先来跟你打招呼。

这时小萍见此便离开，找个座位坐下。

郭果说，马哥你别太花，身边净是美女了！我说，别瞎说，我们说工作呢。郭果说，什么呀，请你蹦迪也叫工作？

我说，你千万别跟老姨、表妹说这些，都是扯淡。郭果说，咱得做个交换。我说，请讲。郭果说，你得在老姨面前帮我美言。我说，你真这么爱我表妹吗？郭果说，上刀山下火海在所不辞！我说，这不实际，就说你能做得到的。

郭果说，我愿意天天给她做饭洗衣服洗脸洗脚。我说，你这么懒，连自己的衣服都不洗。郭果说，你太官僚主义了，没发现我在变？

十六、意外伤害

阑珊曾经对我说过，郭果确实变化很大。不仅自己修边幅了，还注意维护住所卫生，也不再往住所带些红男绿女了，绿岛那边现在还真是文明起来了。

我说，你欠阑珊的房租打算几时还？郭果说，这得慢慢来，这个月刚领到薪水。我说，你参加工作了？郭果说，是，已经到外文公司上班了，因为手里有了工资才敢提出到老姨家看看的。

我说，如果你真跟表妹缔结了关系，眼下最紧迫的事情就是筹款买房，这可是一场累死人的马拉松长跑。

郭果说，我和表妹已经商量过了，交首付的话除了我俩的全部工资，到时还得找我爸我妈帮忙，表妹那边找伯父伯母帮忙，不然我俩再过十年也结不成婚。

我说，我表妹还太小，也是刚参加工作，你们俩完全可以熬上个三五年再结婚。郭果说，马哥你站着说话不腰疼，我要是一天不和表妹见面就得通十次电话，如果每次十分钟，光手机费得多少钱？净给中国电信创收了！我说，你们俩到底是谁这么憋不住啊？

郭果说，反正我要是不给她打电话，她就得给我打；工作时间不方便，就在中午吃饭时间打；我从参加工作至今已经连续这么多天没好好吃午饭了，现在胃口总在冒酸水。

我说，这可不行，你也快成我妹夫了，我就得批评你们两句——两情若是久长时，又岂在朝朝暮暮？郭果说，不行，天天心里火烧火燎的，怎能不通话啊！

天呐！我想起了灯火阑珊，一抓住机会就搂住我亲个不休，还要爱呀爱的说个没完，这就叫热恋啊！看来我真是老了，仅仅比他们大几岁就有了隔阂。我告诉郭果，放心吧，明天我一定去老姨家，帮你们说话。

郭果兴高采烈地走了。这时大堂急匆匆走过来对我说，我堂客来北京耍了，住在老乡家，让我过去一趟撒。我说，你看美云请假也跟着凑热闹！

大堂说，真的撒！

我说，今天肯定不行，明天也不行，后天吧。大堂摇摇脑袋感谢。

小萍立即走过来，站在收银台旁边说，野狼，你现在是名副其实的经理啊。我说，替你们应付呗。小萍问，你出去应聘的结果怎样？我说，跑了几家，不理想。小萍说，劝你还是跟我们干。

我说，实在不行再说。小萍说，野狼，你看办事处设在哪儿比较合适？我说，凭你和阑珊现在的情况，再租房子就负担太重，不如就设在绿岛的十八楼上。

小萍说，其实最好是门脸房，可以摆样品；有人来找也方便。我说，光靠卖地垫恐怕连租门脸的钱也赚不出来。小萍说，是啊。

我问，咱饭店这个月净赚多少？小萍说，刨去房租、水电、缴税、给大家发工资，净剩七千。我说，不错，这样的话，一年半就可以把本还清，然后就是纯利了。

小萍说，咱这种规模的饭店，火起来的周期也就是两三年，就怕还没怎么赚钱就衰落了。我说，那就注意积累经验，再干下一家。小萍说，跟你在一起心里特踏实，我真希望你一直跟着我们干。

我说，我肯定会一直配合你们的。

小萍说，你哪天有时间？

我说，这几天，天天有事，蹦迪就算了吧。小萍说，那不行，既然说了就得兑现。我说，大后天。小萍说，一言为定？我说，一言为定！小萍笑了，便告辞。

我送她出门，看她进了白色桑塔纳把车开走。我刚回屋，灯火阑珊便跟了进来。我说，这么晚了，你怎么来了？

灯火阑珊说，我刚才看见你们说得热乎，就站在门外没进来；你送人竟然没发现我，可见这一叶障目的力量！

我说，你净冤枉我，我们说工作呐！灯火阑珊说，说工作她怎么不叫我？我说，冲这个我也得离开餐厅，我和小萍一接触你就多心！

灯火阑珊翻个白眼，抓起我一只手亲吻。我说，刚摸过钱，太脏！她说，那你赶紧洗洗去，我等着。

没办法，我来到后厨洗手。回来后灯火阑珊却不亲了，她坐在收银台椅子上，对我说，今晚你歇着，我收钱。

我说，你累了一天了，早点回家睡觉吧。她说，干嘛，撵我？小萍和我一起跑了一天，不是也来了，你怎么不撵呢？

我哭笑不得，说，偷换概念！气死我！

灯火阑珊开心大笑，说，狼，我愿意看你一本正经着急的样子！

我说，你老这样我就该减寿了。她说，减什么寿？你给我老老实实地活着，欢蹦乱跳地活着，等我老了走不动了，还要指着你推轮椅呢！

我说，到那时咱俩不定谁推谁呢！灯火阑珊撒娇说，你得让着我，就得你推我！我说，好好好，走不动的事先让你摊上。灯火阑珊便在我胳膊上拧了一把。我咧嘴做剧痛状。她又赶紧为我按摩。又说，狼，今晚我来也不是一点事没有，我要动员你把这个月工资收下。

我说，甭动员，我不要。她说，你看这样行不行——你收了工资，然后交绿岛第二个季度的房租。我说，房租我另交，饭店给我工资绝对不能要。

她有点上火说，我就知道你这人不痛快，要么我替你收了，作为以后咱俩结婚的存款。我说，这样做不好，会让小萍低看咱俩的。

灯火阑珊沉默了一会说，好吧，听你的；可你为饭店做了不少工作啊！我说，阑珊，我心甘情愿，你帮我的时候要过报酬吗？灯火阑珊唉了一声说，这笔钱只能存在账上了。说着话，已经深夜两点多了，食客渐渐走净了。伙计开始做卫生，然后和厨师陆续退场。我说，阑珊你赶紧走吧，太晚了。

她突然说，今天我跟你睡，不走了！我说，那怎么行？让大堂知道多不好！她说，我才不怕呢！

这时大堂恰在身后，说，老板也和我们同甘共苦，是撒？

我说，没你的事，快洗漱睡觉去！

大堂呵呵笑着走了。

我往门外推灯火阑珊，说，好阑珊，走吧走吧。她说，好狼，求求你，就让我体验一把不行吗？

我说，睡椅子是有讲究的，不能乱动，一动就容易把拼成的床弄散了，你能保证一宿不动吗？

她说，当然能。我妥协了。但不能睡前厅了。我把床拼在单间里。灯火阑珊有些急不可耐，拿了我的洗漱用具，先到后厨去了。

灯火阑珊漱完口端了一脸盆温水出来，放在前厅椅子上，说身上有汗，要擦一擦。我说，你真是姑奶奶，拿这当家呐！

我急忙把灯关掉，又把后厨的门关上，防止大堂出来。灯火阑珊脱掉了上衣，摘下乳罩，就擦起来。虽然屋里关了灯，可是外面的路灯透过玻璃门照进来，依然让人身上斑斑驳驳的。灯火阑珊两只雪白的乳房坚挺地向前翘着，让我心里有了冲动。她说，别傻站着，来帮我擦后背。

我接过毛巾。她弓起后背。我边擦边克制着转移视线说，你可不能再减肥了，光剩骨头了！

她说，我现在也没刻意减，可是天天疯跑推地垫，体重自然下降了。我便长叹，沉重的生活要把美女变老妪了！她说，我倒是羡慕那些儿孙绕膝的老妪呢！

擦完身上她把脸盆放在地上洗脚。说，狼，帮人帮到底！

我没说话，便蹲下给她洗脚。我边洗边把玩这两只温热、瘦削、匀称、工艺品一般的小脚。顺便在她一只脚心挠了一下，她立即浑身一抖拔出脚咯咯大笑，说，臭狼，你坏！

我说，有痒肉的孩子有人疼。她说，呸，我不要你这样疼我！我用毛巾给她把脚细细擦干净。

她问，你喜欢这样吗？我说，喜欢。她说，那好，结婚以后你天天给我洗脚——被人伺候的滋味多爽啊！

我说，当剥削阶级呀！她说，自己的老公剥削两次怎么了？又说，狼，你去把脸盆好好刷刷，打点水，我得洗屁股。

天呐！女人睡前的一套全来了！这可怠慢不得，我抓了一把盐，兑上清水，把脸盆刷净把温水打来，又把后厨的门关上。灯火阑珊说，别看，把脸扭过去！

我站到前厅门前去了，这时正好一个人拎着一根棍子从门外走过。

我说，你们北京夜游神不少啊！

灯火阑珊说，什么呀，都是你们外地的！

都收拾利索了，灯火阑珊才进到单间钻了被窝，说，狼，你老姨真好，这被褥还是新的呐！我答应一声便去洗漱。直到这一刻，我还没发现有什么异常。洗漱完我来到单间，把门插上，边脱衣服边开始考虑，怎么睡呢？俩人钻一个被窝？干柴烈火会产生什么结果？

这时我突然听到前厅嘭地响了一声，声音很大很闷，是暖壶掉在地上那种声音。急忙把耳朵贴在门上，就听到是撬动银台抽屉的声音。我怀疑是大堂，便叫灯火阑珊赶紧把衣服穿上，一起去看看。灯火阑珊穿上上衣，蹬上裤子。我便把单间的门打开，大喝一声，住手！

撬抽屉的人立即从银台桌子后边站起来。

这个人不是大堂，二十多岁的样子，光线暗，看不清脸孔。

我真庆幸灯火阑珊刚才洗起来没完耽搁了时间，如果俩人早早睡去，小偷把前厅翻个底朝天也不会知道，因为我们俩睡觉都很死。

我对小偷喝问道，你想干什么？小偷毫不隐讳说，找钱！灯火阑珊道，你凭什么到我们这找钱？

小偷说，老板欠我俩月工资！我说，哪个老板？你看清了，老板就在你跟前站着呐！小偷说，不管你们谁是老板，反正我贼不走空，快乖乖把钱拿来！

我说，多少钱值得你这么铤而走险？小偷说，两千！我说，你赶紧走还来得及，不然我报警你就得为两千块钱坐牢！

小偷说，你给我钱我就走！我说，你到底走不走？小偷说，不给钱就不走！我说，明火执仗抢钱，你休想！

我悄悄往前挪动，想扑过去擒住他，灯火阑珊却紧紧抱住我一只胳膊，两手在簌簌发抖。这时我想，如果不制服他，他就会常来骚扰。

我往前猛劲一窜，小偷也迅速做出反应，抬手就照我脑袋来一棍子。灯火阑珊则极其本能地把我往旁边一推。噗的一声，棍子打在灯火阑珊的胳膊上。灯火阑珊便"啊！"大叫一声。

小偷转身就跑，他在推门的当口被我一把擒住。这一切都发生在几秒钟之内。

小偷用拳头照我小腹猛捣，我顾不上了，用一只胳膊夹住小偷的脖子，朝门上猛撞，门上的玻璃立即撞得粉碎。这时大堂也起来了，就用

长篇小说

职场眩爱
zhichang
xuanai

手机打110，然后跑过来猛踢小偷的屁股。小偷想逃脱，于是拼死挣扎，但很快警车就来了。

北京的110真值得表彰！

四个警察踩着碎玻璃进屋后，立即喝道，都住手！

小偷见我松了手，推开警察就跑，被警察一把抄住一只胳膊，拧到背后。另一个警察问，怎么回事？

我说，他深更半夜撬门进来抢钱。

警察问小偷，是吗？小偷不说话。警察顺手咔嚓一声，给他戴上了铐子。说，走，一起去派出所。这时我刚发现，灯火阑珊疼得一直蹲在地上。我说，她是我们老板，被打伤了！

警察对我说，那就你跟我们走。又对灯火阑珊说，去，你先治伤去，然后到派出所来做笔录！

灯火阑珊便一只手给小萍打电话。我则跟随警车走了。

从夜里三点左右，直到中午，我才在派出所等来了灯火阑珊。本来做完笔录警察让我走，但我不放心灯火阑珊，我不知她到哪个医院治伤，也不知她伤得怎样，几点能赶到派出所。我就在派出所前厅椅子上坐等，隔一个小时就给她打一次手机，她只说，等等，快了。中午快十二点的时候，灯火阑珊被小萍搀着来了。灯火阑珊的胳膊打了石膏，带了夹板。

一见面小萍就说，野狼我必须骂你，你是干什么吃的，竟让阑珊伤这么重？

我说，都是一瞬间的事。究竟伤得怎样？

小萍说，开放性骨折！

天！都是为了我！我轻轻握住灯火阑珊的那只伤手，说，阑珊，都怪我，现在疼得厉害吗？

灯火阑珊眼角流下泪水，脸上笑着说，疼，看见你就好点了，亲亲我吧！

我不顾小萍站在一旁，就凑上去在灯火阑珊脸颊上嘬了一口。小萍说，喝喝，别当着我热乎好不好？

我说，阑珊，快进去吧，警察正等着呐！

灯火阑珊进屋去了。

小萍说，野狼，我必须得跟你交底！我说，我知道是我造成阑珊受伤，我内疚！小萍说，我说的不是这个，我是说，你将来如果不娶阑珊，天理不容！

我说，是，是。小萍说，阑珊对你都痴迷到什么程度了啊——她为你伤这么重，却还津津乐道地跟我说，我家野狼真勇猛！你看，她把你看得有多重？

警察说，经鉴定，小偷是个中度精神病患者，原在别的饭店打过工，确实饭店因为不景气欠过他的钱，又找过新的打工点都被半途解雇，后来对象也离他而去，几个因素加起来促成他精神错乱。这么一来，就一分钱也赔偿不了。灯火阑珊挨打就白挨了。

听到这个情况，大家面面相觑，不知说什么好。灯火阑珊脸色严峻，说，没什么，只是要求公安部门想办法别让他再来饭店骚扰。

警察说，按道理应该送精神病院，但没钱不行，所以拘留一段时间将会遣送回家乡。从派出所出来，小萍开车把我们俩送到绿岛。中途路过药店，小萍停车进去给灯火阑珊买了五袋壮骨粉，说先吃着，吃完再买。灯火阑珊却说，你买这个干嘛？吃了长胖！

小萍说，都什么时候了，还惦记着减肥呐！

灯火阑珊说，我是想让你省点钱；我回头让野狼买点猪骨头，砸开熬汤喝就行了。

小萍扶着灯火阑珊上楼以后，要帮着做饭，可是看看厨房，没什么菜；这个郭果天天穷对付过日子。小萍要去买菜，灯火阑珊说，小萍你别在这忙了，快去饭店安排配玻璃的事吧！

长篇小说
职场眩爱
zhichang xuanai

小萍一听连说，是，是。对我交代了几句就急匆匆走了。

我要去买菜，灯火阑珊却说，狼，我现在一点胃口也没有，你来搂搂我吧。

我把灯火阑珊安顿在沙发上坐下，我坐在一旁，轻轻搂住她的腰。她说，狼，我喝水。我便起身给她沏了一杯红糖水，看着她一口口喝下去。她又说，狼，我困。我便扶她进了卧室，把褥子铺好，帮她把外衣脱掉，扶她轻轻躺在枕头上，给她盖上被子。她嘴里喃喃自语说，有人伺候真爽，要是胳膊不疼就好了。说着眼角又流下泪来。我说，你现在疼得厉害？

她点点头，说，狼，亲我。

我们俩又接了一阵吻，她才睡着。我便悄悄出门去买菜、买肉、鸡蛋和骨头。我先到街边自动取款机那里取出一千块钱来，心想差不多够一个月吃饭了。本来回家的时候是想着给刘梅撂下点钱的，不论多少吧，也显出我一点意思，可是一和刘梅上床就把这事忘了。而且可能是中间有了灯火阑珊的缘故，我觉得刘梅做什么都像是有目的，都像是针对灯火阑珊，都像是在做戏。这让我大倒胃口，很难接受。现在灯火阑珊又为我受伤，让我心情更加复杂起来。刘梅那边我究竟应该怎么办？真费踌躇。

我买回东西正在上楼，老姨给我打手机，问，马林，你在忙什么？怎么还不来？

我的脑袋嗡的一下子，立马想起来，定好今天中午郭果去第一次见面的。我急忙说，老姨别急，我马上到！

我放下手里的东西，写了个条子用烟碟压在客厅茶几上，又进屋看了一眼呼呼大睡的灯火阑珊，就悄悄退出来，带上门走了。为了快些赶到老姨家，我奢侈地打了车。告诉司机地址以后就闭上眼睛，顷刻间便睡着了。睡得正香，司机告诉我到了。我和司机结了账下车，又发现空着手呐，怎么也得给老姨买点什么吧？我赶紧在街上烟酒店买了两瓶老姨父爱喝的 52 度的郎酒，又到酱货店买了老姨爱吃的猪肝和酱肚，就拎着上楼去了。

我刚一敲门，表妹就急速把门打开了，说，哥，你对我有意见啊，为什么迟到？

我抬头一看挂钟，差一刻两点。忙说，失礼啊，让大家久等了！

这时我发现，因为人多，饭桌摆在了客厅，老姨和老姨父、郭果早就落座，在等我开饭呢，酒都斟上了。见我手里拎着东西，老姨说，到咱自己家来怎么还破费啊？

我说，酒是老姨父爱喝的，酱货是您爱吃的；不过我还是劝老姨父少喝，劝您少吃，因为这些东西增血脂、增胆固醇。

郭果说，没错，好东西也都有弊端。

我瞥郭果一眼，看他那胸有成竹、笑容可掬的样子，大概已经谈差不多了。想来我晚到一步是歪打正着，成人之美。但我不能食言，便开门见山说，有句歇后语大家知不知道？表妹说，什么呀，卖关子！

我说，丈母娘看女婿……

老姨说，怎么了？

我说，越看越喜欢！老姨忙说，是啊是啊。表妹说，我以为什么笑话呢，一点也不可笑！郭果却立即红了脸。

我就是想让他脸红，我说，郭果现在进步飞快，天天练习做家务，要被我们绿岛 18 楼选为寝室主任啦！

郭果忙说，马哥夸张了，不过清扫厨房和厕所我是当仁不让的。

老姨父说，家里和单位一样，年轻人就是应该勤快，优化自己的生存环境，不能自己跟自己过不去，是吧！

表妹举杯说，人齐了，大家开喝吧！

郭果便抢过话头说，我首先敬二老一杯，我干了，您二老随意，好吗？便把一杯白酒喝净了。老姨、老姨父则轻抿了一点。郭果又向我敬酒，我便陪他干了一杯。

表妹说，哥，你为什么让我们等这么半天？我说，妹，今天是你和郭果的好日子，怎么把目标转我身上来了？

老姨说，马林，你有什么藏着掖着的事吗？我说，真没什么。老姨父说，你越不说，大家越觉得神秘！

我说，好吧，是这样，昨天夜里发生这么一件事——我说出了事情的全过程。于是一家人突然间都陷入沉默。

好一会儿，郭果打破僵局：真令人慨叹，可歌可泣，可敬可叹！表妹则疑惑地问，真的假的？怎么这种事都让你们俩赶上了？

我说，这种事还有瞎编的！老姨说，现在郭果也不是外人，我也就不忌讳了——马林啊，你能不能说说，你和阑珊姑娘究竟到什么程度了？

我语塞。让我怎么说呢？

老姨父说，马林啊，你欠阑珊姑娘的情分太大了，我都替你发愁，你拿什么还啊！我一仰脖干掉杯中酒，说，还能怎样，娶她！

老姨父立马变脸了，说道，开玩笑！

我说，反正我黔驴技穷，无计可施。

老姨说，人家刘梅没有任何错处，而且马上就要生孩子，你怎么好张嘴说这种事？我说，我现在已经讨厌刘梅了（说这句话时，心里很虚，因为刘梅还没让我讨厌到非离婚不可）。

老姨父说，我们区政府有个科长和第三者结婚了，但不久就又离了。为什么呢？因为一结婚才比出来，还是原来的老婆好！老姨说，是啊，马林，激情浪漫是短暂的，平淡生活才是长久的！

表妹讥讽地笑了起来，说，哥，你是不是应该感谢飞来的横祸呀？我说，阑珊在受罪，疼得掉眼泪，我怎么会有你这种心境！

表妹说，哥，即使没有外界因素你也会离婚，因为你早就对阑珊姐垂涎三尺了，对不对？我说，妹，你这么冤枉我，让我在刘梅面前没法说话了！

老姨一家人一致劝我好自为之、悬崖勒马。话虽不错，但在我看来却自相矛盾难以做到，因为只要好自为之就不可能悬崖勒马。

我在老姨家没敢待时间太长，吃过饭就匆匆赶回绿岛了。此时灯火阑珊已经起床，自己将就着穿了衣服，而且，把一件上衣剪掉了一只袖子。和当初我腿受伤剪掉一只裤腿一样。我那条裤子还是名牌牛仔裤。见此我不由纳罕，为什么我们俩不约而同都要遭受皮肉之苦？是昭示我们俩命中注定命途多舛、好事多磨，还是警示我们俩根本就不应走到一起？天知道！

灯火阑珊见我回来，病恹恹地说，狼，我饿。

我说，你等着，我马上做饭。我先给她沏了一碗壮骨粉，像粥一样，催她喝下去。接着我就开始做饭。我说，哥们儿，不好意思，你得做我的厨上指导！

灯火阑珊说，怎么，你不行？我说，是。她说，我以为你能帮我改善呢，却原来也是银样蜡枪头！

我说，我们家都是刘梅上灶，我只有刷碗的份儿。说到刘梅，灯火阑珊突然问，狼，你想不想刘梅？我说，有时想，可是在你面前就不想。

我觉得这是合乎实际的心里话。可是灯火阑珊却说，其实我最鄙视男人的见异思迁了！

我说，什么意思？她说，吃着锅里的占着碗里的，是品质问题。我反唇相讥说，咱俩交往你可是一直唱主角的！

她说，我唱主角又怎样？我说，只要你发最高指示，我立马就离开你！她一听这话立即变了脸道，你敢！以后你再提离开我，我立马跟你急！

我说，这不陷入悖论了——你既鄙视别人移情别恋，却又反对别人回归？

她说，我不管什么悖论不悖论，真爱没有出让的；我至今不能理解，当初刘梅怎么会舍得放你出来打工受罪！

我说，那时是我非要出来。灯火阑珊说，反正你们俩丈夫不像丈夫，妻子不像妻子！搁我是绝对不会这样的！

我无话可说。在她的指导下，我炒了肉丝芹菜、鸡蛋西红柿，焖了米饭，为了省时间，用高压锅熬了骨头汤。

刚吃完饭，郭果来了，手里拎着几条鲫鱼和一只鸡。一见灯火阑珊就说，阑珊姐，你真是女中英雄啊！

灯火阑珊说，我算什么英雄，就因为挨了一棍子吗？郭果把鱼和鸡递到我手里，说，关键时刻舍身救人，感人肺腑！灯火阑珊说，我也是急中生智；而且没想到小偷下手这么黑！

我说，郭果，今天我在老姨家够帮你说话吧？郭果说，什么呀，一说就过头，把严肃事弄成玩笑了。我哈哈大笑说，你认便宜吧，我没咕一棒槌就不错了！

郭果说，今天我和表妹商量好了，打算一块存两年钱再考虑买房结婚，那时可能房价会降下来（事实上两年后房价反而上升了）。

我问郭果，你既然打算存钱，还租着这么好的房子？郭果说，我正琢磨换租便宜些的平房呢。灯火阑珊一听，立即说，别走，我把房租给你减半。

郭果说，那不合理。又说，马哥，有句话我必须得说。我说，请讲。郭果说，昨夜的情况完全可以是另一种结果。

我说，怎么讲？郭果说，你为什么不避实就虚、软化矛盾，让小偷自己走掉？我说，当时该说的话都说了呀！

郭果说，那你为什么就不能再耐心一些、策略一些？我说，那不是我的性格。郭果说，所以啊，性格决定命运，殊不知你的命运牵连着阑珊姐的命运！

我无言以对。现在的郭果真让我刮目相看了。

郭果又说，我不是存心指责你，而是让你亡羊补牢、改变自己。我说，郭果，我不是讳疾忌医的人，我引你为诤友。

晚上，睡觉前，我和灯火阑珊来到洗手间，我主动提出为她擦洗身上，也算亡羊补牢之一种吧。灯火阑珊很兴奋，我在给她脱下上衣、摘下乳罩时，她抓住我的手摁在她的乳房上。可是我已经被郭果抢白得没有一丝心境，只是敷衍。送灯火阑珊回卧室睡觉时，她又提出接吻，我也是草草了事，弄得她也了无情趣。我回到客厅睡觉，一夜无话。早晨，郭果起得很早，主动去买早点，我就把灯火阑珊叫起来，给她穿衣服，扶她去洗手间解手。她很乖，小鸟依人一样，而且抓空就亲我。这更让我愧疚得无地自容。

上午十点，我接到刘梅打来的电话。这让我很吃惊。因为我来北京以后，她从来没有直接给我打电话，都是打到老姨家，让老姨转告。刘梅说，我爸明天过生日，要你务必到场！

我立即回话说，我离不开，不行。

刘梅说，怎么不行？考虑到你请不了假，已经把生日提前了一天，安排在明天——星期天中午，你今晚赶过来没问题，我不相信北京不歇大礼拜！

我说，真的不行！刘梅说，马林，是不是你和阑珊同居绊住腿了？我说，别瞎说好不好？刘梅说，你不来我就这么认为，而且今晚我就去北京接你！

天啊！岳父的生日果真这么重要吗？

没错。说来话长。岳父在家里的地位至高无上。这个国企老总，不知哪根筋搭错了，我和刘梅结婚就像抢走了他的心肝儿宝贝儿，几年来没给过我一次好脸。也许是我一直没能谋个一官半职，有辱他的门风，让他失望。刘梅当然知道我并非不努力，但她却对父亲百般依顺。按说，闺女是妈的小棉袄，可刘梅不同，对父亲远远胜过母亲。年年岳父过生日都由刘梅操办，她差遣我跑遍全市，选父亲最中意的饭店，买规

长篇小说
职场眩爱
zhichang xuanai

格最高的蛋糕。而母亲过生日不过就是在家里吃一顿打卤面。

怎么办？我对刘梅说，你愿意来就来吧，反正我不走！我关了手机。

灯火阑珊站在我身边说，是不是刘梅叫你？有事你就去吧，我能照顾自己。我说，在这个节骨眼儿我怎能离开你呢？灯火阑珊说，你不要感情用事，咱俩来日方长。

我说，我不去。灯火阑珊紧紧依偎着我说，狼，其实我也不愿意让你走！她把脑袋扎到我的怀里。我轻轻扶住她的胳膊。她说，你怎么不亲我？男女接触会增加荷尔蒙分泌，有利于伤口愈合！

我说，老调重弹，我不亲。她说，你气我？我说，岂敢！

于是，她向我扬起脸来，等待接吻。就这样卿卿我我捱到晚上，刘梅果真来了。是表妹把她领来的。表妹在绿岛住过，对这里很熟。刘梅一见面就说，阑珊姑娘，你好吗？我来领人来了！

灯火阑珊说，嫂子你好，野狼随时可以走。

刘梅说，野狼？阑珊你怎么这么称呼我老公啊？

刘梅的语气透着尖刻和嘲讽，看灯火阑珊平日里风风火火的性格，我猜想她俩弄不好就会顶撞起来，可是，没有。

灯火阑珊胸前吊着伤臂，笑容可掬地拉住刘梅说，嫂子快坐！

刘梅也不客气，在沙发上一屁股坐下。

灯火阑珊说，还说呢，野狼是马林的网名，叫习惯了，都改不过嘴了！

灯火阑珊是个伤员，这个事实不可逾越，迫使刘梅不得不转移了话题，刘梅轻抚着灯火阑珊的伤手说，阑珊啊，让你受苦啦！表妹跟我一说，我心里就"咯噔"一下子，这种事怎么偏偏让你们赶上了呢？我千想万想，也想不到会出这种事！唉，阑珊妹子，让我和马林怎么谢你啊！

灯火阑珊在刘梅面前藏起了锋芒，只是谦恭地笑。她说，事情赶到那了，搁你也会这么做啊。

刘梅说，阑珊啊，你现在干什么都不方便，怎么不回自己家呢？灯火阑珊看了我一眼说，还没来得及回去。刘梅说，你别指望马林照顾，

长篇小说

职场眩爱
zhichang
xuanai

他笨手笨脚的连饭都不会做。

灯火阑珊说，嫂子看你说的，今天马林给我做了一天饭呢，还熬了骨头汤，可有耐心了！

刘梅立即把脸转向我，说，马林，你什么时候学乖了？看来在家里是装洋蒜偷懒，对不对？害得我伺候你这些年！

我知道，刘梅肚里有邪火，不让她发泄是不可能的，但此时当着灯火阑珊和表妹我便难以接受，就说，什么装洋蒜、偷懒，我做饭是跟阑珊现学的！

刘梅步步紧逼说，你守着我的时候怎么不学？我说，阑珊不是受伤了吗！刘梅一下子被我撞得说不出话来。我知道刘梅其实不是爱矫情的人，而我也素来让她三分，可是谁让她在今天这种特殊的时刻前来兴师问罪呢！

刘梅胸脯起伏，呼哧呼哧喘着粗气。

表妹说，哥，嫂子的话可是发自肺腑，而且都在情理之中！

我说，纯粹借题发挥，不可容忍！

于是屋里气氛立马紧张起来。恰在这时郭果回来了，一进门就惊呼，哇，这么多人啊！这位大姐是——表妹说，叫嫂子！

郭果便看我一眼，对刘梅说，嫂子好！第一次见啊！

我对刘梅说，他是表妹对象，叫郭果。

刘梅忙起身，冲郭果点头强笑，说，你也住这吗？

郭果说，没错，我们这屋一共三个人，我住大间，阑珊姐住小间，马哥住客厅。

刘梅说，这样好，我以为光是一男一女呢！

郭果说，那就该复杂化了；再说，阑珊姐也不容许。郭果来的真是时候，话也说得到位。我也看出，郭果是有意为我开脱。这小子脑子还真灵。

这时表妹说，嫂子下了火车就急匆匆赶到咱家，接着又赶到绿岛，还没吃饭呐！郭果忙说，我也没吃，走，咱们去阑珊姐的餐厅，我做东。灯火阑珊接过来说，到我的餐厅怎么会让你做东？

刘梅说，不去不去，我凑合一口就行，阑珊你这有方便面吗？表妹抱住刘梅胳膊央求说，嫂子，你就让郭果表现一次吧！刘梅见大家如此，有些感动，却盯住我说，马林，人家都热情请我，你这个老公什么态度？

我看了一眼墙上的挂钟，八点半。我说，我同意大家意见，这个时间餐厅正热闹呢，你应该去感受一下。

刘梅说，我以为你立马给我泡方便面吃呢！

我说，刘梅啊，你几时学的阴阳怪气？你肚里可怀着我的儿子呐！

刘梅说，你刚想起来呀！你怎么不问问我都喜欢吃什么？吃多少为宜？胎儿都需要什么？

天呐，又来了！大家急忙插嘴劝阻，我就坡下驴拉起刘梅的胳膊说，走走走，吃饭去，边吃边说。

因为餐厅离绿岛很近，很快就走到了。进了餐厅，见里面仍是六七成的上座率，食客们推杯换盏，热气腾腾，两耳全是嗡嗡的说话声，刘梅一下子受到感染，便说，哇，阑珊妹子你真行，这么大台面，搁我肯定玩不转的！

灯火阑珊也有意转移刘梅视线，就说起那晚小偷打人的情景，还走了一下位。刘梅连说，可恶，真可恶！

这时大堂急匆匆走过来对我说，啷个说好今晚和我老婆见面，我可以走了撒？我立马想起这个茬来，便说，走吧走吧！站在收银台后面的美云对我说，马哥，小佘说，他从下个月开始还账。我说，可以！

刘梅问我，有人欠你钱？我借势说，没错；本来可以给你寄一点的，但都借出去了。

灯火阑珊引大家进入单间，刘梅情绪稍稍好了一些，就接过菜单随便点了两个素菜。灯火阑珊见状忙说，嫂子你是不是在考验我们啊！便换成了小鸡炖蘑菇、红烧狮子头和酸菜鱼三个菜，一个酸椒汤。并解释说，前一个菜是东北味，后两个不是；这个汤孕妇一般都喜欢。

刘梅脸上有了笑容，说，我就爱吃酸。鉴于老板灯火阑珊点的菜，厨师夹了塞，很快就端上来了。刘梅和郭果也不推让，在大家的围观下，狼吞虎咽吃起来。喝汤的时候，刘梅竟喝下两大碗。灯火阑珊便啧啧称晕。刘梅说，我怀孕三个月以后胃口就出奇地好，总像吃不饱。

灯火阑珊说，店里备有话梅，嫂子你吃不吃？

刘梅说，吃！

灯火阑珊便叫伙计端来两碟，刘梅喜形于色，顷刻就吃个精光。灯火阑珊还让伙计去取，刘梅连忙拦住了，说，已经够爽了！

吃完饭大家商议谁谁去哪里睡觉。我首先提出问题：今晚大堂不在，我务必得睡在餐厅。

灯火阑珊说，我回自己家。表妹说，嫂子跟我走。刘梅却说，不，今晚我要跟马林将就一宿。

我说，不行，餐厅哪有家里方便？刘梅说，让我体验一把打工族的生活不行吗？我说，不行，你是孕妇！

刘梅固执道，我偏要跟你在一起！

灯火阑珊似乎理解刘梅，便说，也罢，君子成人之美！便携郭果、表妹离去。

等到一两点钟食客走净，我把美云安顿在后厨，然后在单间拼好床，要安顿刘梅睡觉的时候，毫无睡意的刘梅突然发问了，马林，你跟我说实话，那天出事是夜里几点？

我说，三点多。刘梅说，当时客人早就走了两个多小时了，为什么阑珊还在店里？

我感到棘手的问题终于来了，就辩解说，人家阑珊是餐厅老板，晚走一会儿有什么稀奇？

刘梅说，不对，你们俩肯定难分难舍在同居！道貌岸然的马林啊，我终于抓住了你的狐狸尾巴！

刘梅是那种蔫有准儿的人，她一旦认准了的事，是八匹马也拉不回来的。她非说我和灯火阑珊上床了，而且已经难舍难分。结果闹了半宿，直到天亮。我买来早点她也不吃，只是呆坐着掉眼泪。而灯火阑珊那头怎样了呢？也没消停！上午八点有人给我打来手机，一看是灯火阑珊家里的号码，便立马接听，灯火阑珊说，狼，我跟我爸妈吵起来了！接着电话被伯父抢过去，他以不容置疑的口吻命令我说，马林，你九点钟必须准时到我家！

我急忙应声说，没问题。

再看刘梅，悄悄进了后厨去洗脸，连我的毛巾也不用，只拿餐巾纸把脸擦了。然后对我说，马林，我最后给你一次机会——你到底跟不跟我回去给父亲过生日？

我在这个节骨眼儿能说什么呢？我说，不回去。刘梅说，好啊，连我爸都不放你眼里了！我说，不是我不想走，是走不了！刘梅恨恨地说，白眼狼，绝情吧你！她自己出门走了。

我追出去说，刘梅，我送你。刘梅说，免了吧，我怎么用得起你！便打车直奔火车站了。

我无奈。我长叹。我自嘲。谁让我作茧自缚呢！

我坐公交来到灯火阑珊的家。一进门，伯父就冲我喊了起来，马林，你说说，我女儿的胳膊是怎么回事？

我一下子愣住，不知说什么好。灯火阑珊接话说，问什么，就是我自己摔的！

伯父抖着手里一份《北京晚报》说，这上面明明写着是北苑餐厅被撬，年轻女老板被小偷打得胳膊骨折，北京有几个北苑餐厅啊！

灯火阑珊强词夺理说，同名的多了，万一是另一个北苑呢？

伯父说，餐厅在注册名称的时候工商局会把关！难道我连这个都不懂？小儿科！

我听不下去了，这有什么可隐瞒的呢，我说出了事情原委。

不想伯父的书卷气一扫而光，目光凶狠地盯住我问，马林，你男子汉大丈夫是怎么保护自己爱人的？竟让一个小女子为你堵枪眼挡棍子？

天底下还有这种羞耻事吗？

我说，当时我也措手不及啊！伯父说，住嘴！你口口声声爱我女儿，这些天你离婚的事有什么进展？还没怎样却搭上了我宝贝女儿一支胳膊，你连一根汗毛都没损伤，让我们老两口怎么想？我说，事情已经发生，那您说应该怎么办？

伯父说，是真金才不怕火炼，而你，不是什么真金，对不起，请拍拍屁股走人，离开我女儿！

天呐！上哪说理去啊！我说，您老两口爱女儿，我不否认，但我也爱阑珊啊！

这时伯母走过来一字一句地说，马林，有你这么爱的吗？再爱下去岂不是连阑珊的小命也搭上了？

灯火阑珊听不下去，扯开嗓子大喊，你们都理智一点好不好？

我羞愧难当。

在这个家我一分钟也待不下去了。不说话，像理亏；而若说话，不论说什么，都那么苍白。我转身大踏步走了出去。灯火阑珊追出来，一把拉住我的胳膊，说，狼，你干嘛非走？他们是你未来的岳父岳母，说你两句又怎么了？

我心里酸酸的，泪水一个劲在眼里打转。我说，阑珊，命里注定咱俩走不到一起！

灯火阑珊一听，立即哭出声来，说，野狼你说这话算什么男子汉？一点挫折也经不起？跟我回去！我说，我不回去！灯火阑珊气死了，她大声叫喊，你走吧！远远地走吧！

我不顾街上人们的围观，把灯火阑珊甩在身后，径自朝公交车站走去。

我忘记分辨公交车的去向，竟朝相反的方向坐去。一直坐到终点，售票员催我下车，才发现坐反了。就又重新坐回去。不就多掏两块钱吗？岂有此理！

我下了公交以后，在街上踟躇，茫然四顾中我突发奇想——为什么不回一趟家，见见自己正宗的岳父呢？赶不上过生日，见一面不也算礼节到了？我立即奢侈地打车直奔火车站，尽管口袋钱不多，已经顾不上了。好在往返北京的车次比较多，我没费劲就买上了车票，便坐上回家的火车。我又在车上着着实实睡了一大觉。下午两点，我下了车，没犹豫，立即买了两瓶剑南春——又耗去我 300 多块。

岳父爱喝好酒，怎奈我囊中羞涩，有此酒伺候已属不易。我敲起岳父家门，但没人理睬。我耐心等了一会再敲，仍旧没人理睬。我按惯例猜想，肯定一家人都喝高了，在睡觉。便下楼蹓跶，看见不远处有烤羊肉串的，就踅了过去，因为我中午饭还没吃。我要了二十个串，一瓶啤酒，蹲在马路牙子上吃将起来。

过了约摸一个小时，我重新上楼敲门。这次门被打开，是刘梅。她穿着肥大的袍式睡衣，慵懒地把我堵在门口。刘梅说，干嘛来了？

我说，看看岳父。刘梅说，你不是没时间吗？我说，我克服了困难。刘梅说，人家阑珊早回自己家了，还有你什么事？你不愿回来是你根本不想见我爸！

我说，你冤枉我。刘梅说，谁冤枉你了，你一嘴瞎话，谁敢信你？我说，你怎么也得让我进屋吧？

屋里传出岳父的声音，说，我挺好的，马林你来不来无所谓！

让我一下子僵住了。岳父怕我没听清，又说，去吧，去吧，忙你的去吧！

天呐，这不是硬撵吗？我此时只想骂人。我说，把酒放下我就走。

刘梅说，不用，家里的酒喝不完呢！说着哐一声把门关上了。

我火冒三丈，大喊，刘梅，你出来！可是没人理睬。我下了楼走到马路对过往楼上窗口看，见刘梅得意洋洋地盯着下面呢。

今天这是怎么了？真他妈的活见鬼了！我气恼地立即打车直奔火车站。此外我还能有什么选择呢？

晚上八点，我回到餐厅。此刻小萍正坐在角落监工。见我回来，就问，吃了吗？我说，没有。小萍又问，干嘛去了？我说，回家了。

长篇小说

职场眩爱
zhichang
Xuanai

小萍说，谈判了？我含糊地嗯了一声。小萍说，是该谈了，绕是绕不过去的，现在吃点？

我说，没胃口。小萍说，那好，跟我走。我想起小萍前两天说的蹦迪，就说，算了吧，没心情。

小萍说，走吧，没心情才蹦呢！我说，那就叫着阑珊。小萍说，开玩笑吧你？阑珊伤那么重，想害她呀！我说，让她在一边坐着也行啊。小萍说，你没去过迪厅怎么的，光那声音还不把人震死！

我坐上小萍的桑塔纳，转眼就到了迪厅。入口处闪烁变幻的霓虹灯流光溢彩，把人脸变成鬼脸，让前来消遣的红男绿女立马诡谲滑稽、深不可测起来。小萍买了门票，便拉起我一只手，兴奋地冲了进去。

一进迪厅，我和小萍立即被震耳欲聋的摇滚音乐声吞噬了。舞池里人头攒动、摩肩接踵、疯狂摇摆，演歌台上挤满奇装异服的年轻人，在集体高唱崔健的《一无所有》，声势浩大感人至深。整个场景因光线暗淡而极其暧昧，因射灯急速摇拽而如临鬼魅。迪厅完全是逃离现实与世隔绝的另一个世界。是一个疯狂的、忘我的、自娱自乐的世界。

一汇入人群，我和小萍立即走失了，我扯着脖子喊了两声小萍，都被嘈杂的噪音所淹没。我踩着鼓点随着人群扭动起脖、肩、腰、胯，顷刻间便觉热血沸腾豪气冲天，要大吼一通才能痛快。今天一天来的郁闷、气恼不是烟消云散，而是一股脑涌上心头，驱使我向演歌台挤去。我挤到乐队跟前，问电子琴手，唱一首多少钱？他说，三十。

我迅速掏出五十块钱给他，说，我要来段崔健的《新长征》！

乐手接过钱找我二十，说，上来吧，在这等着。

上一首歌曲完毕乐队没有停止，而是以摇滚的节奏顺次延续下来。等那群年轻人从台上刚下去，我立即冲过去抓起话筒，捱过前奏便随着鼓点喊起来：

一，二，三，四——

听说过，没见过，两万五千里

有的说，没的做，怎知不容易

埋着头，向前走，寻找我自己

走过来，走过去，没有根据地

想什么，做什么，是步枪和小米

道理多，总是说，是大炮轰炸机

汗也流，泪也落，心中不服气

藏一藏，躲一躲，心说别着急

噢，一二三四五六七

　　我正喊得尽兴，却听见有人吹起尖锐的口哨，还有人把不知从哪找来的塑料花束朝我扔来。我不理睬，只管喊下去：

问问天，问问地，还有多少里

求求风，求求雨，快离我远去

山也多，水也多，分不清东西

人也多，嘴也多，讲不清道理

怎样说，怎样做，才真正是自己

怎样歌，怎样唱，这心中才得意

一边走，一边想，雪山和草地

一边走，一边唱，领袖毛主席

噢，一二三四五六七

一二三四五六七！

　　这时，出乎我意料的事情发生了，全场以跺脚的形式对我表示最大的祝贺和欢呼，乐队知趣地嘎然而止，一时间脚跺地板的轰轰轰的声音响彻迪厅。接着，全场群情激荡，"嗷——"叫了起来。巨大的噪音此

长篇小说

职场眩爱
zhichang
xuanai

时不再让人厌恶，而是感人肺腑催人泪下。爽啊！极其的爽！有史以来的爽！我想我应该是把这一天的烦恼扔到脖子后头去了！

我从演歌台下来，立即被人抱住。是小萍，她泪流满面，说，野狼，太精彩了，太是那意思了！

我挣脱出来，说，喊得我精疲力竭了，咱俩到休息室待会吧。这时几个小女生围住我问，大哥，你是歌手吗？

小萍忙说不是不是！拉着我从人群中挤出来，来到休息室。

我感到嗓子干得冒烟，就到吧台买了两瓶矿泉水。小萍接过一瓶说，野狼，你真有激情！

我喝着水润着嗓子说，小萍，你哪知道，上午我去阑珊家被伯父骂出来了，下午坐火车去老婆家又被刘梅拒之门外，我一肚子邪火没处出啊！

小萍说，我理解，当断不断，反受其乱；你老婆那头你必须痛下决心！可是，阑珊父亲怎么会骂你呢？

我说，因为我让阑珊受了伤啊！

小萍哦了一声说，这倒没想到！

休息室里好几个年轻人在抽烟，空气十分浑浊。

我说，呛得慌，咱继续吧。我和小萍又回到舞池。

刚蹦了半分钟，五六个敞胸露怀、满嘴酒气的小无赖踩着音乐的节奏把小萍围了起来，扭出令人作呕的动作。我伸手去拉小萍。其中一个小无赖便撞我一膀。我没有理睬，又拉小萍一把，他便又撞我一膀。我意识到麻烦来了，大喝一声，让开！便把那个小无赖搡到一边，拉出小萍。

我和小萍没走几步，那几个小无赖便从我身后下手，噼哩啪嚓打将下来。我的脑袋、肩、背、腿、屁股同时受挫。我的第一反应是急忙推开小萍，怕她也被打。然后抢起手里的矿泉水瓶子，没头没脑乱打起来。舞池里立即大乱，人们不再扭摆蹦跳而改做围观，并且口哨声、起哄声乱成一团。

我想起课本上说的，伤其十指不如断其一指，集中优势兵力打歼灭战，便朝其中最嚣张的一个的脚踝猛踢一脚，这个小无赖立即摔倒在地，我追上去抢起矿泉水瓶子朝他肩、背、胳膊猛砸。

这时一群保安赶到了，拉开打架的双方。然后勒令双方一起去办公室。小萍站出来说，他们找碴打我们，凭什么还要我们去？保安说，有话到办公室说！

被我踢了一脚的小无赖想偷袭，保安一把将其扭住。

于是其他小无赖便一拥而上，和保安撕扯起来，一下子形成一对一的阵势。这时有人打110报警。我和小萍却摆脱出来了，小萍说，野狼，咱们赶紧走！

我俩挤出人群，快步来到门外，没敢耽搁便坐车离开。小萍开着车说，野狼，你真棒，真猛啊！我说，这种地方根本不该来！小萍说，以前也没有这些无赖，不知现在怎么搞的。

小萍无意中瞅我一眼，便突然停了车，说，让我看看——你的左眼圈青了！

我用手揉揉眼睛，是感觉别扭。小萍说，麻烦了，让我怎么向阑珊交代呀！我说，没什么。

小萍二话不说，便开车把我拉到医院，挂了急诊。医生用蒸馏水给我洗了眼，点了眼药水，外眼皮涂了酒精，然后开了消炎药。说，瘀血要慢慢吸收，别着急。我照照镜子，像个单眼熊猫。

长篇小说

职场眩爱
zhichang
xuanai

夜里睡觉时我才感到浑身难受，对着镜子一看，居然青一块紫一块的，这帮小无赖啊！因为眼睛外伤的缘故，我一直待在餐厅没出门。看到青眼圈总不消褪，我便上街花了一百二买了一副变色镜，回来对着镜子一看，还好，蛮有学问的样子。于是屋里屋外我都戴着。

时间在一天天过去，灯火阑珊既不到餐厅来，也不给我打手机。刘梅更别提。本来刘梅就很少跟我通话，现在更不能指望了。而我也没有给刘梅打电话的欲望，因为那显得我太没骨气。但我必须给灯火阑珊打电话，我时刻不能忘，她是为我才拖了一条伤胳膊。可是，我给灯火阑珊打了两次她根本不接，我猜想出此时她会盯着我的号码犯犹豫，心里却矛盾和抵抗着。于是，我给她发短信。我在短信里说：

阑珊，想你，还生气吗？反正我已经不生气了，因为我现在睁一只眼闭一只眼了；你的胳膊还疼吗？反正我疼，浑身都疼。

我知道，小萍天天跟灯火阑珊见面，肯定会告诉她，我和别人打了架，而她肯定会担惊受怕。但出乎意料，灯火阑珊对短信也置之不理。这就又让我陷入苦恼。这是怎么了？小萍每天上午跑完地垫业务，下午就到餐厅里来，和我海阔天空地神侃，但不知为什么，却始终回避有关灯火阑珊的话题，让我十分纳闷。一天下午，小萍拿来一卷宣纸，神秘地说是专门为我求来的。我打开一看，是用黑顿顿的毛笔字写的一幅对联，字数很多，上联是：

离该离，合该合，世间姻缘当看破，一世夫妻百世恩，今生憎会前生错。无情不来，冤亲难躲，烦什么？

下联是：

历坎坷，经曲折，人生之路无假设，天堂地狱随念转，各具因缘都没错。大道通天，脚底踩着，悔什么？

书法也是厚重洒脱的一笔好颜体。

小萍问，怎样？

我说，好！既像专为我而写，又适合普遍人群，谁这么大道行？小萍说，你总上网，知道有个深山居士赵文竹吗？我说，这可真不知道。

小萍说，这是我刚刚认识的一位大师，生于农村，自学起家，曾独创玻璃画和水泥画，称绝于世，是某个城市画院的画师和政协委员。可是就在他风头正劲的时候，突然顿悟，毅然离开名利场，隐退到燕山一角——北京昌平一个小山村，一待就是十年，他淡泊自守却并未荒废时光，而是创作了大量禅风道意的诗词、杂文和书画作品，又开辟一片新的天地。于是重新声名鹊起，仰慕者、追随者、求教者成群结队，踢破门槛，一个不知名的小山村也因此火了起来，今年居然还有大款投资给赵老师在村里盖起庙宇，你能想得到吗？

我说，真是奇人！能不能给我引见一下？小萍说，你也想拜访？我说，大师一定能解我困扰！

小萍说，好吧，大师没有架子，但造访者太多，必须先打招呼，你等两天吧。我说，好。于是，我耐心等待。

两天里，我时时在咀嚼赵老师那副对联的内涵，回想我和刘梅和灯火阑珊的所有一切，时而欢欣时而失落，时而满足时而空虚，然后便陷入对女人的不解和困惑。我必须承认我没有遁入空门或者在家做个居士的勇气，而且我正年轻，我渴慕女人，渴慕拥有浪漫而稳定的爱情，但同时，我又对女人产生怀疑和抵触，我想一推六二五。因为我低能、弱智，不具备应对复杂的三角关系的能力，我像一个初学走钢丝的人，才走两步便左右摇摆，而前景显而易见都是摔一个倒栽葱拉倒。

两天后，一个大早，小萍开车来接我。我带上事先准备的两个面包和两瓶矿泉水，随小萍出市区奔昌平进山了。上午十点，曲里拐弯走了一段山路以后，进了一个小山村。

很平常的农家四合院，院里栽着树木和瓜菜，很平常的一介农民，还带有老家口音，却不平常的热情和诚恳。紧紧握手之后赵老师说，我知道你，马林，正处在十字路口，对不对？

天呐，居然记住了我！我细看，见他五十左右，头发花白，美髯飘忽，两眼闪亮，整个一仙风道骨。随他进屋才发现，我们来得不算早，屋里早有客人坐等。赵老师给我沏了一杯茶，说，马林，你稍等，我先给两位作家画个小品。

屋里一声不吭坐等的居然是作家？只见赵老师站在画案前舒展纸笔，调色，便开始笔走龙蛇。

小萍问我，野狼，你感觉这画案如何？我说，很宽阔很专业做工很细。小萍说，是赵老师自己打的。我惊讶，赵老师会木匠？小萍说，还会瓦匠，院里的房子一半是自己盖的。

哇！怎么才叫能人呢？眼看着赵老师便把一幅写意山水人物画完成

了，然后盖章。两位作家便接过来细看，啧啧称赞。赵老师要留他们吃饭细聊，他们说这就叨扰了，便告退。

客人走后，赵老师对我说，马林啊，我送你三首诗，供你茶余饭后思考，好不好？我说，好好，您请。

赵老师便裁宣纸，一幅幅写起来。第一幅写的是：无住——不住无住住不住，念念迁流如飞瀑，既然住也不可得，何不放心随它去。第二幅是：无我——不是无我不是我，真我恰恰是无我，我相一生四相生，大千世界热闹多。第三幅是：取舍——取之不得舍不得，不取不舍恰恰得，痴汉欲问得个啥，镜花水月空拳握。

赵老师写好就盖了章。问我，喜欢吗？我说，喜欢。问我，理解吗？我不假思索道，不全理解。赵老师说，那怎么还喜欢？

我说，经琢磨就喜欢。赵老师说，好，马林，你是实诚人，相信你能找到自我！

看看已到中午，赵老师无论如何要留我们吃饭，我坚持要走，小萍就说，客随主便吧，正好多听听，多学学。于是我俩留下吃饭。

赵老师的老伴很快就把饭菜做好。四菜一汤，焖米饭，菜是全素，都是现从地里摘的。吃饭时一个穿袈裟的年轻和尚在座。我问赵老师，这位师傅也来拜访吗？

赵老师说，不，是长修；村里正盖庙宇，他将来会住在庙里。

天呐，竟是跟随赵老师修行的！想想赵老师的诗，我心绪复杂。吃完饭，我和小萍商量，要么你先走，我住一宿再听听赵老师讲课，如何？

长篇小说

职场眩爱
zhichang xuanai

　　小萍说，如果你不走，我也再住一宿。我说，你千万别跟我比，你是女的。小萍说，听讲课难道还分什么男女吗？我说，你老公肯定不干。小萍说，我这就给他打手机。说着就和老公拨通了电话，如此这般说了一通，听小萍的口气，老公肯定不痛快，但也无可奈何。说着话，又有一拨客人进了院子，赵老师和老伴便把客人让进屋子，寒暄起来。赵老师为人厚道，不分生客熟客，一视同仁。我和小萍如果坐在屋里听他们说话，显然不够礼貌。于是，小萍领我走出院子，说，咱在村里村外转转。

　　第一个要去的地方，自然是正在修建的庙宇。顶着毒热的太阳，穿过村中石径小道，爬过一面斜坡，就到了庙宇。哇！正宗的青砖红柱黄瓦，两进的四合院式结构，施工人员正在埋头苦干，工艺考究，一丝不苟。

　　我虽是建筑上的外行，但见得青砖和青砖之间的接缝细密到一根线一样，便知此工程论质量是十分了得。我说，真是山不在高，有仙则名。只因为村里住个赵老师，就引人修起一座庙，简直不可思议！

小萍说，野狼，你服不服？我说，服。小萍说，修好以后咱们来上香吧。我说，一定。

小萍领我走出庙宇，出了村，来到村外的水库边，在斜坡上找个树荫，搬来两块石头坐下。小萍说，知道我为什么找人给你写了对联吗？我说，不知道。

小萍说，我实际是想劝你离婚，你只有放下那一头，阑珊这边你才能全身心投入；但是劝人离婚的话我说不出口。

我说，从对联里能看出这个意思。小萍说，阑珊为你付出了一切，已经无以复加，这样的女孩你到哪儿找去？你若辜负了阑珊会遭报应！我说，谢谢你，我明白。

小萍说，当然了，你本身也很优秀，否则阑珊也不会看上你。我说，我这人谈不上优秀，不成器，不入流，充其量是个野狼。小萍说，你可曾读过《狼图腾》？

我说，孤陋寡闻，没读过。小萍说，你善良的内心和勇猛的性格让所有女孩心醉。我说，夸张，连你也醉？

小萍说，当然！我说，晕！小萍说，如果不是我有老公，我会比阑珊追你追得厉害！

我说，天地作证——2003年9月20日，在北京昌平，一个有夫之妇向一个有妇之夫调情！

小萍说，谁和谁调情了？我说，你，和我！小萍便顺手推我一把，我一下子身体失去平衡，在斜坡上收不住脚，就朝水里摔去——扑嗵！进水了。水很深很凉，我立即踩水稳住身体，从裤子口袋掏出手机举起来，但实际手机早已水淋淋了。

小萍惊慌失措，脱下上衣和裤子，穿着乳罩和内裤就要下水，我说，水太凉，你想干什么？

小萍说，我怕你不会游泳！我连打两个喷嚏说，快去穿上衣服！小萍说，我在大学是游泳队的呢！便顺着斜坡下了水。她游到我身边，打着冷战说，我够不够野？

我说，够野，可是我不赞赏。小萍说，你竟敢说这话，不怕我灌你？我说，你是欺负我穿着衣服，在水里阻力大，对不对？

小萍说，既然你会游泳，我不管你了。她径自向水库中间游去。

我游到岸边慢慢爬上斜坡，擦干手机，试试，能用，便脱下T恤和裤子，拧干，搭在斜坡上让太阳曝晒。但内裤没敢脱，怕小萍看见。此时小萍正以自由泳的标准身姿在平静的水面劈出一道波浪。不远处看守水库的小房子里走出一个人来，高声喊道，水库不准游泳！上去！

小萍没能尽兴，游回岸边慢慢往斜坡上爬，我伸手把她拉上来。小萍水淋淋地坐在石头上，说，算你倒霉，陪我耗干了吧。

我说，你的乳罩有海绵，不拧是干不了的，我扭过去就是。我便转过身子。

小萍会意，急忙摘下乳罩就拧。不远处看守水库的人往这边偷窥，我喊道，看什么？有什么可看的！那个人赶紧进屋。这边小萍也把乳罩戴上了。小萍说，野狼，你太善解人意了。

我说，有什么不好吗？小萍说，当然，你的离婚之路会因此很曲折——哪个女人跟上你会轻易撒手呢？我说，未必，阑珊就这么多天不理我。

小萍说，阑珊在考验你。我说，小儿科！为我胳膊都断过了。小萍说，正因为如此，她才要考验你。

我说，是不是你的主意？小萍咯咯笑起来，说，野狼，你恨我？我说，恨倒没有，你拿来的对联和赵老师的诗也是一语双关，既有劝我离婚之意也有让我放弃阑珊之意，对不对？

小萍说，聪明！咱不提这个了，我问你，我的身体洁白匀称韵味十足，你想不想看？我说，想。小萍说，行，像个男人，那你怎么不看？

我说，我能克制。小萍说，别老夫子了，你扭过来试试。我说，我不扭。小萍说，果真刀枪不入？我说，差不多。

小萍说，看来无欲则刚这话没错，我对你这种男人无计可施。我说，难道这也是考验我的手段？小萍又笑起来，说，我总得为阑珊做点

长篇小说

职场眩爱
Zhichang
Xuanai

什么。

我说，你就不怕我跟你真动了感情？小萍说，那又怎样？大不了我也离婚！我说，天啊，我才比你大几岁，可是咱俩已经有代沟了！小萍说，干嘛这么大惊小怪的，什么年代了，你还把离婚看这么重？

我不可理解，我难以接受，我开玩笑说，阑珊如果真的甩了我，你会不会跟我？小萍说，当然！我说，不行，咱走吧。

小萍说，内裤没干走什么？我说，再谈下去该是咱俩PK问题了，真是讽刺与幽默！小萍说，这只能说明你不喜欢我。

我说，你把喜欢和爱混为一谈了。小萍说，别假惺惺了，男女之间只存在以性吸引为基础的爱情，不存在单纯的友谊，这是哲学家说的。我说，我怎么没听说过？小萍说，萨特、弗洛伊德都这么说。

我穿上衣服，说，谢谢指点，我又孤陋寡闻了。小萍说，你的内裤湿乎乎的不别扭吗？我说，一会就焐干了。

小萍无奈，我走了她自然不敢光着身子坐在这里，只能也跟着穿衣服。刚穿上裤子，就在屁股上印出三角形湿痕。

走回村里，衣服还不太干。不仅沤得慌，而且很不雅观。我和小萍决定再捱一会再去赵老师家。可是干什么呢？小萍说，赵老师家来人多，费粮食，咱去买点米面吧？

我说，这是好主意。我们俩开上车，满山村转起来。最后在一家小店买了一袋米一袋面，各五十斤。我要掏钱，小萍说，出门在外，没有你花钱的道理。我说，大女子主义？

小萍说，因为是我带你出来的，况且我还代表阑珊。

提起阑珊，我便无话。小萍见我搬搬扛扛毫不吃力，就说，野狼，你真行，我家陆路要是干点活呀，那叫费劲，恨不得一百个人打下手！

我说，主要是你太能干；女人要是太能干，必然把男人遮掩了、宠坏了。小萍说，我还是欣赏你这样的。我说，快打住吧，你守着陆路小老总，别身在福中不知福了！

当我们俩把米面交给赵老师老伴的时候，发现下午来的一拨人都走了，但留下一个年轻女大学生，在帮着赵老师老伴做饭，说晚上继续求教。我说，研究佛学信仰佛教的人真多啊。

小萍却偷偷跟我说，现在的大学生比我们那时又开放了，一个人就敢在外留宿，也没有男朋友跟着！

赵老师一家也信奉食不言、寝不语，吃饭时没人说话。晚上，即使有门灯院子里也显得黑，赵老师便又拉出一个灯来，挂在树杈上。老伴搬来小桌，沏上茶，大家围着赵老师坐下。赵老师说，我给你们讲不出什么，要讲也都是自己的体悟。于是他从自己如何走出名利场说起，讲了一晚上什么叫放得下，什么叫舍得。天太晚了，老伴安排大家睡觉。小萍和女大学生与老伴睡卧室，赵老师自己睡书房，我则和小和尚睡厢房。

小和尚的生活和正常人没什么区别，只是要打坐、要念经而已，抽空还练练书法。房间里备有文房四宝。小和尚的小楷写得好，方方正正，筋骨肉皆具。刚刚二十出头就身披袈裟出家做了和尚，着实需要一番勇气和境界，让人佩服。临睡前，小萍到厢房找我，把正在脱袈裟的小和尚吓了一跳，紧张得竟然手足无措。其实小萍根本没看他。小萍对我说，野狼，你明白刚才赵老师的意思吗？

我说，明白。小萍说，下一步你应该怎么办？我说，需要和阑珊商量。小萍说，阑珊有言在先，让你自己拿主意。我说，好吧。

小萍走了。小和尚如释重负。赵老师家的被褥既干净又蓬松，盖在身上很舒服。但我心事重重难以立即入睡。

小和尚见我辗转反侧，就问，大哥，你是不是挂碍太多？我说，你怎么知道？小和尚说，赵老师讲了一晚上，都是让人放下，我没什么可放的，那不就是讲的你吗？

我说，你还够聪明的。小和尚说，鱼和熊掌不可兼得，有舍才能有得。我说，嗨，你怎么什么都懂啊？

小和尚说，你希望我们是傻瓜吗？小和尚说着就倒头睡了，接着便

长篇小说

职场眩爱
Zhichang
Xuan'ai

鼾声如雷。这才是放得下的人啊！我用枕头压住耳朵，熬过了十二点，才勉强睡去。可是夜里还是醒了两次。

天刚蒙蒙亮我便赶紧起床了，躺着简直是受罪。我悄悄来到屋外，掩好门。弯腰，压腿，活动筋骨。这时小萍也起床了，她悄悄从屋里出来，来到我身边说，睡好了吗？

我说，勉强。小萍说，我也是，今天咱们早点开拔，免得让太阳晒着。我说，那也得和赵老师打个招呼才好。小萍说，不知哪里卖早点？我说，赵老师是修行之人，外面的东西恐怕是不吃的。

这时口袋里的手机响了一声，我拿出一看，是灯火阑珊发来的短信。天！真让我大喜过望，这家伙，多少天不理我了？短信说，你早晨立马回来，我在餐厅等你，我不放心你！

小萍问，谁的短信？

我让小萍看手机，小萍一看立即嗔怪说，这人怎么这样，为什么不给我打？我说，这次你们俩不默契。小萍说，如果没有你在中间，我们俩还真默契，可是只要一沾你，她立马就甩我！

我哈哈大笑，说，这还不明白，人之常情啊！

小萍不满道，一丘之貉，都是重色轻友，我懒得理你们了！

这时赵老师也起床了。我和小萍便上前告别。赵老师说，怎么也得吃过早饭再走啊！小萍忙说，不了，已经够打扰您的了。我说，您昨天的话我谨记了！

汽车跑在路上，小萍说，这个阑珊，明明跟我说好要憋你些日子，怎么自己就先憋不住了呢？我说，她肯定又有了新的想法。

小萍说，野狼啊，老实说，你们俩的事究竟应该怎么办，已经把我都愁死了，我想越俎代庖往你们家来一趟，和你老婆谈谈，但阑珊又拦住不让，说是怕伤害嫂子。

我说，阑珊这人就是刀子嘴豆腐心。小萍说，野狼，你老婆现在是什么态度？我说，不接触、不谈判的闭关政策。小萍长叹，唉，真难啊！

上午十点，小萍把我送到餐厅。灯火阑珊迎在门口。小萍下了车，和侧着身的灯火阑珊拥抱，耳语，接着两人都大笑。小萍放下灯火阑珊说，野狼的人我已经给你送到了，你们亲热吧，我走了，我眼不见心不乱。

灯火阑珊说，你家里有个陆路等着，乱什么？小萍说，要么说我贱呢！

小萍走了，灯火阑珊便拉我进了屋。美云、大堂和伙计在做卫生。我们俩来到单间，灯火阑珊把门插上。我说，大白天，插门干什么？

灯火阑珊也不说话，一只胳膊扳过我的脑袋和我接吻。我一点状态没有，但看她那么热切，只得迎合。她说，你怎么不热烈？我说，老了，老人都这样。

她便揪我耳朵。我忍着。好一会，她才放手。和我紧紧依偎着问我，这些天想我吗？我说，想。她说，骗我，连短信都没有！

我说，开始几天我天天给你发，可是你根本不回。她认真地说，人家想考验你嘛！我说，要是经受不住的，不是早就考验跑了？

她说，那就不是我爱的男人，我一点都不心疼！我无话。她说，小萍体型比我好吗？我说，没看见。她说，又骗人，你明明把小萍从水里拉上来的。

我说，你怎么什么都知道？她说，小萍都跟我汇报了！我说，原来你们是做好套了呀？

经过了一段时间的冷落，我和灯火阑珊重新和好，便立即又陷入如胶似漆的状态。灯火阑珊热情似火自不必说，而我也随着神魂颠倒起来，难道这就是小别胜过新婚？尽管我俩并未上过床。可是下一步我该怎么办呢？转眼就国庆节了，我仍没想出个所以然来。我该不该回一趟家？我犹豫着。眼下口袋里又没多少钱了。我应该到自己的公司看看，是不是他们还聘用我。我打定主意以后，就坐公交来到三元桥找到公司。

公司小楼是一座独立的小二层，我远远就看见公司小楼门口围了一群人，都是民工。等我走近挤进去以后，见楼里也这么多人。公司的职员在劝说民工，可是根本没人听。上楼一看，楼上也这么多人，而且，双方人员正在争吵。哈，来得真不是时候！各办公室都是房门紧闭，老板的房间被人们围得水泄不通。大家七嘴八舌乱喊，有人砸门，有人踢门。门却始终不开。

我挤过去问，怎么回事？大家乱哄哄说，老板欠我们工钱！

这时人群里有人一把把我拉住，喊道，伙计们都静一静！

我一看是大栓。我说，大栓，你们怎么不让工头来交涉呢？

大栓说，马工，公司老板已经三个月没给我们施工队工钱了，我们工头交涉了无数次，可是没用！

民工们又跟着吵嚷起来。我立即猜想到甲方的贷款还没到位，否则公司老板再抠也不会这样。我问一个公司职员，老板在不在屋里？

这个公司职员不仅脸生，声音也冷冷的，不在！大栓立即插嘴说，谁说不在？老板就在屋里，他装蒜不出来！我说，大栓，老板如果没钱给你们，出来又有什么用？大栓说，马工，我代表大伙求求你，现在我们都吃不上饭了，让老板先给点饭钱行不行？

我最怕人求，尤其是熟人，我说，要么我试试。

我就敲门。我说，老板开门，我是马林！

门立即就开了，老板一把拽我进去，顺手又把门碰上了。这次民工们没再砸门。老板说，马林啊，你来得正好，帮我把民工都打发走吧！

我打量一眼老板，发现几个月不见，他头发已经全白了，其实他根本不老，连五十都不到。一股莫名的怅惘涌上心头，我说，老板，咱公司现在究竟怎么了？

老板哭丧着脸说，马林，失败，失败啊！全北京建筑公司得有多少家，可是没有咱们这么背运的——甲方老板出事了，与咱们的合作便一下子停顿了，让我怎么办？谁知道甲方这个德性？（今年九月，我重访顺义北欧风情小镇工地，见三年后工程仍未结束，虽然盖起一批别墅楼，却几乎无人居住，会所楼也依然半途而废着，门窗是黑糊糊的空洞。）

我说，能不能先给施工队一部分钱让他们吃饭？老板说，以前给过，可是不能总给啊！这个项目是不是还继续都是问题了，我怎能还往里砸钱呢？

天！我说，甲方的情况一直不清楚？老板说，是啊，这不一直在等嘛。我说，等什么？立即查清甲方的情况，起诉，打官司！

老板说，马林啊，你的腿好利索了吗？赶紧来上班吧！我说，来帮你打官司？老板说，是啊！

我说，眼下得先让民工回去，再拨一点钱吧。老板说，不行，连咱们公司都俩月没发薪了，咱们租的这座小楼也正准备退呢！我说，那你有什么招让民工回去？

老板说，问你啊！我说，我没招。老板说，你脑子好使，帮我想想。我沉吟了一会，觉得在目前欠账这个链条上，甲方固然无理，施工队却有理，民工在等钱吃饭，夹在中间的公司除了给钱没别的办法。我说，真没招，如果甲方老板在这，我就会踢他一脚！

老板很敏感，说，你是不是也想踢我一脚？

我不由笑起来，我说，我了解你，就是踢你十脚，踢折了你的腿，你也舍不得掏钱。老板自嘲地大笑，拍着我的肩膀说，知音啊马林，我身边真缺你啊！

我看着满头白发的老板，心里真不是滋味。老板却说，别犹豫，我给你加薪。我脱口说道，你的公司这么失败，给我一人加薪我落忍吗？老板说，你挣钱就是了，管别人干嘛？

这句话让我的心一下子凉到底，我终于看清老板的真实面目，便不再和他啰唆，转身打开门走出来。

一直静等的民工们立即围上来，大栓问，怎么样，马工？我看着眼前一张张殷切期盼的脸说，我无能为力了！

大栓说，为什么？

我没法回答，挤出人群，匆匆下楼，心情沮丧透了。

出了公司，走在路上，我茫然四顾，觉得自己其实和老板一样也很失败！

我一时间突然想起老姨家离这里已经不远，不如顺脚去看看，也散散心。便放弃坐公交，一股劲向前走去。这次我什么都没买，空着手上楼，敲开老姨家的门。老姨正好在家，她打开门便一惊，说，你今天怎么有空了？

我说，刚到公司去了一趟。老姨让我坐下，给我倒水，问，公司怎么样了？还聘你吗？我说，快倒闭了，还想聘我，我没答应。

老姨说，你这孩子，又臭又硬！我说，心里郁闷，不提公司了。老姨说，国庆节你回家吗？

我说，没想好。老姨说，以前刘梅隔三岔五给我打电话，可是现在一个电话都没有，你又怎么得罪刘梅了？我说，前不久岳父过生日，我买了酒去祝寿，结果被刘梅拒之门外了。

老姨说，刘梅肯定看出你和阑珊关系不一般了。我说，可能吧。老姨说，我有个想法，因为涉及到钱，还没和你姨夫透露。

我说，什么想法？老姨说，我给你五千块钱，你去给阑珊姑娘，作为她胳膊骨折的补偿。我说，不妥，又让您破费，再说阑珊怎么会要呢？

老姨说，马林啊，你不明白，这是你在做出姿态要和阑珊姑娘拉开距离，因此你必须要做。

我说，我得想想。老姨说，刘梅这头的工作由我来做，你必须明白，老婆是原配的好。我说，刘梅这人您不了解，死硬死硬的！

老姨见我在刘梅和灯火阑珊之间明显偏向灯火阑珊，就说，这件事我考虑了好长时间，不知从哪里入手让你和阑珊姑娘拉开距离；想来想去，觉得就从给她补偿费开始最好。

我说，老姨啊，我已经从您这拿了好几次钱，有好几千了，我是来北京打工挣钱的，却变成您的拖累，而现在表妹正筹钱结婚，我再向您伸手，怎么落忍啊！

老姨说，别考虑那么多，眼下得先解燃眉之急。我说，我不要！老姨说，马林，你说实话，是不是你不想和刘梅过了？

我说，是。老姨急了，说，混账！你还分得清大小头吗？还知道哪头炕热吗？刘梅为你怀着孩子，你怎么能说出这种话？

这是老姨有史以来第一次骂我。

我慌不择言说，我现在已经和阑珊分不开了！

老姨气得发抖，说，有什么分不开的，难道阑珊姑娘也怀了你的孩子？我说，那倒没有。老姨说，说句护犊子话，就是你们俩上过床，该分开照样能分，现在年轻人根本不把上床当回事！

我辩白说，我们没上过床。老姨说，那就更不可理解了，你还有什么分不开的！我说，我对阑珊爱得很深，而且欠着阑珊的人情债，从我嘴里说不出分手的话。

老姨说，是不是需要我出面和阑珊姑娘谈？我说，不用。老姨说，这事你爸你妈知道吗？

我说，不知道。老姨说，你妈跟我不一样，她是个急脾气，非气出病来不可！我说，您可别告诉她！老姨说，你要听我的话，我就不告诉，拿着！

老姨把一个报纸包递给我。我接了过来。沉甸甸的。这是老姨的一片心。是老姨对我全部的爱。老姨是背着老姨夫和表妹在做这件事。

可是，我能去向灯火阑珊说，阑珊，这是给你的骨折补偿费吗？灯火阑珊不得一个大嘴巴打过来？再说这点钱只是一种态度，根本不够医疗费。可是，我不接着又怎么办？老姨的一片诚心我能拂逆吗？老姨见我犹豫，说，过两天就是国庆节了，正好是个机会；走吧，我不留你了，赶紧干你该干的事去吧！

长篇小说

职场眩爱

zhichang
xuanai

就这样，我被老姨推出家门。我拿着这包钱，站在楼道里踌躇，怎么送出去呢？必须好好想想！我把五千块钱分成两包，装在两个裤兜里，怕被小偷盯上。

我走上大街，把两手揣在两个裤兜里，向公交车站走去。在大款和白领那里，这点钱是小意思，在我却是巨资。因为这是别人的钱，我拿着并不心安理得，还因为我还账乏力。原来的公司是这个状态，我再回去是不可能了。

我怎样才能还上灯火阑珊和老姨的钱呢？我必须继续应聘！

于是我想起中关村的侯京，他口口声声说爱惜人才，而且把我看作人才，何不找他一试？我立即坐上方向相反的公交车，直奔中关村而去。上午十一点半左右，我来到侯京的 3G 公司，门卫依旧不让进，说是没有预约不行。但现在我已有侯京的电话号，便从手机里调出，打过去。侯京真在，说来吧来吧，让门卫听电话！

我忙把手机递给门卫，门卫一听是侯京立马恭敬起来，说，是！是！便把手机还给我，还帮我把门打开，说，先生，请！

我进去后，楼道里迎门办公桌后面的小姐立即站起来问，找谁？有预约吗？我记起她是小刘，就说，小刘，你不认识我了，上次我和阑珊一起来的？

小刘咧嘴一笑，说，上去吧！又说，阑珊姐好吗？我说挺好的。转身就上楼去了。

我三步并作两步蹿上三楼，猛敲侯京的房门。房门是那种包了皮子的实门，敲不出声音，于是我发现门框上有按铃，心说，这鬼小子！便连摁三声。

门被打开，侯京当胸给我一拳，说，急什么？我说，没急呀？侯京说，不急你连摁三声？

我说，看来你这有规定，摁一声才属于正常？侯京让我坐在沙发上，说，行，有悟性；你找我是不是混不下去了？

我盯住侯京眼镜后的那双滴溜乱转的小眼睛，知道这小子弯弯绕多，就说，如果不是呢？

侯京说，如果不是，你坐一会就得请便，因为我太忙，没有闲聊的时间。

这就逐客了？可我不想太掉价，就说，我不是混不下去，而是想多挣点钱。侯京笑起来，说，谁都想来北京掘金，知道不易了吧？

我说，你是正宗北京人，根子深路子宽，能不能帮我找找机会？侯京说，机会肯定有，但你未必干得了！

我说，你说说看。侯京说，我们3G公司刚刚收购了一个热水器厂，这个厂濒临倒闭，现在需要人手。

我说，里面有适合我的岗位吗？侯京说，你有让它起死回生的点子吗？我说，哪能张嘴就来，要有一个调查研究的过程啊！

侯京说，你比较实在；有的人却张嘴就说有办法！我说，那叫不负责任，谁不会说——做广告呗，央视，地方，铺天盖地，大把撒银子！

侯京哈哈大笑，说，没错，没错，就是这么说的！可我的前提是没这么多钱做广告！

我说，该花一点钱不花也不对，好酒也怕巷子深，又叫马儿跑又叫马儿不吃草，是行不通的。侯京说，请继续！

我反应过来了，他已经在倾听，在考量，在面试。我不甘心乖乖就范，就说，你还没聘我呐！侯京说，我聘你，你总得有点觐见礼吧？

这小子真狡猾，我只得继续，我说，现在热水器市场早已饱和早已成熟，要想占有一席之地，必须首先研究对手的长处。

侯京站起身，走过来拉起我一只手握住，说，马林，几个月不见，你变精明了，你就是不肯说出所以然来，不过，我已经面试你合格了，方便的话明天就来报到吧！

我的心莫名地急跳起来，就这么简单？但我沉住气问，什么条件？侯京说，固定月薪1500，其他为效益提成；暂时在一楼办公。

长篇小说
职场眩爱
zhichang xuanai

我又问，什么岗位？侯京说，你来以后和岑岑谈。我问，岑岑是谁？侯京说，热水器厂临时主管。

我蓦地想起，是和灯火阑珊争侯京的那个女孩，当过侯京的秘书，灯火阑珊恨她恨得牙根疼。哈，岑岑现在提升了！恨有什么用？人家依旧活得好好的！我和侯京握别，走下楼来。我不由自主拐进一楼，转了一圈，见敞开式办公的一个个小格子里，员工们都开着电脑在闷头吃盒饭。心说，哥们儿，没什么了不起，老子明天就加入了！

十九、鬼精高管

这些天，灯火阑珊没有跟着小萍跑地垫，天天到餐厅来，把我拉进单间耳鬓厮磨。今天下午我一进餐厅，灯火阑珊就迎上来，问，上午跑得怎样？

我说，先弄口饭吃吧，还饿着呐。

灯火阑珊便叫厨师给做了一碗手擀面，她知道这是我百吃不厌的饭，而且马上就和晚饭连上了，留些肚子晚上吃。

我捯了捯鼓鼓囊囊的裤兜，回避了去老姨家的情况，只说了原来的公司面临倒闭，我到侯京那儿应聘的事。灯火阑珊十分惊讶，说，你怎么不事先和我商量一下？上他那儿干嘛？

我说，你不是曾经建议我去侯京那儿干吗？灯火阑珊说，此一时彼一时，那时我还没这么爱你。我说，阑珊啊，你想想鲁迅是怎么说的——人必须首先活着，爱才有所附丽。

灯火阑珊说，你别给我上课，反正我不让你去！灯火阑珊拉着我走进单间，又插上门。我以为她又要和我亲热，便轻轻托住她的伤胳膊。不想她揪住我的耳朵说，狼，你说实话，你找侯京的真实目的是什么？

我说，挺疼的，你放手。她说，你说了我就放。我说，阑珊啊，你多想了，难道我还去撮合你们俩，干那受累不讨好的事吗？是我欠了老姨和你这么多钱，我得找个能挣钱的地方！

灯火阑珊松了手，长出一口气，说，其实你根本不了解侯京，他会敲你的骨吸你的髓，剥削起你的剩余价值贪得无厌！

我说，不入虎穴，焉得虎子，为了多挣几个钱，就算是虎牙我也拔他一颗！灯火阑珊说，你这种人啊！非撞了南墙才回头，吃了亏才认账！我说，没什么了不起，不过是挣多挣少的问题而已。

这时伙计敲门，送来汤面。我打开门接过来，然后没再插门。

灯火阑珊瞪我一眼，亲自过去插门。我说，大白天插门，让伙计们怎么看呀？灯火阑珊说，怎么着？在这个餐厅里是伙计听我的，还是我听伙计的？我不理她了，闷头吃饭。

她便坐在我对面，看着我吃，两眼目不转睛。我想起小时候我妈就这么天天看着我吃饭。我便想笑。

她说，你又要冒什么坏水？我说，你这么盯着我，像我妈。她说，别人这么爱你，是不是你挺得意的？

我说，得意什么？累！灯火阑珊立即有些不悦，说，野狼，你什么意思？难道我自作多情了？我说，那倒不是，爱应该是理解，是欣赏，是支持，而不是管制，不是紧逼盯人。

灯火阑珊打断我的话说，错！那不是爱，那是友情，爱不仅要管制，还要拥有、独占、融合，要把两个意志变为一个意志！

我感到再说下去，又会上升到婚嫁问题，就又进入死胡同了，不如就此把五千块钱的事说了，看看能不能拉开一点距离。我喝尽碗里的汤，抹抹嘴说，阑珊啊，自从你为我受伤以后，我老姨一家十分惦念，他们替我内疚，又不知怎么办好，就为我筹集了五千块钱，让我交给你，聊表一下心意。说着，我把两包钱掏出来，打开报纸，把两包合成一包，抓起灯火阑珊的一只手，放在她的手里。我没按老姨的意思说是我自己要这么做，而是打了折扣，说成是老姨一家的意思。

此时灯火阑珊一下子愣住了。她没反应过来是怎么回事。我借机站起身，打开门把吃饭碗送出去。等我回来时，灯火阑珊已经想明白了。她把钱放在桌上，朝我一推，说，你别往老姨身上推，我看是你的意思，你厌烦我了，跟我生分了！

幸亏我说的是老姨一家的意思，否则不知灯火阑珊还会说出什么！不过，这种理解已经足够让我为难。我拿起纸包放回她的手里。我说，你爱信不信，真是老姨的意思。

灯火阑珊虎视眈眈盯住我的眼睛，我躲闪，她便说，野狼，你眼里一点自信也没有；要想学说谎，你还嫩点吧！

我指着头顶灯管说，我对灯发誓！她说，别小儿科了，我要是收了这个钱，表明什么呢？表明咱俩没有感情纠葛？表明井水不犯河水？表明大路朝天你我各走半边？我说，你误解了，不是这个意思。

她说，就是这个意思！她抓起纸包，抬手朝我脸上扔去。纸包打在我的额头上，钱票散落下来，撒了满地。

我要发作，大叫，阑珊！她一只手抖着指我，说，你想干什么？你想发火吗？你来呀！我胳膊还疼着呐，你就这么气我啊！接着就泣不成声了。

我真想发作。这简直不让人说话啊！但灯火阑珊的话提醒了我。我不能发作，她是伤员，是为我受的伤。我压住性子，蹲下身把钱票一张张捡起来，重新包好，揣进裤兜。

她连看也不看我，把头扭向一边，脖子一梗一梗地抽泣。我感到她其实很让人怜惜，她又为了什么呢！她不需要钱吗？可她把感情看得远比金钱重得多啊！我忍不住走过去，把她的身子扳过来，轻轻抱住。她便突然把脸扎到我的怀里，放声大哭。我轻抚着她的后背，等她哭差不多了，就拿起桌上的餐巾纸，给她把脸擦净。她哽咽着说，狼，我一哭，伤口特别疼。

我说，那你就别哭呗。她说，是你逼着我哭啊！我说，对不起了。她问，你现在是不是不爱我了？我说，谁说不爱？正爱的六神无主呢！

长篇小说

职场眩爱
zhichang xuanai

她噗哧笑了，说，两难，是不是？

我说，从我本身来讲，我恨不能立马娶你，只是现在不可能啊！她点点头说，我明白，我也没逼你呀！我说，我如果跟刘梅离不成婚怎么办？

她坚定地说，我会一直等下去；再说，只要你锲而不舍，没有离不成的！她抬起头，把嘴凑上来，我便把嘴唇印上去。这时，我突然醒悟，我应该和她拉开距离的，怎么变成新的默契了？我无限懊恼和无奈。只沉浸在一时的异样温柔里。这是我吗？不知道！我在哪里？不知道！老姨，我愧对您的一片心了……

晚饭时间到了，客人陆续进门，大厅传过来搬动桌椅的声音，我和灯火阑珊依依不舍从单间出来，装作什么都没发生，沉着地扫视大厅。但我分明看出，伙计们在以疑惑的眼神打量我们俩。

谁能告诉我，下一步该怎么办？

我没有听从灯火阑珊的劝阻，来到3G公司找岑岑报了到。岑岑是个二十六七，和灯火阑珊年龄相仿的女孩，也很漂亮，只是说话和风细雨，不像灯火阑珊那么风风火火。但这并不妨碍岑岑使用心计。

我找到她的时候，她正给一个男员工部署工作。一见面，岑岑就说，你叫马林，是阑珊的男朋友？

我说，去掉男，是朋友。

岑岑的工作位置在大厅一角，临窗，阳光充足，一张宽阔的老板台，黑色的羊皮转椅，桌上放着电脑和黑、白、红三部电话。她让我坐在老板台对面的圈椅上，说，你是男士，干嘛回避男朋友这个词呢？

我说，阑珊没那么多男朋友！此时此刻我脑子里反应的是岑岑说话真损，在不动声色地嘲笑灯火阑珊乱交男朋友。我当然要站在灯火阑珊一边，而且，我维护灯火阑珊就等于维护我自己。

岑岑说，算了，别咬文嚼字了；我记得你第一次来3G公司是想打侯总的？我说，是。她说，为什么？

我说，侯京忘恩负义。岑岑浅浅地哂笑，说，你说阑珊没那么多男朋友，可是有你这一个还不够别人受的？我说，侯京理应受到谴责和惩罚！

岑岑说，别把侯总看得那么坏，他对待你就是以德报怨；如果不是他推荐，我根本不会用你。我说，我并没有完全否定侯京，否则，我也不会投靠3G公司。岑岑说，目前3G公司的业务如日中天，全靠侯总呕心沥血奋力打拼，因此，你要把爪牙老老实实地收起来，做个乖巧的员工，否则，别怪公司对不起你。

哈，来正格的了！我说，既来之，则安之，你只管吩咐好了。

她说，你给我当助理，说白了，就是跟班；因为我对你的能力还不了解，你暂时不能独立工作。我说，随便，目前我没有选择余地。岑岑又笑，说，难道你就不能说坚决服从安排？

我说，我不会客气！岑岑说，错！从今天开始，你必须学会客气！对侯总要客气，对我要客气，对同事要客气，对客户更要客气；因为你时时站在我的身后，代表我的形象，明白吗？我勉强说出两个字，明白。

岑岑说，给我的杯子倒水。

妈的，这就摆起谱来了！我起身找她的杯子，可是桌上没有。我摊开两手。

岑岑说，你为什么不问我杯子在哪？我强忍着，问，是啊，你的杯子放哪儿呢？她说，别你你的，要叫岑经理！

她拉开抽屉，拿出一个不锈钢保温杯。我接过来，到矿泉水饮水机前把保温杯涮了涮，接水，她突然打断说，停，你怎么不问问，我是沏茶还是喝白开水？

我的手僵住了。我真要发作，还有完没完？

可是，一瞬间我突然觉得她说得有道理。有的人喜欢喝茶，有的人就喜欢白开水。心说，反正今天就今天了，豁出去了，什么面子不面子，只当礼贤下士，只当她是矮檐，我低低头不就过去了？我说，莫怪

长篇小说
zhichang
xuanai
职场眩爱

啊，岑经理，我这人粗心，你喜欢哪个呢？

不想，她得寸进尺，得陇望蜀，说，你难道不会再扩大一点选择范围？我迟疑了，说，你，难道，想喝，咖啡？

她浅笑，说，我想喝可乐。

我十分不解，说，你？小学生啊！她依旧沉着地哂笑，说，你见笑？我说，那是碳酸饮料，对人身体没什么好处！她一字一顿地说，马林，听你的还是听我的？

我靠，真见鬼了。我说，听你的，我这就出去给你买。

她便拉开抽屉拿出一张票子，递过来。我拔脚就走，说，不用，我兜里有零钱。她说，停！

她把票子收起来，从老板台后面走过来，请我坐下，把那个保温杯接满水递给我，说，这个杯是新的，专门给你的。

我有些莫名其妙，说，你刚才——

她说，我在考你，现在听我点评：你勉强能听进客户意见，顶多是个及格；你无原则地自己掏钱，犯忌，明明客户自己主动出钱了，你充什么大头？

我靠，我真想骂出来！闹了半天她在考我！跟在这种人身后是不是真累！我说，我也点评两句——这么说，我以后跟着你要处处小心了？她说，没错，小心翼翼，如履薄冰！

跟有心计的人共事真长见识，如果是灯火阑珊，就会痛痛快快，直来直去；但遗憾的是灯火阑珊尽管也在打拼，却因此总也干不大。岑岑说，中午你是和员工一起吃饭呢，还是和我一起吃？

我想了想——我现在得先想后说了，我说，我把饭给你打来，然后跟员工一起吃。

她说，错！你要时时跟着我，把我的想法随时记下来。我说，这么复杂？她说，我给侯总当秘书的时候，连他随意的一闪念我都记下来，不知什么时候就用上了，因为他随时随地都在思考。

我说，你当然便利，你们是恋人关系。岑岑说，阑珊很憎恨我抢了侯总，其实我从未追过侯总，是因为工作上侯总离不开我，最后才演变成恋爱关系；我一开始界定你是阑珊的男朋友，就是想明确你是有归属的，而没有归属的菜鸟是我恰恰不喜欢的。

我说，女孩一般都喜欢清纯的菜鸟啊。岑岑说，那还工作吗？天天你追我，我追你？还能记得我们面对的压力有多大吗？

我无话。这个岑岑年龄不大却深不见底。和侯京真是一路。

中午吃饭时，我和岑岑隔桌相对，她问我，明天就是国庆节，你说让不让大家放假休息？

我问，过去呢？她说，过去当然放假，但现在刚刚接手热水器厂，工作千头万绪。我说，领导加班，大家休息。

她说，折衷，不好；要歇都歇，要上都上。我说，要上可以，你得有比较充分的理由；而且加班费是翻三倍的。她说，理由很简单，市场调研，过节正是消费者的购物高峰，看看人们买什么牌子的热水器。

我说，是这样。她说，记下来，一会儿打印通知。

我抓紧吃饭，然后就用她桌上的电脑开始打字，因为熟练，很快就打出了通知。我递给她，她略扫一眼，说，发，传阅。接着，从抽屉里拿出一枚公章，摁了印泥盖上。我便把通知交给距离岑岑最近的一个员工，说，传阅！员工很听话，看完就传给了下一位。

这时我突然猛醒，老姨交给我过节的任务，要泡汤了！

晚上回到餐厅，见灯火阑珊正等的焦急，她托着伤胳膊在大厅来回疾走。一见我回来，她立即喜上眉梢，说，终于回来了，快急死了，饿了吧，今天情况怎样？我轻描淡写地说，还好。就去后厨洗手。灯火阑珊紧跟进来，对厨师交代要两碗手擀面和一个土豆牛肉，就把我拉进单间，关上门。说，见着该死的侯京和岑岑了？

我说，没见侯京，只和岑岑打了一天交道。灯火阑珊很敏感，说，你感觉岑岑这人怎样？

我仍旧轻描淡写地说，还可以吧。我不想多说岑岑如何有心计，如何为工作殚精竭虑，连饭都吃不消停，平心而论岑岑很优秀。但尽管我没说，灯火阑珊仍然听出了话外之音，她紧紧逼问道，野狼，这么说你欣赏岑岑？

我说，还谈不上欣赏，刚刚接触嘛。灯火阑珊便紧跟一句，后来就欣赏了！

真难缠。我说，你别这么醋缸好不好？我欣赏谁你还不了解吗？

这时伙计敲门，把两碗手擀面和土豆牛肉送进来。我把一碗手擀面推到灯火阑珊面前，把筷子递给她。她接过筷子，就捡牛肉往我的碗里夹。我说，你是伤员，你才应该多吃肉。

她说，你辛苦一天，补补，牛肉是很补人的。说着，还夹起一块直接送到我的嘴边。我便咬住牛肉，用我的嘴向她的嘴递过去。灯火阑珊很喜欢这个游戏，立即用嘴接住，顺便放下筷子，搂住我的脖子吻住我，用舌头把牛肉推回我的嘴里，然后用额头紧紧抵住我的额头，说，狼才是食肉动物。逼着我把牛肉嚼了咽下去，然后长时间接吻，直到突然想起来汤面要凉了才罢手。两人心情愉快，三下五除二就消灭了汤面，吃净了土豆牛肉。

我拿过餐巾纸给灯火阑珊擦嘴。她一只胳膊搂住我，突然说，咱不给侯京卖命行不行？我说，你又想什么呐？我才刚去，谈不上卖命啊。

灯火阑珊说，我越想越不对头，我的恋人凭什么要送上门去对他们俯首帖耳？我说，都是正常工作，谈不上俯首帖耳。灯火阑珊说，他们用人狠着呐，你敢不俯首帖耳他们就会立马开了你！

我说，我和他们和平共处就是。灯火阑珊说，你为什么不帮帮我，把地垫办事处建起来？我说，可以啊，就设在绿岛18楼，但我不能当这个主任。

灯火阑珊说，我和小萍都没有精力，难道还聘外人不成？我说，反正我不当主任。灯火阑珊说，我知道你嫌赚钱少，我看你现在掉钱眼里了，天天琢磨钱，钱，钱，钱！自己琢磨就罢了，还非要给我五千，你以为钱真能通神啊？

我说，好阑珊，当今世界，还有不琢磨钱的人吗？灯火阑珊说，君子爱财，取之有道；条条大路通北京，你干嘛非给侯京打工？

我说，侯京并不是真正的坏人啊！灯火阑珊急了，说，野狼，你才刚去3G公司一天，就替侯京说话了！我的办事处你却置若罔闻！我口不择言说，雀儿向着亮处飞，这是自然规律啊。

不想这话把灯火阑珊气坏了，她从我的怀里挣脱出来，连珠炮似地说，野狼你应该说良禽择木而栖，你跟着我是明珠暗投，现如今要弃暗投明了！却原来你宁可锦上添花，不愿雪里送炭！我怎么这么愚蠢，竟会爱上你这种人！

她忿怒地打开单间的门，梗着脖子地走出去。我大喊，阑珊！阑珊！她连理也不理。

我在心里暗暗叫苦，灯火阑珊现在确实被情爱蒙住了眼睛；要么就是我太实用主义。不然怎么会让她说出这种绝情的话呢！

但我不想迁就，我还想在3G公司干下去，明明侯京和岑岑都不是妖魔鬼怪嘛！于是，灯火阑珊气呼呼地走了，我既没挽留，也没送她。

入夜，我辗转反侧难以入睡，脑子里一团乱麻，尤其想起裤兜里的五千块钱更是如卧针毡，老姨那边怎么办？我打定主意，要趁国庆节到灯火阑珊家里去一趟，把钱交给她的父母，让他们给灯火阑珊补些营养。如果平常日子去，老两口可能不会接受，过节应该例外。这么想着，我便沉沉睡去。转天，我早早起床，洗漱完毕，到街上买了一个肉夹馍，吃着，就坐公交直奔3G公司了。

打卡的时候，我看看手机，七点一刻。心说，本人应该是3G公司模范了。不想，进了大厅，见岑岑居然比我来的还早。她的老板台上摆着一面小折叠镜，她正对着镜子补妆。

见我进来，她头也不抬说，过节好！表现不错！

我在她对面圈椅上坐下，说，不如你早。

她合上镜子，收起化妆品，起身拿暖壶给我倒水，我连忙把暖壶抢过来自己倒。这时我想起昨天岑岑给我的难堪，我应该先给她倒，便放下自己的杯子问她，岑经理，你的杯子呢？

她便打开抽屉又拿出一个和我的保温杯一模一样的杯子，说，行，有可塑性。

我说，这点小事能说明什么？她不容置疑道，不，以小见大！我借机打趣，你喝茶还是喝可乐？

她说，幽我一默？当然白水。看着我倒完水，她说，我刚把今天的工作捋了一下，你看看。就把一页稿纸递给我。我接过来一看，见上面拉出名单，谁谁去王府井，谁谁去西单，谁谁去前门，谁谁去国美，谁谁去苏宁，谁谁去大中，十分详尽。

我说，是不是要带着问题去啊？岑岑说，这正是我要问你的！我意识到，她在随时随地考我，以我的性格当然不甘示弱。我掏出笔来，思考了一下，便在她的名单下面写到——调研的内容包括：1. 哪些热水器走俏；2. 走俏的热水器与我们设计上的区别是什么；3. 买热水器的都是哪些人（是新建小区的住户还是一般居民）等一共五个问题。我把稿纸递给她。她认真看着，说，不错，加一个问题，走俏的热水器售后服务与我们有什么不同。

我说，加得好。岑岑说，还有，午饭大家自便，标准十五元。我想夸一句说，岑经理工作细致入微啊。但我仿佛看到灯火阑珊那双怨怼的眼睛正盯视着我，便改说，怎么没给我派任务？

岑岑说，你跟着我。我说，咱俩随意走？她说，没错！

早上八点，同仁们到齐，岑岑便召集大家开会，给大家布置任务。顷刻，大家便化整为零，四面出击去了。岑岑对我说，咱也走。我默默地跟着岑岑从楼里出来，岑岑径直向存车场走去——她也有汽车。

我等在门口。一会，一辆簇新的淡蓝色北京现代开了出来。车停在我跟前，我以为等我上车，却见岑岑从车里下来，很不满地问我，刚才你干嘛不跟着我？怎么架子这么大？

我说，你不是去取车吗？她说，我等你帮我擦车！我说，现在擦不是一样吗？她说，堵在门口？亏你想得出！

我无奈，四处寻摸空地，看来这跟班也不是好干的。最后觉得公司外的路边树下可以停车，便招呼岑岑把车开过去。岑岑停好车，便下来把后备箱打开，拿出水桶和抹布，我赶紧接过来。我无意中发现，车根本不脏。

我说，岑经理，这车蛮干净嘛！岑岑说，记住，每天出门前都要擦车，这是例行公事，你每天出门不都要洗脸刮胡子吗？

我无话可说。哈，3G公司如此教条，这算什么规矩！我立即进楼里洗手间打出一桶水，把抹布迅速淘洗一下拧干，便从前脸挡风玻璃开始，顺次擦下来。她站在一边问我，今天过节，晚上我准备为大家开个Party，你说怎样？

我说，挺好啊！她说，你记着，一会给大家发短信。

等我都收拾好了，我们俩都坐车里以后，她从手包里掏出一个笔记本，打开其中一页说，大家的手机号都在这。她把车启动了，我便挨个给员工们发短信。刚发完短信，她又问我，北京的各商业区熟不熟？

我实事求是说，不熟。她摇摇头说，你缺课太多了！

说着话，汽车停在一家国美电器城门前。岑岑问我，你是不是空着手呐？我说，是。她长叹，说，记住，以后要笔记本不离手。便从手包里拿出一个袖珍笔记本和一支签字笔交给我。下了车，领我往店里走，直奔热水器柜台。热水器柜台都是敞开式的，各种品牌型号的商品琳琅满目。

岑岑找服务小姐索要产品说明书，挨个索要，挨个浏览，看到要点便让我记下来。刚进行一半，服务小姐便看出门道，立即拒绝提供说明书，说，你们根本不买热水器，我们没有这个义务！

岑岑和我面面相觑。我突发奇想，问道，怎么不让热水器厂的人们出来调研？他们才是内行啊！

岑岑说，他们？他们是国企，对并购一万个不理解呢！再说，他们发不起加班费。而我首先要做的，是利用普遍规律解决他们的个案问题!

　　我们俩从国美走出来，驱车去下一家。我说，国企里面问题多多。岑岑问，你清楚？我说，我就是从国企出来的。

　　岑岑说，那好，我问你个问题——岑岑话没说完，我的手机在裤兜里响了起来，而且响个没完，一接是岳母，我立即吓了一跳，连忙问道，怎么是您？有急事吗？

　　岳母说，没事。我说，没事就好。岳母问，阑珊姑娘胳膊好些吗？我心里"咯噔"一下子，岳母怎么会知道灯火阑珊受伤呢？我说，好些了。岳母又问，你现在忙吗？

　　我说，忙，正跟着领导跑市场呐。岳母问，这两天过节，你能回来吗？我说，够呛。岳母说，我也不是非叫你回来，你自己看情况决定，行吗？我说，行，谢谢您惦记我！岳母问，我撂吗？我说，您撂吧。

　　那边"啪嗒"一声放下了。

　　岑岑说，咱接着说。这时我的手机又响起来。我不想接，可是手机响起来没完。我尴尬地看了岑岑一眼。岑岑说，你接吧。

　　我便接通手机，是灯火阑珊，开口便厉声喊叫，野狼，你干嘛呐？怎么不接电话，是不是和小妖精在一块呐？

　　我说，你别信口开河，什么事快说！灯火阑珊说，我骂她，你心疼？那我就骂上一千遍！我说，你怎么还瞎说？我正忙着呐！

　　灯火阑珊说，今天下午你务必早点回来，小萍请了雷子和几个朋友，在咱们餐厅聚会。我说，知道了。便把手机关了。

　　岑岑呵呵笑起来，说，这个阑珊！岑岑只说了半句话。我很难堪，说，让你见笑，你都听到了？岑岑大度地说，没什么，咱们继续。

　　这时手机又响，我先看来电显示，还是灯火阑珊，我接通便喊，嗨，你有完没有？灯火阑珊说，臭狼你叫什么？我忘了告诉你，中午你抽空上我们家去一趟，看看我爸我妈，过节不是机会吗？

　　这个提议倒可参考，我说，知道了。灯火阑珊说，知道算什么意思？你究竟去还是不去？我说，去，行了吧！灯火阑珊还没算完，她又说，狼，你知道我为什么跟你着急吗？那不都因为爱你吗？……

岑岑就坐在旁边，想必这些话又让岑岑听个满耳，我没等灯火阑珊说完，便关机了。岑岑问，多动人的情话，你怎么不听了？

我说，我脸红。这时手机又响，我已经失去耐心，把电源也关掉了。而岑岑和我的话题也没法继续了。岑岑转移了心思。

岑岑说，马林，你怎么叫野狼？我说，那是我的网名。岑岑说，哦，网恋！你会和阑珊结婚吗？

我说，不知道。岑岑又呵呵笑起来，说，这么不自信？我说，真的。岑岑说，君子成人之美，现在我就送你去阑珊家，省得让你一天不得消停。

我说，不用，工作要紧！岑岑老到地说，别客气啦，如果因为这事你们结不成婚，我该罪责难逃了，你告我地址吧！

我说，岑经理，你不像小妹，倒像大姐。岑岑说，你趁早打消叫我小妹的念头，我这人少年老成，叫小妹我嗲得慌。我说，你算个怪人。我说出阑珊家地址。

上午十一点左右，我敲开了阑珊的家门。伯父一见是我就把门关了一半，问我，你干嘛来了？

我说，您能不能让我进屋说话？伯父说，你就站门口说吧。

这时伯母拉开伯父，说，让马林进来说。我一进门，就从裤兜掏出报纸包，说，这是五千块钱，是给阑珊买营养品的，算我的一点心意。我不知买什么好，就直接把钱送来了。

伯父说，上次怎么说的，你忘了？不是不让你再登这个门了吗？

二十、情人龃龉

我没有立即回答伯父的问题，向前走了几步，把报纸包放在客厅的茶几上。然后我说，阑珊为我受伤，我却无以为报，因此深感内疚，就筹集了一点钱。

伯母说这怎么行？不由分说便把报纸包抓起来，紧走几步，往我的裤兜里塞。我推让着说，伯母您不要这样，我天天伺候阑珊都是应该的！

伯父紧跟着说，我们怎么劳得起你的大驾，让阑珊伺候你还差不多！他把钱拿过来硬是塞进我的裤兜。然后说，马林，你赶紧离开这里，我们见了你就闹心！

本来我还想再说几句，让他们接受这五千块钱，但伯母说了一句话，打消了我的念头，伯母说，马林，阑珊的胳膊就值五千块钱吗？你小看了我们一家！

列位看官，我还能再待下去吗？我把报纸包揣在裤兜里，说道，等我再筹些钱再来，二老保重！转身便逃。

我一溜小跑，下了楼，见岑岑已把汽车掉过头来，便拉开车门坐上车。岑岑一边把车启动一边问，不开心？

我说，没什么，你怎么知道？岑岑说，都写在你脸上呐。我说，我就怵头跟岳父岳母打交道。岑岑呵呵笑起来，说，够亲切啊，没结婚就喊上岳父岳母了。

我没说话。我其实想说，是喊自己家里的，是刘梅的父亲和母亲。但我跟刘梅没离婚就跟灯火阑珊好上了，这话我没法跟岑岑讲，我不想让岑岑小看我。而岑岑并不关心我和灯火阑珊是否属于婚外情。她只是说，马林，有什么难处只管说出来，我会尽力帮你。

我立即表态说，谢谢你岑经理！我知道，她是帮不上这个忙的，因为朝哪个方向努力，连我自己都不知道。中午我随岑岑回到公司吃饭。下午又继续跑市场。但我一直没怎么说话，没心思了。

下午五点，大家都回来了。岑岑对食堂厨师做了安排，然后招呼大家到二楼会议室。会议室有彩灯，有音响，有 KTV 所有的一切。大家在岑岑的指挥下，把桌椅摆成一个大圆圈，中间留出可以跳舞的宽裕的空地。六点整，开饭了。食堂送上来三十个人的份儿饭，和三箱燕京啤酒。屋里彩灯闪烁，音乐响起。

这时，侯京来了，神采奕奕的。本来，岑岑和我挨着坐的，见侯京来了，立即在我们俩之间加了一把椅子，岑岑和我就分别坐在侯京的一左一右。啤酒瓶盖被噼噼啪啪地打开，有人给大家发一次性纸杯，接着，岑岑起立向大家问好，请侯京致辞，于是侯京举杯朗声道，各位同仁，国庆节好！过节还让大家加班，本人很表歉意，好了，薄酒一杯，敬给大家！接着，侯京自己先干了一杯酒。

有侯京带头，接下来大家便争相站起，纷纷走过来向侯京和岑岑敬酒。而他俩似乎也有意营造这种氛围，因为看上去他俩很受用。我注意看了一下，公司同仁都是一楼销售部的人员，年龄都在三十岁左右。见大家敬酒没完没了，侯京便解围说，谁把音乐调调，我和岑岑跳个曲子！

有人应声前去，把悠闲的曲子换了，放起节奏感很强的摇滚。岑岑

长篇小说

职场眩爱
zhichang
xuanai

拉着侯京的手，落落大方地走向屋子中间，一只手搭在侯京肩膀上，一只手做打开状，随着音乐便很洒脱地扭摆起来。没出一分钟，侯京就显出笨拙，总是跟不上岑岑，岑岑一再俯就，侯京仍然不行。于是，他向大家招手，大家便放下酒杯下场跟着一起扭起来。气氛立即火爆了。侯京顺势拉着岑岑退下。落坐以后，侯京问我，马林，你怎么不玩？

我说，我不会。我在想，侯京在公司和岑岑是这个样子，灯火阑珊不受甩才怪！况且，灯火阑珊又是那种说一不二的脾气！我一时很为灯火阑珊遗憾和不平。这时侯京问我，马林，听岑岑说你是国企出来的？

我说，是。侯京说，下一步整改热水器厂你要出力啊！我说，没问题。侯京问，你说国企最突出的问题是什么？

我觉得这个问题一般人都知道，侯京莫不是又在考我？我说，是理念问题。侯京说，具体些！

我说，包括经营理念，管理理念，人际交往理念，等等，当然，国企也不是一无是处。侯京说，靠谱，继续。

这时一个保安上楼来叫我，说楼下有人找。侯京说，你先去！

我随着保安下楼一看，是小萍。小萍问，野狼你在干嘛？我说，聚餐。小萍说，你知不知道今晚咱们有聚会？

我立时觉得大脑轰地响了一声。小萍说，人家雷子根本没有时间，是我好说歹说把人家请来，你可好，说晾就晾我们，阑珊怎么嘱咐你的？

我说，我真忘得一干二净了。小萍说，阑珊从五点就给你打手机，你可倒好，竟然关机！我说，对不起了。

小萍说，你听，你们楼上是不是正放摇滚？你老人家乐不思蜀了！我说，别嫉妒，人家这些人都非常敬业。小萍说，难道咱们不敬业？你赶紧跟我走，阑珊都急死了！

我说，我回去向侯京请个假。

我反身飞跑上楼，告诉侯京，我要请假，有人等我。侯京说，现在是下班时间，请什么假？但后边还有你一个节目啊！我问，什么节目？

侯京说，一是请你自报家门，二是给大家唱个歌。

我说，自报家门就算了吧，慢慢大家都会熟悉；唱歌么，我五音不全，别扫了大家兴吧。侯京一笑，说，阑珊等你？便对我摆摆手。

侯京可能是无奈，也可能是见笑，我不管那么多了。立即反身下楼。小萍已经把车发动起来了。我拉开车门坐进去。小萍说，记住，不论阑珊对你发多大火，你都不准还嘴！

我说，知道。没有塞车。北京国庆节的晚上华灯灿烂，路上车辆明显减少。小萍心急如焚，直把车开得飞快。即使这样，到了北苑餐厅，也用了半个小时。加上小萍找我用的时间，前后至少一个多钟头。进了餐厅，小萍直接拉着我来到单间，我看到其他人都走了，桌上酒菜齐备，只有灯火阑珊一个人呆呆地静坐。

一见面，灯火阑珊抬手就啪地给了我一个嘴巴。我大叫，干什么你？

小萍立即抱住灯火阑珊，笑嘻嘻地说，别急别急，这不把人给你找回来了吗？两口子打架怎么也得等我走了以后吧！

灯火阑珊气急败坏道，野狼，你说说你今天都干了什么？

我被灯火阑珊弄得很没面子。我用手捂着火辣辣的脸说，你干嘛当着小萍打我？小萍接过来说，野狼说得对，尽管你们俩好得穿一条裤子，翻了脸打也该打骂也该骂，可是干嘛要当着我呢？我必须得走了，不看你们的爱情表演了！小萍说着就要走。

灯火阑珊一把拉住小萍，说，你别走，当个见证人；让他说说今天都干了什么！我气哼哼说，我还没吃饭呢！

小萍说，对对，咱们吃饭，边吃边说。小萍挨个把我和灯火阑珊摁坐在椅子上。然后分别给三个人都倒上啤酒，说，野狼，你是有点不像话，愣把人家雷子干走了。

我说，你们俩陪着雷子不是一样吗？小萍说，你这人就是死脑筋，阑珊不是为了在雷子面前显摆显摆你吗？再说，雷子看见阑珊伤了胳膊肯定会问，而你是主角，却不在，让阑珊怎么说？

灯火阑珊兀自呷了一口啤酒说，他变了，让岑岑那小妖精带坏了，这两天天天和那小妖精缠在一起，中午竟然到我们家给老两口送钱，说是给我的补偿费，把我爸我妈都气死了！

我说，你别瞎说！灯火阑珊说，谁瞎说了，中午我爸就给我打手机了！我说，我那么做是人之常情。灯火阑珊道，那算什么人之常情？那不明明是羞辱他们老两口吗？他们是两个知识分子，没有你那么多弯弯绕，能不把你赶跑了吗？

我说，伯父根本就不让我进门。灯火阑珊说，你平时那些鬼点子呢？我让你去我家不就是为了缓和关系吗？

小萍听了咯咯笑，说，算了，我听来听去都是鸡毛蒜皮的事，记住我的话，只要你们俩相爱相好，谁都挡不住，老两口也终有一天会认账的！

大家开始互相碰杯喝酒，我心里别扭，便禁不住说，老两口绝不像你们说的那么简单！

灯火阑珊一听，又火冒三丈，说，野狼你怎么这么小肚鸡肠？难道不是因为你有把柄在他们手里攥着吗？我说，没错，你的胳膊一天好不了，我就一天不得消停！

灯火阑珊更加来气，她啪的一声把筷子摔在桌上，说，野狼，你拍拍良心想想，我的胳膊是为了谁受伤？你说话怎么这么难听？老实告你，我胳膊即使好了，你也别想消停！

小萍说，野狼，你也真是，阑珊为你什么都舍得，她说你什么都不为过啊！

这两人一唱一和让我实在坐不住了。我也扔了筷子，不吃了，站起身走出单间，又走出饭店。我站在街上透风。

十月的北京，夜风凉爽，我感到身上只穿一件衣服不行了。头脑也清醒了许多。我在想，这就叫爱情吗？爱情等于辖制吗？刘梅对我从不这样，是一种大撒手政策。而撒手意味着理解和宽容。

这时小萍追出来，非要拉我回去，说，野狼，你别肚量这么小，阑珊爱你爱得疯狂，恨不得立马嫁给你，难道你连她发个脾气都忍受不了？

我说，忍受不了！小萍说，你这么做不对！我说，因为她的胳膊，我这辈子别想翻身了。

小萍说，将来你们成了两口子，天天一个锅里吃饭，一个被窝睡觉，还在乎什么翻身不翻身吗？

我说，这样的婚姻我宁可不要！小萍急了，说，野狼，你越说越走板了，你是不是真让什么小妖精迷住了？我说，人家根本不是什么妖精，人家是正儿八经的白领。小萍说，危险了野狼，你是不是看我和阑珊都不顺眼了？

我不说话。小萍说，你能不能进屋去给阑珊道个歉？我很不以为然，说，我何错之有，需要道歉？

小萍说，野狼你别死犟行不行？别忘了你是男子汉！

我不得已走回屋里，进了单间，我无论如何得给小萍面子，人家为了谁呢？我正要坐下，灯火阑珊却气咻咻站了起来，她说，野狼，你现在脾气也涨了是吧，有本事你走，别回来！

我一听这话，立即发作起来，我说，我不敢走吗？你再赶我，我就真走！灯火阑珊道，你走吧，你已经看不惯我们了！快找你那小妖精去吧！

小萍也上火了，说，阑珊，你少说两句好不好？走什么走？你让他往哪走？灯火阑珊说，小萍你别拦着，让他走，留得住人，留不住心，没劲！

我实在坐不住了，我的涵养已到极限，我从鼻子里哼了一声，转身阔步而去。小萍又一次追出来拉我，我说，小萍，谢谢你一再撮合，也谢谢阑珊过去对我的好，我们俩的缘分看来尽了。

小萍说，阑珊是说气话，你怎么也当真？我对小萍作了个揖，深表感谢，便大步走去，不再回头。我需要换换语境，换换脑子，让自己轻松一下。我上了公交，奔老姨家而去，今晚，我要睡在老姨家，不回餐厅睡觉了。

今天是国庆节，虽说我来老姨家时间晚了一些，已经九点多了，我觉得还是不空着手为好。于是，我在街上小店买了一大兜水果，就上楼敲开了老姨家的房门。又是表妹来开门，一家人都在，包括郭果。还是围坐在客厅，饭桌还没收拾。一见面表妹就说，你怎么早不来？我们都吃完饭了？

我说，有没有剩的，我得吃点。

郭果赶紧给我搬椅子，老姨招呼表妹给我盛饭，我先抓起筷子夹了一块肉扔进嘴里。表妹说，哥，别装这么可怜，人家阑珊姐开着餐厅，难道还饿着你不成？我说，我没去餐厅。

老姨给我又拿了一个杯子，倒上白酒，说，从中午我们就给你打手机，叫你来家里吃饭，可是你始终关机，为什么要关机？

我说，白天跑市场，干扰太多，就关机了。老姨又说，今天你岳母来了一个电话，问你忙不忙；我告诉她，你很忙——你岳母怎么会有咱家的电话号码呢？

我说，那还用说，刘梅告诉的呗。老姨说，那为什么刘梅不来电话呢？我说，刘梅这人死犟。

老姨夫说，不对，马林，我分析是你的后院起火了，你是不是现在给刘梅打个电话？我一口把酒干了，说，不打。老姨夫说，两口子之间不沟通就容易出问题。

我说，上次我回去给岳父过生日送酒，一家人竟然把我拒之门外，我这气还没处出呢！表妹说，真的假的？我说，难道我还瞎编不成？

老姨说，如果她们一家人都这样，就不对了。

老姨夫很冷静，说，老伴啊，你是个护犊子，如果马林不缺理，人家能这么做吗？老姨说，不管怎么说，不让进家门就不对！表妹说，妈，我哥的表现也够呛的！

我说，报告你们一个惊人消息。表妹说，别一惊一乍的！老姨问，什么消息？郭果说，我知道。我说，既然你知道，就说说看。

郭果说，你和阑珊姐分开了。听了这话别人没惊，我自己不由吃了一惊。我说，郭果你有先知先觉？郭果说，这还用得着先知先觉吗？已婚男人都这样，当家庭发生动摇时，立马甩掉第三者。

我说，是阑珊提出的，她撵我离开。老姨夫说，年轻人没有准稿子，只怕是阶段性的。表妹却说，阑珊姐为什么撵你？你肯定做了伤害人家的事！我说，我在北京漂着，不能不考虑发展问题，于是我到阑珊原来对象的公司应聘，结果阑珊容忍不了。

表妹说，哥，这就怨你了，你干嘛非上那个公司应聘呢？不是往阑珊姐心上捅刀子吗？我说，别的公司我试了，没有适合我的。老姨夫说，马林，你在北京漂什么劲儿，快回去算了！

我说，我绝不走，不仅不走，还要干个名堂出来！郭果说，马哥，我反对你的做法，要想和阑珊姐分手，有很多种理由有很多种形式，为什么非要伤害阑珊姐呢？

郭果的话引起一家人长吁短叹，都在怪罪我。最后老姨说，不管什么方式吧，分开就好；马林啊，你可以一门心思想着刘梅了。我说，算了吧，刘梅我也不想！

表妹说，那你又想谁了？我说，非要想一个人吗？我在想怎么多挣钱！大家无话。我继续喝闷酒，又满上一杯。表妹立马把酒瓶子拿走了。我说，干嘛？釜底抽薪？我还没喝够呐！

表妹不理我，开始收拾桌子，只给我留下该吃的一个菜。郭果去厨房刷碗。老姨夫自己一边抽烟去了。只剩老姨一个人看着我吃饭。我知道老姨疼我。我从裤兜里掏出报纸包，交给老姨，低声说，您交给我的任务没完成。

老姨问，为什么？我说，阑珊把钱摔到我脸上了。老姨问，嫌少？

长篇小说

职场眩爱
zhichang
xuanai

我说，嫌我见外。老姨说，我不明白了，既然这么亲近，怎么说分手就分了呢？

我说，女孩的心我整不明白。老姨说，别想这些了，想想怎么和刘梅缓和关系吧。我说，我有预感，刘梅也会跟我拜拜。

老姨说，怎么会？都结婚好几年了！我说，您不了解刘梅这人，她是个蔫有准，她看准的事情谁都拦不住，上次她把我关在门外那个绝情劲，我就感觉不对了。老姨说，天呐，你们这些年轻人啊，多让家长不省心！

又待了一会，郭果告辞走了。表妹便出去送郭果，半天不回来。老姨有点上火，说，这么大闺女，也让人不放心！

我说，有郭果陪着，您怕什么？老姨说，不行，你下去催催他们。我说，可怜天下父母心！

我匆匆下楼。我刚下楼没走几步，就发现在路灯下甬道边一棵小树旁，有两个年轻人抱在一起接吻。我悄悄从一边绕过去，往小区外面走。我想借机出去散散步。于是我掏出手机看时间，发现手机还关着电源，急忙打开。我立即发现里面已经存了很多短信。都是小萍来的：野狼，你快回来吧，阑珊已经后悔不已！……野狼，阑珊不能没有你，她会疯掉的！……野狼，阑珊一直在哭，你不心疼吗？……野狼，你难道真是铁石心肠吗？……

我心乱如麻了。刚刚消停没有两小时啊。我应该怎么办？我关掉手机，在小区来回疾走。灯火阑珊和我认识三年来的一幕幕重现眼前。我欠着人家的！无论物质上的还是精神上的。而我能够给予人家的唯有感情。但我给得了吗？

我没发现郭果几时走的，却见表妹跟上我，把我一把拉住。说，哥，你干嘛这么急火火的来回走？我说，对不起，打搅你们了。

表妹说，有闹心事吧？我说，是啊，我哪有你这么甜蜜！表妹说，咱们上楼吧，你别告诉我妈我和郭果在干嘛啊。

我说，那还用告诉，谁猜不出来呀！表妹笑起来捶我，说，你为什么闹心？我把手机给表妹，让她看短信。表妹一看就叫了起来，哥，你和阑珊姐陷得好深！你这是坑人家啊！我说，男女的事一两句话说不清。表妹说，这可怎么好！

进屋以后，老姨问我，马林，你今晚还走吗？我说，不走了。老姨说，那你就先洗澡吧。

我说，正好有俩月没洗呢。表妹说，那你身上还不生虱子？我说，差不多。表妹说，哥，让你说得我身上发痒，你洗完以后可要把洗手间好好冲水，我怕那玩意儿！我说，咱们国家水资源紧缺，以北京为甚。

一直看电视的老姨夫听得哈哈大笑。老姨便给我一巴掌。

老姨给我收拾客厅的沙发，我就进了洗手间冲澡。我先漱口，然后三下五除二就冲完出来了。表妹说，这么快？没好好冲水吧？

我说，你还真当我有虱子？我虽然睡在餐厅里，可我每晚都在后厨用热水擦身。表妹这才放心进去洗漱。

夜里，我正在辗转反侧，表妹从她的屋里悄悄溜出来，附在我耳边说，哥，醒醒！我说，我没睡。表妹说，你能不能立个保证？我说，什么保证？

表妹说，不坑害阑珊姐的保证。我说，妹，你言重了。表妹说，没别的，就这话。我说，可以的，你放心好了。表妹回去了。我起身掏出手机看看时间，已经深夜两点。我觉得应该给小萍回短信。

可是说什么呢？想了想，我这样对小萍说，小萍，谢谢你为我和阑珊操心，我看还是冷却一段时间为好。再次感谢！

这样，我没把话说死，但也不是妥协。

刚发出去没有两分钟，小萍立即回短信了，说，野狼，你方便吗？赶紧到餐厅来一趟行吗？

天呐，小萍还在餐厅守着阑珊呐！我立即回短信说，小萍，谢谢一直在照顾阑珊，可是我不能去，明天一早我得上班。你骂我吧！

长篇小说

职场眩爱
zhichang xuanai

我把灯火阑珊搁在脑后，坚持到 3G 公司上班了。十月二日至七日这几天，在岑岑带领下，大家一直在进行市场调研，直跑得精疲力竭，中间发生的曲曲折折和诸多故事毋庸言表。只说一件事，就是由我执笔总结出我们热水器厂的产品缺乏一项新技术：电子防腐。从其他热水器厂归纳出来的情况表明，该项技术具有国际先进水平，是采用外加直流电源，给被保护的金属内胆通以阴极电流，使内胆表面产生负电荷积累，从而有效抑制内胆失去电子的可能性，阻止水中阴离子对内胆的浸蚀，达到免遭电化腐蚀，大大延长内胆使用寿命的目的。岑岑十分兴奋，拿着报告去找侯京汇报，又受到侯京嘉许。侯京说，你们的调研印证了热水器厂的汇报，岑岑，你和马林要马不停蹄进入热水器厂，立即打开工作局面！

中午吃饭，岑岑让我从食堂多买两个菜，把侯京也叫下来一起吃，侯京便破例拿来一瓶王朝干红（公司规定中午不许喝酒），其实是半瓶，以前被人喝过了。侯京把酒蹾在岑岑的老板台上，说，这瓶酒还是上次马林来的时候喝过的，不介意吧？

岑岑说，还不是都得听你的！

侯京说，我很高兴你们工作效率这么高，我决定对你们俩每人奖励两千元。说着，从口袋里掏出两个信兜。

岑岑推让说，我不要，工作刚开始，奖什么劲？侯京说，唔，要奖！特别是要奖马林，要让马林知道，公司绝不埋没人才。我说，侯总，我没什么突出的，是在岑经理手下工作啊。

侯京不由分说，执拗地把信兜分别交到岑岑和我的手里。我突然觉得应该对侯京刮目相看了。是什么使然？仅仅是钱吗？

侯京用纸杯给三个人都倒上酒，说，来干一杯，预祝你们在热水器厂旗开得胜！于是，三个人一饮而尽。侯京又给大家满上，瓶子空了，侯京笑起来，说，红酒没有咱这么喝的，应该小口抿才对。

岑岑脸有些红，说，都是你误导。侯京说，工作中你们可要坚持己见，不要轻易被人牵了鼻子走。说着，他又把杯中酒干了，吃了两口菜，便上楼去了。

岑岑说，马林，到了热水器厂，你要多出主意，我这人虽然显得老成，可毕竟年轻，很多事没经历过。

我说，你尽管放心就是；我有个问题，就是你能不能帮我在中关村附近租间房子？岑岑说，你现在住哪儿呢？我说，在老姨家住，不太方便。

岑岑说，你要是不嫌脏就暂时住值班室吧，和保安作伴。我说，人家保安能住，我为什么不能？有没有被褥？岑岑说，当然有。我说，好，就这样。

我想，自国庆节我从餐厅跑出来，一直住在老姨家，虽然老姨一家人没说什么，但时间长了终归不妥。而我也不去餐厅取被褥，就等于给灯火阑珊和小萍留一个悬念，不知哪天我还会回去。但从十月二日以来，小萍没再给我发短信，灯火阑珊也没有电话打进来。毫无疑问，事情进入僵持阶段。中午吃过饭，我和岑岑在椅子上打了个盹，便从公司出来，开车奔向热水器厂。

进厂以后，我们俩没上办公楼，而是先在院里走动浏览。热水器厂厂院很大，但房子已经破败。岑岑突然说，这个厂地段不错，为什么不开发房地产呢？

我说，那厂子怎么办？岑岑说，再买地，搬迁！我说，如果你这个想法成立，那么我们针对厂子弊病的药方就要留出余地。岑岑说，没错。

我们俩上了办公楼，来到厂长室，见厂长正在抽烟看报纸，屋里烟雾缭绕。岑岑喊了一声，齐厂长！

齐厂长吓了一跳，忙抬起头，放下报纸，迎上来和岑岑握手。齐厂长五十来岁，看来烟龄不短，距离一米开外我已闻到他嘴里泛出的烟臭来。

岑岑和我坐在齐厂长对面的沙发上，齐厂长给我们俩倒水，说，岑经理要来怎么也不打个招呼？岑岑说，路过，顺便看看。齐厂长说，难得你这大领导牵挂。

岑岑问，国庆节怎么过的？齐厂长说，按惯例放假，留人值班。岑岑说，你们过得蛮省心惬意啊，我们却整整跑了七天的市场调研。

齐厂长说，早说呀，我也跟着去，不还挣点加班费了吗？岑岑冷漠地说，没人给你加班费；过完节你怎么安排的？齐厂长苦笑一声说，让大家写改革方案，献计献策。岑岑说，那我转转，看大家写没写。

齐厂长说，还劳你大驾干什么？你想见谁，我打电话叫他们就是！岑岑说，别叫，你领我挨个找。齐厂长问，现在就去？

岑岑说，难道下班再去？齐厂长摇摇脑袋。我看出，齐厂长被一个比自己小一倍的年轻人指挥，心里很不情愿。三个人一齐起身。齐厂长问，都见谁？岑岑说，总工程师，总会计师，经营副厂长，技术副厂长。

齐厂长说，好吧，跟我来。就领着我们俩去敲总工程师的房门，可是敲了半天没人开门。岑岑问，是不是不在？

齐厂长说，有可能。我们刚要离开，门却打开了，总工程师睡眼惺忪地揉着眼睛问，谁找我？岑岑立即说，我找你！知道我是谁吗？

总工程师笑笑说，啊，知道，新上司岑经理。岑岑说，不是让你们写方案吗？总工程师打个哈欠说，是啊，写着写着就困了。

岑岑不再理他，对齐厂长说，走，下一个。就去推总会计师的门，这次门倒没插着，一推就开了，见里面总会计师和两个副厂长加办公室主任，全伙在此打扑克，对外面进来人竟然无人理睬。齐厂长高声喝道，嗨嗨，谁让你们工作时间打扑克？看看谁来了？

一伙人立即回过头来，见是岑岑，有人便急忙拉开一个抽屉把扑克划拉进去。大家都面露尴尬垂手肃立。岑岑笑笑说，很消闲自在啊，不是让你们写方案吗？

　　没人回答。岑岑对齐厂长说，别人不找了，咱们回去吧。齐厂长对这几个人说，回头我跟你们算账！就领着我们俩回到他的办公室。

　　一进屋，齐厂长就陪上笑脸说，岑经理，你不要多想，这些天他们闲散惯了，大家在等上面给办法。岑岑说，难怪企业不景气！知道你们缺什么吗？

　　齐厂长说，当然是钱。岑岑说，错！缺斗志！你立即通知大家，我明天来给管理层出题考试，决定每个人的去留！

　　齐厂长一惊，说，我也考吗？岑岑说，当然！

二十一、无耻无敌

其实，岑岑出的考题并不难，只有两道题，一是企业不景气的原因是什么？二是企业不景气你应该干什么？但在转天考试的时候，却让热水器厂管理层的同仁们大汗淋漓。几乎都考砸了。

有一男一女两个年轻科长缺勤，说是一同请了事假，已经十来天没上班了，因此没参加考试。那么，谁走谁留呢？岑岑问我。

我说，一次考试不能决定一个人的去留，但终归是个参考。我建议岑岑，让这些人靠边些日子，让下层崭露头角的人们试试。于是，岑岑又组织班组长考试，而这个层次的人们三十多岁的中青年居多，一下子就看出里面蕴藏的极大热情，真是人才济济，让人眼花缭乱。却原来，那些已经爬上厂级高位的人们多数都是仰赖了非正常因素。岑岑长叹，国企的用人制度啊！

岑岑看着这些提出独到见解和殷切希望的考卷，摩拳擦掌，兴奋异常。

正在这时，那两个请事假的年轻科长来了。他们一进厂就听说上边来人进行考试，便直接找到齐厂长的办公室，请岑岑对他们加考。

两个年轻科长说年轻也不算年轻了，都在四十岁左右。可是在热水器厂就是年轻力量。男的叫刘奇，女的叫王盈盈。岑岑问，你们怎么不约而同请事假？

刘奇说，我们俩约好在国庆节期间去做市场调研。

岑岑问，齐厂长不是没安排吗？刘奇说，我们着急，不能再等了。岑岑说，我对你们请事假搞市场调研的举动表示敬佩和惊讶！

王盈盈说，谢谢领导垂青，即使上边不来考试，我们也会主动交上一份答卷的。岑岑说，什么答卷？王盈盈说，市场调研的情况。

岑岑说，都有什么，说说看。王盈盈说，第一，改进技术，解决热水器内胆的电子防腐问题；当然需要投资，引进设备。岑岑打断说，不投资，自己攻关行不行？

刘奇说，岑经理，不行，咱厂的技术和设备都跟不上，再说，要追就追最先进的；低水平是包袱，高水平是财富！

岑岑说，好，这个理念新！马林，你把这句话记下来！我急忙打开笔记本，记下刘奇的话。

岑岑说，王盈盈你继续。王盈盈说，第二，我们也考虑过，咱厂因为地段好，有可能被开发房地产，但我们劝领导一句，热水器市场还是有的干的！特别是我们拥有一整套现成的技术和管理人员，这不是新建企业短时间能做得到的！

岑岑说，可以考虑。见岑岑能够听进各种意见，王盈盈便滔滔不绝打开了话匣子。我不觉开始观察岑岑，她才二十六七岁，竟如此沉着老到驾轻就熟。她那漂亮的外表和聪明的内心结合得如此完美。难怪侯京见异思迁了。

岑岑和侯京商量以后决定，让刘奇做代理厂长，王盈盈做代理副厂长，两人主持全厂工作，其他领导听喝；而党工团一套班子暂时不动，只做人员精简。下岗的愿意留厂则留，不愿留的就给几万元走人。由刘奇出面联系，3G公司斥资三千万，从美国引进新设备。事情进展的磕磕绊绊，但却紧锣密鼓。热水器厂的新纪元就此开始。但这时，岑岑仍旧在和侯京探讨房地产开发问题。结果怎样，不得而知。

时间已经过去两个多月，2004 年的元旦到了。此间，我一直没和灯火阑珊联系，也没和刘梅联系。就在元旦这一天的晚上九点，我从老姨家吃完饭回公司以后，准时收到了刘梅的短信：马林，限你明天下午三点以前回来见我！我当时一愣，不知刘梅葫芦里卖的什么药。我回短信说，我太忙，能不能推几天？

不想，刘梅气哼哼回短信道，马林，我最后再通知你一遍，明天下午三点见面，谁有工夫跟你穷耗，咱们商量离婚问题！

天呐，我立时脑袋里轰轰作响。

离婚？说来就来了吗？多么生疏而又熟悉的字眼，多少次在我心里炸油条一样热辣辣地滚过，又悄无声息地烟消云散。

我知道回避不了它，却又从心里反感和抵触它。离婚，至少是一种人生失败的象征！哪怕这种失败是阶段性的！一种莫名的失落感袭上心头，我突然下决心要挽救垂死的婚姻，我要探究刘梅的真实想法。我又发短信说，刘梅，我不论有什么错，都不至于闹离婚吧？

刘梅回短信说，啰嗦什么？你早干嘛去了？

我又发短信说，我承认我有错，可你总得给人改过的机会吧！

刘梅最后回短信说，死了心吧，我等你好几个月你都不思悔改，这次我放你一马，成全你和阑珊姑娘！

我又连续发了好几条短信，刘梅都不回了。我直接给刘梅家里打电话，都是盲音。

这个元旦的晚上就这么过吗？伴随着我的压抑、郁闷、苦恼和怨恨？

哈，刘梅说成全我和灯火阑珊，多么讽刺，两个多月以来我没给灯火阑珊打电话，她就一个电话也不给我打，成全我们什么？前景分明黯淡！

晚上十点的时候，我无聊透顶，电视也不想看，只想睡觉。我已经铺开被褥的时候，有人敲值班室的门，保安问，谁呀？来人说，我，侯京。

保安吓了一跳，忙打开门，请侯京进来。后面跟着岑岑。侯京见我在座，便笑起来，说，今天是元旦，你竟然安然在座，说明有了挫折；走吧，跟我们到热水器厂来一趟。

我说，干什么？侯京说，看看弟兄们在干什么。我们三人便出了公司，坐上岑岑的车。汽车启动以后，侯京说，马林啊，阑珊的脾气你恐怕适应不了。

我觉得这话从侯京嘴里说出来没有说服力，因为他在灯火阑珊那里并不算成功者。但我还是问了一句，为什么？

侯京说，你是个血性男儿，阑珊是个血性女儿，你想想，能长久吗？我说，如果我们之间有一个改变了自己呢？侯京哈哈大笑，说，江山易改，秉性难易，古人的话没错的。

这时，我非常希望侯京问问我有没有老婆，关系处得怎样，我就可以顺势倒一倒苦水，寻一点高见了。可是侯京压根儿不关心我究竟有没有老婆。他只关心和灯火阑珊有关的事情。侯京说，你看阑珊多么任性，明明我们俩的婚姻死亡了，她却拖着就是不办手续，一拖就是半年。

我说，这也说明她对你恋恋不舍。侯京说，错！她吃了我的心都有！

我突然觉得灯火阑珊十分冤枉，我不能不站在她的一边，我说，侯总，在你们俩的问题上，你不能否认你应该负主要责任！

侯京说，你难道还希望我们和好吗？我说，当然，没有比这种选择更理智的了！侯京说，难得啊马林，当着岑岑你都敢说出心里话，敢于指责我，我敬佩你的坦诚。

我说，我要是为此得罪了你，我立马辞职走人。侯京说，不不不，你是我的诤友，不过我已经爱岑岑很深了，我们俩不会再分开了！

来到热水器厂，正碰上一大群工人下班，热热闹闹地在存车棚取自行车，把厂门口堵个正着。岑岑的北京现代就煞车耐心等着。工人们没看见厂门外的北京现代，堵在厂门口七嘴八舌地热烈议论。

岑岑没有摁喇叭，她悄悄下车走过去倾听。一会，她就被一个工人认出，和她比比划划地说起来。我和侯京坐在车里，看到岑岑很开心，没有让工人闪开的意思，侯京便按捺不住，伸手按了一下喇叭。工人们方才醒悟，立即与岑岑挥手拜拜，一窝蜂一样骑上车鱼贯而去。岑岑上车以后埋怨侯京，催什么？我正想听听工人们说什么呢！

侯京说，说什么？岑岑说，工人们在担心引进的技术是不是最新的。我说，反正国企常有把外国过时淘汰的东西买进来，还当香饽饽的情况。侯京说，有合同在，相信刘奇吧！

上楼以后，发现刘奇没在厂长室，只有齐厂长在。齐厂长很热情地欢迎大家说，这么晚了，领导们怎么都不休息？

侯京说，彼此彼此，你现在干什么呐？齐厂长满足地说，给刘奇临时当秘书和助理。岑岑说，临时的？

齐厂长说，是啊，如果不顺手，刘奇就会立马开了我。大家都笑。当然笑的内容各不相同。

侯京问，刘奇在干嘛？齐厂长说，在小会议室和几个工程师研究方案。说着就要去找刘奇。侯京便说，算了，别打扰他了。

我问，工人们怎么刚下班？齐厂长说，在拆卸旧设备，活不好干。侯京问，今天是元旦，大家加班有加班费吗？

齐厂长说，还提加班费呢，今天下午美方寄来一个邀请函，请刘奇去美国检验新设备，等待发货，刘奇都犹豫不决呐。

侯京有些不解，说，这事我怎么不知道？齐厂长说，刘奇让我给你发传真，我一看时间太晚了，就没发。侯京有些不爽，说，你不知道我们下班都很晚吗？还拿你慢腾腾那一套来衡量别人吗？

齐厂长辩解说，邀请去美国，不过就是旅游观光，人家拿这个来堵咱的嘴而已。侯京说，如果你去了，就变成旅游观光了，而懂技术的去了就会忙死。齐厂长自知语失，知趣地不再说话。

侯京问，咱厂技术上最精的工程师是谁？齐厂长说，这个不好说，有好几个都不错。侯京说，你心里没数？齐厂长无话。侯京又问，如果让你出国去接设备，你会去吗？

齐厂长说，只要领导信任，我能不去吗？侯京说，看来，你这个厂长早就该下来了，今后也很难委以重任，因为你没有自知之明！

齐厂长脸憋的通红，说不出话。我在一边听着，着实佩服侯京。齐厂长没有及时给侯京发传真，侯京没有直接发作，却拐个弯把齐厂长损了。这时岑岑说话了，齐厂长，你还不赶紧把邀请函拿出来？

齐厂长恍然大悟，立即嘴里唔唔着打开抽屉，拿出邀请函递给侯京。侯京迅速看过，还给齐厂长，说，告诉刘奇，明早跟我通电话！便告辞。

坐在车上，侯京说，美方邀请十个人去，三个人的费用由他们出，其他人则费用自理；看来人家已经预知咱们会有人滥竽充数去旅游了。

岑岑说，为此刘奇不想去，肯定是想让工程师替他。侯京说，急事急办，明早我立即跟董事长汇报，岑岑啊，你觉得谁去合适？岑岑说，你，刘奇，加一个工程师。

侯京说，唔，把我换成你。岑岑说，我哪有时间？侯京说，把手里的一切都放下，此事非你莫属！岑岑说，这么说，我这一摊子就要分解到大家身上了，马林啊，你就要多操心了！我说，没问题。

岑岑把我送到公司，然后他们俩开车走了。我立即洗漱，睡下。此时，我想得最多的是明天下午三点和刘梅的见面。到时我说什么呢？我打着腹稿，渐渐睡着了。夜里做梦，刘梅看在老夫老妻的份上，不离婚了。我兴奋异常，伸手抱住她接吻，她刚吃过大葱蘸酱，一嘴刺鼻的葱味儿，我丝毫也没在乎，兴冲冲地啃个够。接着，刘梅就提出想不想那个。我太激动了，便使劲往高处跳，脑袋嘭一声顶在屋顶上，一下子便惊醒了。原来，我脑袋顶在墙上了，火辣辣的疼。睡在一屋的保安也被惊醒，他不满地问，喂哥们儿，你折腾什么呐？我从裤兜里掏出手机看时间，凌晨五点半。我说，吉祥啊，我做了个好梦！

哪知道，事实完全不是这么回事！我起床洗漱刮胡子。写了个请假条放到岑岑桌子上，就出了公司。在街上买了一个肉夹馍，吃着，转进昼夜烟酒店，为岳父买了两瓶茅台（他不是只喝好酒吗？而我已经在3G公司领了两个月的薪水，加上侯京每月奖励我的活钱，口袋里已经很殷实了）。然后坐公交直奔火车站，我想早些回家，办完事早些回来。上午十一点，我敲响了刘梅家的房门。当时刘梅显得有些紧张，她没想到我会来这么早。因为元旦歇假，一家人都在家。

我岳父岳母挨个叫了一遍，没人理我，却都虎视眈眈看着我。

我故作镇静地走上几步，把两瓶酒放在客厅酒柜里，岳父便走过去把酒又拿出来，搁在门后放拖鞋的地方，我看出是准备让我随时拎走。完全是拒人于千里之外的态度。

这时我观察到刘梅的肚子已经很大，马上就要生的样子。两只脚肿得像发面饽饽，来回走动时脚底下拖拖拉拉的。她从卧室拿出几页纸，递到我手上，说，你先看看，有什么疑义没有。

我一看，是离婚协议书。我还没细看就说，刘梅，咱非走这一步吗？刘梅冷冰冰地说，别无选择！

我把几页纸扔在茶几上，说，我不同意，我不看！刘梅说，你早就另有所爱，抛弃了我们一家和未来的孩子，给你几次机会你都不思悔改，还让我们说什么？

我说，我早就和阚珊姑娘分开了，你再考验我半年不行吗？刘梅说，不必了，快看吧，看完签字。

我一下子火冒三丈，我说，我看个屁！我签就是！刘梅却丝毫不急，十分冷静地说，别别，你别不看，里面的条款合适不合适你得认账，别落个我们欺负你！

我不得已重新把几页纸举到眼前。我对刘梅的文字水平一向不敢恭维，只觉得啰哩啰唆翻来覆去说的都是财产分割和对未来孩子的责任。

我把协议书归纳了一下，大致有三条内容：一、孩子的抚养权归刘梅，孩子六岁以前我每月给刘梅交二百元抚养费，六岁至十八岁时我每月交五百元；二、房子归我，因为这是我们单位在 1999 年的最后一次半福利性分房，而刘梅娘家资助过五万元，这个钱必须由我还上，每月再给刘梅一千元，直到还清为止；三、家里的生活用品刘梅该拿走的都拿走了，剩下的家用电器之类便不计较了。

看着这一纸协议，我觉得没有什么纰漏。所开列的条款也说得过去，不算刁难。但我没有丝毫快意。我的婚姻就这样宣告失败了吗？

我看着刘梅的一脸坚定，不知几时她的脸上在鼻翼两侧竟然出现了线条，本来是团团的一张圆脸啊，而那线条又像刀刻的一般。难道她也焦心吗？我说，没什么可争议的，签吧。

刘梅说，你可想好了？我说，想好了。刘梅又说，不再变了？我说，你干嘛婆婆妈妈的，咱俩最后一次合作你不能利索点吗？刘梅说，你这人忒冷酷了！

我一听就气不打一处来，我说，咱俩谁冷酷？是谁逼着谁离婚？刘梅说，我是说你对未来的孩子就没有一句交代吗？我问，交代什么？

刘梅说，比如，孩子落生的时候你要不要在场，给孩子起什么名字，准备多少块尿布，给孩子买个小床还是摇篮，是不是要给孩子雇个保姆……刘梅突然说不下去了，扭过脸呜呜地哭出声来。

这倒一下子让我措手不及，立即跟着陷入窘境，是啊，一个孩子出生，紧跟着会有多少事接踵而来呀，夫妻俩一起忙碌是天经地义啊！我说，要不，咱不离了！

刘梅立即止住哭声，说，休想！你对人家阑珊姑娘怎么交代？我说，我们俩早就分开了！刘梅说，我不信！她拿过签字笔递到我的手里，说，签吧！

我说，再也没有挽回余地了？刘梅说，你怎么也变得啰啰唆唆婆婆妈妈了？你一走几个月不回家的勇气哪儿去了？

我还说什么呢，我签！签！签！但我的手发抖，签出的"马林"两个字歪歪扭扭。

刘梅把协议书拿到卧室收起来。回过身来说，你毕竟是孩子的父亲，孩子跟你没有深仇大恨，所以，孩子出生的时候你要在场，不能让医院大夫们见笑。

我说不出话，只是盯视着这个蔫有准的女人。从今天起，她可以对外宣布，她没有丈夫了，她可以和任何一个男人随意接触，她还可以教孩子对别的男人喊爸爸。天！我心如刀绞，想不下去了！这时刘梅又说，开春三月初，是孩子的预产期，那时你务必得回来，你要亲自送我去医院。

我说，你还有什么吩咐，一并说出来！刘梅说，对了，你给孩子起个名字吧！我想了一下说，叫马竟吧。刘梅问，为什么叫马竟？我说，继承他爸爸的未竟事业。

刘梅说，也让孩子到处疯跑打工吗？我说，到了他们这一代，想不出去打工都不可能了！我嘴里这么说着，心里还有一丝安慰，就是，我让孩子姓马刘梅没反对。

刘梅说，你再来的时候，需要给孩子捎什么东西提前想好了，别让我提醒。我说，我要是想不起来呢？刘梅又来气了，说，你难道一点父亲的职责都不尽吗？你还算人吗？

我无可奈何说，好吧，到时你把手机开着，我跟你商量。刘梅说，商量什么？想想孩子需要什么，比如尿不湿啊，小衣服啊什么的，都让别人说就没劲了。

我突然想起，如今我口袋殷实了，为什么不显示一下呢？我掏出侯京给我的那两千块钱，说，我从你怀孕开始算，每月给你补助二百，直到孩子出生。

刘梅愣了一下，说，如果给我的，我就不要；如果给孩子的，我就收下。我说，当然是给孩子。

刘梅二话不说便把钱接过去，拿到卧室。回来补了一句话说，要不要打个收条？

我摆摆手，说，这都是良心账。这时我看看墙上挂钟，已经下午两点，我说，是不是留我在这吃饭？刘梅说，没这意思，您老人家请便吧！

我靠，我被撵出来了！我刚出门，刘梅又追过来，拎出那两瓶酒说，对不起，拿着这个！我无话，顺手接过来，身后房门便嘭地关上了。

走在街上，我不觉又抬头看刘梅家的窗户，见刘梅正探着脑袋。我没理睬。招手打了一辆车，坐上去，直奔火车站。

肚里咕咕直叫，于是我在火车上买了一盒方便面将就了。下午六点以前，我赶到了公司。

岑岑一见我就说，马林，家里事都利索了？我说，是。岑岑问，是离是合？我说，离。岑岑说，当断不断，反受其乱；没有精神负担了，可以一门心思想阑珊了。我听了一愣，说，你怎么什么都知道？

岑岑说，那当然，侯京早就看出你和阑珊关系不一般了，他迫切希望你能和阑珊缔结关系，那样他就算一块石头落地了。我说，没这么简单。岑岑说，没错，阑珊不是那么好驾驭的。

我对岑岑说阑珊"驾驭"心里不舒服，便说，你们当领导的爱说"驾驭"，而我和阑珊之间不存在谁驾驭谁的问题！

岑岑脸红了一下，说，是啊，阑珊属于我行我素类型——我给你两天时间，你想办法和阑珊谈判吧。我说，见鬼了，你怎么知道我非得和阑珊谈判？岑岑说，你天天跟着我，而两个多月阑珊一个电话也不给你打，那不就是你们之间出现龃龉了？

我说，你真精明！岑岑说，如果连这么简单的事情都看不清楚，还配在这当白领吗？

我无话。晚上，我要多买几个菜留岑岑吃饭，因为我手里现在有酒，而且是好酒。不想岑岑反客为主，说，不不，我请你！她立即给食堂打电话，让多送几个菜，然后就叫侯京下来一起吃。而侯京听说我和刘梅签了离婚协议书了，竟十分伤感，说，咱们在这喝茅台？知道刘梅这会多难受吗？识大体顾大局，坚韧隐忍，还有比刘梅这样的女人更让人尊重的吗？

不知侯京酒量究竟有多大，这次侯京破天荒地喝多了，他嘴里磕磕绊绊地说，马林，你失去了一个难得的好女人！这辈子你后悔去吧！当然，你现在面对的阑珊也不错，但你能不能如愿以偿，只有天知道！

夜里，我根本睡不着。我想得最多的是刘梅说的话——一个父亲的职责。我就要成为一个父亲了，而作为父亲都有什么职责呢？我想至少应该有两条，即养育孩子和支撑家庭。养育孩子的问题已经被刘梅大包大揽了，我充其量是给些资助；而这个家庭已经支离破碎，怎么去支撑呢？只能采取按月掏钱的方式。多么拜金，多么唯利，多么冷冰冰啊！不然又怎么办呢？我能心安理得地在刘梅家给孩子洗尿布吗？我能像所有的父亲那样天天把孩子抱在怀里亲个没完吗？我能亲手给孩子热奶喂奶、有个头疼脑热抱起来就往医院跑吗？显然，这些常人所摆脱不了的家务琐事只能变成我的一种奢望和向往！当然，如果是一个正常的家庭，此时做父亲的还必须为老婆炖鸡熬鱼汤，替老婆承担一切洗洗涮涮的活计！

可是，事到如今说什么都晚了。木已成舟，既成事实。虽说，这个创痛一两年恐怕都平息不了，但不容回避的基本事实是：我和刘梅的所有恩恩怨怨已成过去，已成回忆。眼下我要自我安慰，我要振作，我要面向未来。我现在需要的是一句曾经风靡一时的话：解放思想，实事求是，团结一致向前看。

夜里保安去站岗，我就坐起来看电视。一过两点很多台都结束了，但中央台不结束，我便几个台来回对付，以此打发时间。天快亮的时候我勉强睡着了，电视仍旧响着。我又做梦了。刘梅领着我到了民政局，见了人家就发糖发烟，我说，嗨，你干嘛？

刘梅说，咱领红本儿，大喜啊！我说，错了，是绿本儿！刘梅说，谁错了？你错了还是我错了？难道是我搞婚外恋了？难道是我一离家就半年不回来？

真把我气死了，怎么当着民政局的同志说这些呢？我要拉刘梅走，可是她的肚子很大，身体份量很沉，我根本拉不动，而且我也不敢太使劲，怕惊动肚子里的孩子。而刘梅却不依不饶滔滔不绝地说呀说，直把我急醒了。

我长长出了一口气。但我分明知道，走一趟民政局是题中应有之义。说不定过两天刘梅就会打电话叫我。不知别的离婚男人都是什么心理，反正此时的我还抱有一丝侥幸：万一刘梅回心转意，撕掉那个协议书呢？基于这种心理，我对今天去找灯火阑珊谈判就态度不够积极。如果有平原，谁还非得爬山？须知结一次婚要逾越双方多少关卡！特别是灯火阑珊的父母，知识分子那种一根筋、认死理，早已让我领教了！即使我和灯火阑珊恢复了关系，那老两口能饶过我吗？

上午，过了十点，我才磨磨蹭蹭坐公交来到北苑餐厅。餐厅里大堂、美云和伙计们在做卫生，新一天的忙碌即将开始。一见面，大堂就惊叫起来，嘟个马先生呦，你好有耐性撒，一走两个月不回头，把个阑珊老板急死撒！

我说，哥们儿，你还好吗？没出妖蛾子吗？大堂说，啥子妖蛾子呦，一切都平平安安撒！

美云把我拉到一边说，马哥告你，小佘跳槽了。我立马想起小佘还欠我几千块钱，我说，他到哪儿去了？美云说，不知道，他现在把我甩了！说着美云要哭。我说，怎么会？我了解小佘，就他那操性？我立即掏出手机给小佘打过去，还好，这哥们儿没换号，通了。我说，嗨，佘哥们儿，现在在哪儿高就呐？

小佘问，你谁呀？我说，连我都听不出来？小佘说，抱歉，听不出来。我说，我是你马哥！

我以为小佘会立即陪上笑脸，一叠声问我好，谁知小佘气哼哼道，什么马哥马姐的？你开什么玩笑？我不认识你！我说，我是马林！小佘说，对，我还是蔡振华呢！说着啪一声关机了。

嗨，真他妈行哎！我说，美云，你知不知道小佘为什么跳槽？美云说，他那个公司要倒闭。我说，他可还欠我钱呐！美云说，我也提醒过他，可小佘说，北京这么大，累死马林也找不到我！

天呐，人要是到了恬不知耻的程度，你还能奈他何？这都叫什么事啊？我粗略一算，小佘欠我大约五千左右。而且这个钱主要是老姨的。小佘的逃债让我想起老姨，我应该把借老姨的钱还上。我走出饭店，来到银行自动取款机跟前划卡，看看共有多少钱。还好，够我还账的。于是，我取出五千。接着，我坐公交来到老姨家。

老姨家自然是欢乐祥和的，郭果也在，正忙忙呼呼帮着做饭。我把老姨叫到卧室悄悄把钱给她，并说出我和刘梅的事，老姨立即犹如惊闻噩耗一样，脸冒虚汗，两手冰凉。

她重重地跌坐在沙发上，说，小冤家，你妈知道吗？我说，还没告诉。老姨说，怎么发展到这一步呢？你不是已经跟阑珊分开了吗？我说，是啊，这一切我都告诉刘梅了，可她根本不信！

老姨说，那你怎么不告诉我，我给刘梅打电话做工作呀！我说，来不及了。老姨说，什么来不及？这是你们在拿自己的生活当儿戏！

我说，您千万不要钻这个牛角尖，现在离婚的有的是，民政局天天踢破门槛子。老姨说，这种时髦你也赶？孩子一落生就面临父母离异，对孩子太不公平了！你们这种家长不称职啊！老姨再也坐不住了，起身去告诉老姨夫。

老姨夫乐得有表妹和郭果做饭，正开心地坐在客厅看电视。他一听老姨说出这个消息，又看到老姨面色不好，立即问老姨，是不是又头晕了？

老姨说，是。老姨夫便立即找来降压药，逼着老姨喝下去。还用手做着按压的动作说，老伴，千万别激动，再大的事也不能乱了方寸！老姨说，咱们家还有比这个更大的事吗？发生在咱的眼皮子底下，咱有责任啊！

老姨夫转向我说，马林，我真该扇你个大耳光子！我说，老姨夫，要是能解气，您扇好了。老姨夫说，住嘴！事到如今你还充什么好人？

我说，我本来也不是坏人呀！

老姨夫说，都是你老姨宠你，看把你宠成什么样了？赶紧出去！找个没人的地方清醒清醒再回来！老姨说，要吃饭了，你撵孩子干嘛？老姨夫说，我看他太浑，浑得一塌糊涂！

我感觉今天中午老姨家这饭我不该吃，也没法吃，便忿忿地转身离开，大步走出去。老姨在后面喊，马林，你回来！

二十二、知向谁边

我从老姨家出来，心情极其郁闷，便径直往外走，心中想起《圣经》上的话：有人打你的右脸，连左脸也转过来由他打。可我不是基督徒啊！这时表妹和郭果追了出来，在我身后叫，哥，哥，你回来！我装作没听见，继续憋着劲朝前走。表妹和郭果便一边一个拉住我的两条胳膊，往回拖我。表妹说，哥，你也太不吃话了，你作的还不够呛，当长辈的说你两句还不应该吗？

郭果说，对呀，难道让长辈支持你离婚不成？此时我的眼眶里溢满泪水，我说，他们为什么就不理解我呢？表妹说，哥，你把我长期以来的担心变成了现实，你对不起嫂子啊！

我说，你们搞清楚好不好，不是我要离婚，是刘梅！郭果说，那你不也签字了？你绝对是走了昏招、臭棋，无论如何我难以苟同。

我挣脱他俩说，你们回去吧，我必须得走，我得像老姨夫说的那样找个地方清醒清醒。

表妹把我拉到一旁，避开郭果，把嘴凑到我耳边说，哥，听我的，回去，不然的话，让我爸怎么下台呀？

我说，妹，老姨夫已经把我说得无地自容了。表妹说，这有什么？说明你还懂羞耻，还可造就！我说，我本来就是好人嘛！

表妹说，好了，哥，给我个面子！我说，妹，你别劝我了，等我心情好起来，我会主动来咱家向老姨和老姨夫赔罪的。

我撇下表妹，大踏步地向小区门口走去。任凭表妹和郭果在身后怎么喊我都不再回头了。心说，老姨夫又不是外人，有什么可下不了台的？

一月的北京，寒风凛冽，我坐上回餐厅的公交，裹紧防寒服，心里想着岑岑的话——给我两天时间和灯火阑珊谈判。

谈什么？怎么谈？我重新踏进餐厅，墙上挂钟已经一点，我向大堂要了两个小菜，一小瓶二锅头，独坐一隅喝起闷酒。

眼看店里的客人渐渐走净，而我的问题还没有想清楚，就又要了两个小菜和一小瓶二锅头，慢慢吃，慢慢喝。大堂和美云便一直用眼睛盯视着我。屋里暖气挺热，四两二锅头下肚以后我开始冒汗，但我脱下防寒服，解开衣领继续，再要两个小菜和一小瓶二锅头。大堂感觉不对劲，走过来坐在我的旁边，马先生，你嘟个怪样子不好撒！

我说，去，拿个杯过来，一块喝！大堂说，老板有规定，员工不许喝酒撒。我说，我算这里的员工吗？大堂说，你是经理撒！我说，我是个屁经理，你净拣好听的说；我问你，阑珊老板背后说我什么？

大堂说，老板天天盼你回来呦，她是个有情有义的女子撒。我说，我没问你这个，我是问老板背后说我什么？大堂苦笑，说，马先生你开啥子玩笑呦，老板的心里话能跟我说撒？

我觉得大堂肯定没说实话，灯火阑珊那么外向的人不会对大堂、美云他们没有交代。我摆摆手让大堂离开，又招手把美云叫过来。我对美云说，我对你是不是很关照？

美云说，是，谢谢你马哥。我说，你说实话，阑珊在背后怎么说我的？美云说，你问这个干嘛？我说，我想知道。美云说，我知道你们俩现在闹矛盾了，但你们都要结婚了，所以我们都不想掺合你们的事。

我说，你还是没回答我的问题。

美云的眼珠骨碌碌转了一会，说，我要是说出来，你不许生气，也不许透露是我说的。我说，可以。美云回头看了看大堂不在跟前，说，那我就说了——阑珊姐说，你什么时候回来，就让你什么时候搬出去！

我说，美云，谢谢你，忙你的去吧！我一口气喝干一小瓶二锅头。

哈，终于有人对我说实话了！

是撵我还是另有用意？如果是撵我，我走就是，尽管我并不甘心，我不想接受第二次人生的失败；但如果不是——往好处想的话，那么，灯火阑珊又是什么意思？她这个胸无城府的人难道也玩起弯弯绕了？六两酒在肚，我有些头晕目眩，但思维尚可，我想把灯火阑珊叫来谈谈，于是我直接给灯火阑珊打手机，通是通了，没人接。我再给小萍打，也通了，也没人接。我知道，她们肯定已经约好，只要是我的手机号，就不接！

于是，我发短信。我给灯火阑珊一连串发了二十个短信，又给小萍发了二十个短信，内容都是"你们在干嘛？为什么不回话？想联手整我吗？"可是仍旧没有回音。

此时大堂端来一碗手擀面，说，马先生，这一碗记我的账撒。我问，什么意思？大堂悄声说，老板要你吃饭交钱撒。

我顿时脸热心跳起来，又想发作了！我想问问大堂，我以前天天白天在这里顶班，晚上在这里睡觉，可以说是全天候，可我要过饭店一分钱吗？灯火阑珊一翻脸怎么就翻得这么彻底？她那一贯的古道热肠哪儿去了？但这种话我实在说不出口，我说，大堂和美云你们听好，一小瓶二锅头三块钱，三小瓶九块钱；一个小菜五块钱，六个小菜三十块钱，总共三十九块钱。一碗手擀面是大堂的心意，我领受了，白吃了，给！我掏出一张五十的人民币递给美云。我的表情一定十分难看。

美云坚决推辞，连说，不要不要，记我账上，记我账上！我说，我比你工资高，干嘛要记你账上？美云说，我工资再怎么低，请你一顿还请不起吗？她把钱塞回我的衣兜，又推我回座位。说，马哥，你帮我好几次，我都没法报答呀。

于是，我不再推让，埋下头一口气吃光了那碗手擀面。眼泪便也不知不觉劈哩啪啦掉在碗里。

大堂走过来悄悄问我，要不要我现在帮你把行李拿出来？否则一会吃晚饭的人就上座了撒。我看出大堂的一片好心，但此时只像在撵我。当然不是大堂撵我，是背后的灯火阑珊在撵我。我说，好吧，说走就走，有什么了不起！

大堂用尼龙绳帮我把行李捆好，送我出门。我一只胳膊夹着行李卷，一只手拉着旅行箱，向公交车站走去。美云追出来喊，马哥再见！给我们来电话！

我回过头说，再见！一定！我一时间又热泪盈眶，只觉得还是打工阶层一条心，彼此之间更容易沟通！而说到底，我不就是个打工仔吗？不论在 3G 公司，还是在灯火阑珊跟前，我不都是端人家的饭碗吗？发生一些不公正、看人家一点脸色，不都是顺理成章吗？

我把行李安顿在 3G 公司，死心塌地要在这里干下去了。

岑岑办妥了手续，要带领热水器厂的刘奇和两个工程师去美考察——这是真的考察，不是徒有其名而实际旅游的考察，因为热水器厂正嗷嗷待哺。但在这个时候我和岑岑也发生了分歧——岑岑临走给我部署了一个任务：和销售部同仁一起，就如何把热水器厂库存的热水器卖出去问题，做出策划并报侯京批准实施。本来热水器厂自己应该更多地考虑这个问题，但这个厂在被 3G 公司收购的时候营销人员就都跳槽了，于是销售处于停顿状态。我对此有自己的看法。我这样告诉岑岑，我们要树立 3G 公司形象，已经落伍的热水器不能再卖，要等待新技术

长篇小说
职场眩爱
zhichang
xuanai

引进之后，把库存热水器的旧胆全部更新，都变成电子防腐，以崭新的面貌打向市场。

岑岑说，我不同意，我觉得还是应该尽最大努力减少库存，为新设备引进以后减少负担。我说，咱俩各不相让，要么请示一下侯京？岑岑一听更加不悦，说，咱们在下边能解决的问题干嘛要上交，侯总太累了。

我说，但咱俩达不成一致啊！岑岑说，马林你是不是对做市场有畏难情绪？我说，岑经理，你误解我了，我这人有个特点就是爱坚持己见。岑岑说，你别自夸，你是固执己见。我说，你如果非要这么做，我也服从，但后果显而易见！

岑岑下了决心说，你只管做好了，有什么后果我负责。事情就这么定了，岑岑赴美走了。我不得已找到销售部同仁一起写出一份热水器销售策划书，送给侯京，但我在结尾处加了一句话：或者等待新技术引进后，更新内胆再行实施。

不想两天后，侯京通篇看了报告只对最后一句话感兴趣，说，等一等是对的，凡事要从长计议。他立即给远在美国的岑岑打了手机，让把这件事放一放。接着岑岑便给我打来电话，说，马林啊，就按侯总意见办吧，但我对你越级反映问题十分反感。

我说，因为你压根就不同意啊！岑岑在电话里说，你知道这样做是什么结果吗？我问，什么结果？岑岑说，侯总会认为咱们关系松散，而且办事不力。

我没再说话。我不知道是不是有这么复杂。但我对岑岑又有了新的认识，发现了一向精明的岑岑的另一面，敏感多疑。不由想起她的话，要小心翼翼，如履薄冰。但我这人天生固执，爱发表意见，不说出来就不痛快。在侯京带我去看热水器车间的时候，又说了似乎不该说的话。

当时陪同我和侯京的是厂里代理副厂长王盈盈，我看到车间里旧设备已经拆除，新打的水泥地平，门窗都刷了新油漆，连玻璃都擦得一尘不染，只等安装新设备了。此时王盈盈一定在等待侯京的肯定和表扬，估计谁在这个时候都是这个心理。

但侯京却觉得还欠点什么，就对王盈盈说，是不是买点地垫铺上？王盈盈说，不好，不利于擦拭油污。我说，为了防静电，应该刷一遍环氧树脂胶才对。

侯京说，这个意见好，哈，智者千虑必有一失啊！其实侯京可能就是一句玩笑，而当时王盈盈立即一愣，忙说，是啊，我怎么没想到呢？

女人的心思总是写在脸上的，王盈盈看我的时候表情极不自然。侯京又顺口说，马林，你办这件事吧！我说好吧。我看见王盈盈几乎要发怒了。

回公司的路上，我坐在车里，接到了王盈盈打来的手机：马林，你这人怎么专门给人上眼药啊？有什么问题不能单独跟我说吗？让侯总怎么看我啊？说完便啪一声关了机。天呐，不知不觉中，我又得罪一个人。

来北京快一年了。我都学到了什么？或者说体会到了什么？

我想至少两点：坚忍不拔和讲究方法。这应该成为我今后人生的原则和路径，以及每个来北京打工的人的原则和路径。

我想起侯京说买地垫的要求。为什么不在办公楼里铺地垫呢？也算侯京的动议有所价值。我立即向侯京提出建议。当领导的当然都不愿意自己的意见落空，侯京听了哈哈一笑说，马林，你真变得爱动心思了！办吧！

我暗喜。在寻求打工人的路径上我正向侯京和岑岑蹒跚学步。

那么，买地垫还找灯火阑珊和小萍吗？她们肯定不会理我。

全北京市卖地垫的得有多少家？只要我打个电话，就会有人送上门来。但我想起一句话，肥水不流外人田。虽然闹了龃龉，我至今还在心里把灯火阑珊和小萍看作自己人。3G 公司那么大的办公楼，买地垫至

长篇小说

职场眩爱
zhichang
xuanai

少得3000米，这是多么大的一笔业务！我想了一个巧妙的办法，灯火阑珊先放一边，要给小萍一个惊喜，让她不能不理我！

我请保安代我给小萍打手机，说，买3000米地垫，单位是某某公司（隐去真实单位），明天上午十点在三元桥咖啡店见面，本人戴眼镜看报纸，临窗。

真不错，保安的一口纯正的山东话，没露出一丝马脚。

转天，我就赴约了。我坐的位置就是我第一次和灯火阑珊亮出庐山真面目的地方。我拿着一份《北京晨报》，戴着一顶棒球帽和墨镜。

小萍按时进入我的视野，踟蹰着坐在我的对面，只坐了半个屁股。我不说话。小萍问，先生，你要买地垫？

我说，是。小萍问，你是盲人？我说，不是。小萍说，那你在屋里戴什么墨镜啊？我摘下墨镜，说，怕你认出我，就不来了。

小萍呸了一声说，我早就认出你了，扒了皮我也认识你的骨头！

我哈哈大笑。

小萍说，你笑什么？踌躇满志了？我说，什么呀，正艰难竭绝着呐。小萍说，我却看你满面春风呢，是不是又有新欢了？

我说，我在等阑珊呢。小萍说，别提人家阑珊，你不配；说说地垫吧，买多少？我说，3000米。小萍说，嚯，真不少哎，这次我给你提成——干什么使呀，用这么多？我说，3G公司办公楼用。

小萍一听立即挽起眉毛，说，3G公司？我们不卖！你找别人吧！

我说，小萍，你在生意场跑这么长时间了，不能感情用事。

小萍说，这是阑珊的原则，涉及3G公司，免谈。

我说，这是何苦啊！

小萍说，3G公司吞噬了阑珊两个男人，阑珊已经恨死3G公司了！

我说，哪有这么严重，我已经离婚了，只等阑珊召唤我呢！小萍问，真的？我说，这还有瞎编的？小萍说，那你为什么不从3G公司出来？我说，我刚站稳脚跟啊。

小萍说，阑珊说了，你什么时候跳槽，她什么时候接纳你。我说，这太不理智了，太强人所难了！小萍说，阑珊也感觉你们之间共同语言越来越少，你正在被金钱和虚荣所俘虏。

我说，天啊！怎么人和人之间这么难沟通？认识差距这么大？是不是她另有所爱了？小萍说，你别血口喷人，你知道阑珊心有多苦吗？你害了阑珊，阑珊现在已经心灰意冷，三五年之内根本不会再找男人了。我问，真的吗？

小萍说着站起身说，盲人同志，你怎么不想想，究竟是你的所谓前程重要，还是阑珊的感情重要？以后不论跟谁交往，都要考虑对方感受，不要我行我素！说完，小萍毅然走出门去。

我喊，小萍！小萍！她连头都不回。

唉，我该怎么办呢？

我还是请保安帮忙，在小萍那里买了3000米地垫。保安没提3G公司，而是说了其他的公司名字，也没用小萍找车送，是我们自己出的车。来回来去地说"3000米"，说了好几遍，小萍必然怀疑还是我在捣鬼，怎奈保安信誓旦旦，说自己绝不是什么3G公司，好好歹歹就算糊弄过去了。我利用在3G公司的职位小小地帮了一下小萍和灯火阑珊，心里还是很熨贴的。

3G公司的楼道铺了草绿色地垫，看上去十分养眼，走上去的感觉也不一样。可能是侯京心情愉悦，也许是因为其他原因，他把我叫到他的办公室，一本正经地说，马林，从明天开始，你做我的助理吧，在我隔壁办公，工资给你翻一番。但这仍然是对你的试用，如果你表现出色，后面还有更重要的位置，咱们3G公司向来是不埋没人才的。我点点头，向他鞠了一躬。天知道，我怎么会变得如此毕恭毕敬，我本来不是这个性格。

我的办公室被收拾好，我坐进去以后，呆呆地发愣。我的工资已经

长篇小说

职场眩爱

ZhiChang
Xuanai

跃升至 4500，正是我在建筑公司做库管员的工资的两倍，而且还不算年底的活钱。走上这个职位第一件最应该做的事情是什么？我当然知道，不是给侯京端茶递水、拖地擦桌子，而是立马将 3G 公司的概况做个了解，一、财务情况；二、人员情况；三、各项业务运行情况……不知侯京会在什么时候问我，我应该当即就把数字回答出来，而不是说"我去了解一下"。民企和国企差别是很大的。人家不待见的事别等着人家说。我能这么想问题，也许就是长进。

我被擢升的文字通知迅速发到了 3G 公司各部门和下属单位，于是，我的办公室里的电话蓦然间就被打爆了。虽然没有一个是来祝贺的，但他们在电话里主动向我汇报情况，反映问题，希望我择机向侯京转达，这事还是让我非常感动。这充分表明了我的位置的重要。此时，我接到了王盈盈打来的手机，她说，马林，过去我对你说话不讲方法，你别计较，因为我心里着急，害怕侯总对咱厂印象不好会影响到投资和改造，你应该知道，现如今市场竞争有多么激烈，说是"一日千里"一点都不为过，咱们怎么能错过每一个发展的机会呢？

我说，你误会我了，我没别的意思，完全是随声附和地说了一句，你不必当真，你们车间没买地垫是对的；但侯总的话也没有落空，我给 3G 公司办公大楼买了 3000 米，铺上去效果不错，你再到公司来的时候肯定感觉是不一样的。

王盈盈说，马林，不，马助理，今天我跟"全聚德"一个朋友打了招呼，他给咱们留了座，今晚我请你。我说，你们现在业务停顿，没有收入，你请哪家客呀？王盈盈说，你也别误会，我是掏自己腰包。我说，那我就更不能去了，如果去也是我掏钱。王盈盈说，马林，我还得叫你马林而不叫你马助理，因为你还是不成熟，你这不是看不起我吗？你要把我当做基层领导，而不要认为我只是王盈盈。王盈盈算什么？不就是一个大龄的待嫁的女人？而基层领导呢，却肩负着全厂干部职工和 3G 公司的期望，那意思能一样吗？

我被抢白得无话可说，王盈盈真厉害。我突然发现，北京的女人，虽然她们都还是姑娘，却都很厉害，一个个伶牙俐齿，让我这个须眉男子自叹弗如。晚上，我来到"全聚德"的时候，想起了曾经和小萍夫妻在这里一起吃饭喝酒的情况，心里突然变得不是滋味。但酒过三巡以后王盈盈说出的一个情况更让我瞠目结舌。她说，我之所以请你吃烤鸭，并不是我要巴结你，而是侯总安排我多和你接近，侯总说你是单身，我也是单身，共同语言会多一些，最关键的是侯总说，如果咱们俩走到一起，会让热水器厂腾飞起来，那时候3G公司会抱个大金娃娃，咱们俩也会都抱上大金娃娃。

　　如果侯京真的说过那些话，也真是深谋远虑和用心良苦。他为了3G公司的发展真是水银泻地，无孔不入，无所不用其极。但我听不明白，王盈盈说的"走到一起"是指工作上走到一起，还是生活上走到一起。这个女人真是诡谲，一语双关，一石二鸟，先把两个人都是单身亮明了，然后就撺掇"走到一起"，还撺掇抱什么娃娃。我当然明白，她说的大金娃娃并不单指赚到大钱，而是抱上自己的孩子。在婚姻和孩子问题上我已经足够困惑，实在不想再多迈一步。那天晚上我和王盈盈都喝了不少酒，但我只是顾左右而言他，绝口不提"走到一起"有没有可能。虽然，王盈盈的外表看上去既眉清目秀又十分大器，加上一身新换的藏蓝色高档职业装（八成是为了见我而换的），在熙熙攘攘、人声喧哗的饭店里非常抢眼。因为王盈盈确实喝多了，需要我搀她回去，否则我绝对不会与她有任何身体接触。

　　出了"全聚德"以后，我不得不搀着她打了车，把她送回热水器厂——她现在天天住在厂里，想起来也真让人感叹。我把她搀进她的办公室以后，她奋不顾身地抱住了我，说，马林，侯总说你是3G公司冉冉升起的一颗新星，让我们多支持你，有事多向你汇报、和你商量，没有这话垫底，我是不会贸然请你的。你有所不知，追我的人一打一打的，我都看不上，直把自己拖成一个大龄。你的出现让我眼前一亮，希

长篇小说
职场眩爱
Zhichang Xuanai

望你不要辜负我对你的一片心。

此后，王盈盈就强人所难地与我保持了超乎常人的热线，一天要打八个电话，弄得我心里烦烦的。最让我无奈的是她非拉我去看她父母在南三环看中的一处房子，说要卖掉老房买新房，而且，新房是挨在一起的两个一室一厅，每个60平米。还说，是不是足够老两口和小两口住的了？仿佛我立马就要走进她家似的。和老两口一见面，他们也都表示出异乎寻常的热情，拿我当小孩子一会给我枣吃，一会给我剥桔子吃，一会又给我削苹果，手忙脚乱，嘴里还一叠声地说，般配，般配，侯总不愧是总经理，真有眼力！弄得我坐不是站也不是，只想快些逃走。

看完房子我走了以后，心里疙疙瘩瘩的。王盈盈让我有一种强买强卖的感觉。说起来她也很优秀，但感情的事却不是能够一蹴而就的，总要有一个相互认识、磨合和接受的过程不是？

我的生活，随着职位擢升似乎出现了新的转机。但我还一时不能适应这种变化。有的人一旦生活际遇稍有改善就立马离婚、另求新换，我却不行。我的离婚根本不属于这种情况。而且，那个过程时时噬咬着我的心，让我想起来就不得安宁。没过几天，我接到了刘梅打来的手机，说你妈病了，你回来看看吧——咱俩离婚我一直没告诉你妈，我估计你也没告诉，短时间之内你没有这个勇气，对不对？

我对刘梅的推断五体投地。我的婚事在没理清头绪的情况下，我不能和我妈乱说。我要对我妈说的只能是好事，报喜不报忧，至少也得喜忧相抵。比如，如果我和灯火阑珊确定了关系，我就把她领到我妈面前，告诉她，灯火阑珊给我怀上了，所以，我得跟刘梅离婚。那时候，我妈必然顺水推舟，不愿意也得愿意。

我向侯京请了假就坐火车回家了。看望了重感冒已经痊愈的母亲，影影绰绰地告诉母亲，现在刘梅非常恨我，就因为我去北京这事儿。我想慢慢渗透我们已经离婚的事儿，但母亲根本不拾茬儿，絮絮叨叨地说，刘梅现在往咱家跑得更勤了，过去半个月来一次，现在改一个礼拜来一次了，而且，总是大包小包地往这儿捎东西。母亲还乐呵呵地告诉我，刘梅怀孕都六个月了，肚子见大肚皮却没出尖儿，肯定是个小子，小子都是脸儿冲里的！直说得我羞愧难当。

我忍不住给刘梅打了手机，约她在她家楼下的小茶馆见一面。一个小时以后，我率先来到茶馆，点了上好普洱，然后坐等。过了一会儿刘梅来了，腆着肚子，款款地走得很慢。

我和刘梅隔桌相望了十秒钟。我移开了目光，而她还在死死盯着我，我能感觉到她的目光的热度，有些灼人。我脸上发烧，就竭力掩饰，一遍遍地筛茶，而刘梅就神态安详地一遍遍地抚摸肚子。她为孩子做的第一个牺牲是在两个眼角起了两片暗褐色的蝴蝶斑，让她显得老了很多。

我把一杯浓酽的普洱摆在她的面前：大益的，你就热喝一口吧！

刘梅说，邪了门了，我一看见你就没胃口，连茶水都不想喝。

我说，不至于吧？我毕竟是未来孩子的爸爸。

刘梅说，别提孩子不孩子，你对得起孩子吗？

我说，刘梅，我给孩子想了一个新名字。

刘梅问，什么名字？

我说，马里亚纳。

刘梅扑哧笑了，你除了扯蛋还有正格的吗？

我说，你想啊，爸爸妈妈之间横着一道海沟，而且是世界上最深的海沟！

刘梅想闭住嘴，可是还是忍不住。

我说，我爱看你笑，你一笑起来特清纯、特年轻！

刘梅说，别套近乎，我因为清纯才不能容忍你放荡不羁！

我说，老实说，你一直在误会我，我和阑珊之间什么都没有，而且，现在我早就和阑珊分手了！

长篇小说
zhichang
xiang
职场眩爱

刘梅说，人啊，都是把自己看得特别神圣，我劝你把自己矮下来，实实在在说话，实实在在做人。

这样的说法还真有点别出心裁，我忍不住问，怎么个矮法？

刘梅说，这一，你跟阑珊同居那么久，不发生关系是不可想象的；这二，既然你和阑珊关系铁磁，甩掉阑珊更不是明智之举；你对爱你的两个女人都撒手而去，你说，你是不是令人发指，是可忍孰不可忍？

我说，我对你从来没有撒手，是你自己撒手而去的呀！

刘梅说，因为你太让我失望了，所以我才离开你，否则我怎么对得起为你献出一切的阑珊姑娘？

我说，哎呦喂！我真恨不得一下子长出一百张嘴，我怎么解释你才能相信呢？

这时，我的手机彩铃响了起来，我把手机掏出来摆在桌子上，不去接听。

刘梅说，阑珊姑娘在叫你，干嘛不接？

我说，我不知道这是谁，因为阑珊已经很久没跟我联系了。

刘梅一把抓过手机，按了接听键。不知对方说了什么，刘梅脸色陡然多云转阴了。她沉默了半分钟才开口，你们的桑塔纳就在我家附近吗？天！你是小萍吧？我是刘梅，我和马林在路边茶馆里，你到这来吧，我告诉你在哪条路上。

刘梅说了地址，接着说，阑珊也来了？她想见马林？那就来见吧？谁拦着他们了？我就知道马林又一次骗我，刚才还说已经跟阑珊分手了，看，现在阑珊已经追到我们家门口了！

我吃惊地看着刘梅，刘梅把手机扔进我的怀里，一只手拄着腰站起身来。我赶紧说，我扶你出去！

刘梅对我摆摆手，算了吧！马林，你认认真真对待阑珊姑娘这段感情吧！再也不要朝三暮四，三心二意，这山望着那山高了！

我说，阑珊与我和好的前提是要我离开3G公司，可是，我在北京走了好多家单位都不行，唯有3G公司拿我当颗葱，眼下他们的总经理侯京还要对我委以重任，你说说看，我能离开吗？一个男人什么最重要？鲁迅说，人首先要活着，爱才有所附丽。没有事业，怎么活？吃软饭吗？别人做得到，我做不到！

刘梅对这话似乎不爱听，没等我说完就转身向门外走去，我呆呆地看着她的背影。一扭脸，隔着大玻璃窗我看见小萍拉着灯火阑珊正从马路对面走过来，我的五脏六腑夹杂着七滋八味一股脑搅在一起……

（完）

长篇小说

职场眩爱
Zhichang
Xuanai